目 录 | c o n t e n t s

怎样阅读《三国》

——代序

读《三国志演义》，可以有多种读法。

有粗读，也有细读。

你如果没有太多的时间读书，那就只能采取粗读法。只挑热闹的情节和精彩的片段读。这样下来，你也许能背出几个人名，能记住几个小故事。在同别人交谈的时候，还不至于被人谑称为"《三国》盲"。

你如果有兴趣，也有决心去啃啃这部名著，那么，我要劝你，仅仅运用粗读法，是远远不够的。最起码要多读，要细读。

"书读三遍，其义自见。"古人所说的这句话，有一定的道理。

不是也有人提倡过吗，《红楼梦》至少要读五遍？

凡是伟大的、优秀的作品，仅仅浏览一遍，它的很多艺术特色和优点是难以领略的，是体会不到的。好比吃橄榄，越多咀嚼，越有味道。否则，只会给你留下苦涩的感觉。

对长篇小说，尤其如此。

读《三国志演义》，自然更不例外。

粗读一过，你所收获的，不过是皮毛而已。

所以，更需要的是细读和多咀嚼。

读《三国志演义》和读别的小说有些不同。因为《三国志演义》有它本身的特殊性。《三国志演义》的特殊性就在于，它是一部历史演义小说，它同《三国志》的关系非常密切。它的书名，把这一点揭示得格外的明白，"《三国志演义》"者，"演"《三国志》之"义"也。

因之，读《三国志演义》的时候，和《三国志》比照着读，不失为一种可行的、明智的选择。

比照着读，当然要注意它们的相同点，以及它们的歧异处，你不难看出罗贯中是怎样处理素材的（搜集、选择、组织等等）。这时候，你的注意力特别需要集中在这样的问题上：罗贯中究竟改动了哪些地方？他改动得对还是不对？他为什么要做这样的改动？

然后，如果你的兴趣没有减，你的决心没有变，你不妨进一步对这些问题做出分析和研究，并对罗贯中和《三国志演义》的艺术成就做出有分寸的评价。

你以前可能有过这样的印象：《三国志演义》是一部通俗的历史教科书。甚至你的某些历史知识说不定就来自《三国志演义》这本书。当你细读了《三国志演义》之后，当你比照着《三国志》读了《三国志演义》之后，你会恍然大悟：历史就是历史，小说就是小说，历史代替不了小说，小说也代替不了历史。无论如何，在《三国志》和《三国志演义》

之间，是不能划上等号的。

再说一遍，《三国志演义》可以有多种的读法。我所建议的只是其中的一二种。这不一定是最佳的，但这毕竟是可行的。对你，或许还是多少有一点参考价值的。

刘世德

1995 年 1 月

卷上

三国·罗贯中·毛宗岗

第一节　罗贯中的生平

一、罗贯中的幸运

在中国古代，小说家的社会地位得不到应有的尊重，尽管他们的作品流传普及，他们塑造的人物形象和他们编织的故事情节脍炙人口，他们自己的姓名，他们的生活情况，却鲜为人知。因此，有关他们的资料很少保存下来，以致我们今天对他们的生平事迹还是知之不多，有些方面甚至是一片空白。

《三国志演义》的作者罗贯中不就是这样的吗？

但和其他著名的小说家（例如《水浒传》的作者施耐庵、《西游记》的作者吴承恩、《金瓶梅》的作者兰陵笑笑生、《红楼梦》的作者曹雪芹）比较起来，他还算是幸运的。

不管怎么说，他的姓名总是和《三国志演义》牢固地联系在一起的。在这一方面，他还没有遇到过挑战。不像吴承恩那样，究竟是不是《西游记》真正的作者，直到今天，还在不断地引起海内外学术界的争议。也不像曹雪芹那样，最近还有人想剥夺他的《红楼梦》著作权，而把伟大作家的桂冠献给另一个叫做曹渊的毫不相干的人。

在现存《三国志演义》最早的刊本上，明确地题署着两行字：

晋平阳侯陈寿史传①
后学罗本贯中编次

第一行字，说明素材来自何处。第二行字，向读者指出作者是谁。依据中国古代小说刊本或目录题名的通例，"编次"一词在这里不仅含有"编辑"的意思，而且还可以解释为"撰写"和"创作"。

从署名可知，作者姓罗，名本，字贯中②。

另一方面，罗贯中又不像《水浒传》的作者施耐庵和《金瓶梅》的作者兰陵笑笑生那样，除了小说版本上的孤零零的署名之外，其他一切（包括他们真实的姓名、确切的生卒年、凿凿有据的生平事迹等等）都留给后人去做考证，或者去作驰骋想象力的话题了。

罗贯中的幸运就在于，他有一位"忘年交"。

二、《录鬼簿续编》与贾仲明

六十多年以前，天一阁旧藏明蓝格钞本《录鬼簿·录鬼簿续编》被几位辛勤访书的学者意外地发现了③。令人惊喜的是，在《录鬼簿续编》中，赫然列有《三国志演义》作者罗贯中的小传。

关于罗贯中，传世的资料不多，而最早、最全面、最详细、最可靠的资料，就要数《录鬼簿续编》中的这篇小传了。

那么，《录鬼簿续编》又是一部什么样的书呢？

顾名思义，《录鬼簿续编》是钟嗣成《录鬼簿》的增补本。

《录鬼簿》是一部记载元代戏曲家的生平事迹、作品目录的专著。它的版本系统，有简本、繁本、增补本之分[④]。简本著录作家一百一十三人，繁本著录作家一百五十二人，增补本著录作家一百五十一人。

增补本的增补工作，由贾仲明进行。他的增补，主要表现在三个方面，一、增补了八十余首吊词；二、在剧目下，增补了若干"题目正名"；三、补撰《录鬼簿续编》[⑤]，附于原书之后。

贾仲明是什么人呢？

贾仲明（一作"仲名"），自号云水散人、云水翁，淄川（今属山东省淄博市）人。

他是元末明初著名的戏曲作家，著有杂剧十四种，现存五种。他还是一位散曲作家，著有散曲集《云水遗音》，已佚失不传。

他的突出成就，却在于《录鬼簿续编》一书的编撰。这也是他对中国戏曲史所作的最大的贡献。他不愧为古代的一位优秀的戏曲目录学家。

他在《书录鬼簿后》一文的末尾，题署"永乐二十年壬寅中秋，淄川八十云水翁贾仲明书于怡和养素轩"，这就告诉我们,在明代的永乐二十年(1422),他的高寿是八十岁。古人自称"八十",有时是指八十岁整,有时则仅仅是举成数而言,实际上指八十岁上下。若按八十岁整计算,逆推的结果是:他实生于元至正三年(1343)。

所以,他是罗贯中的同时代人。他更是罗贯中的朋友,他又是罗贯中小传的作者。单凭这短短的一篇罗贯中小传,应该承认,他已对中国小说史研究、《三国志演义》研究做出了不可磨灭的贡献。

作为《录鬼簿》一书的补充,《录鬼簿续编》记载了元末明初戏曲家的生平事迹、作品目录。它著录作家七十八人,内容丰富,资料翔实。它的可靠性的程度相当高。试想,记录者和被记录者都是生活在同一时代的人,发生舛误的可能性难道不是十分微小的吗?

三、罗贯中的小传

罗贯中小传位于《录鬼簿续编》卷首。从排名顺序上看,第一名是钟嗣成——《录鬼簿》的编撰者;第二名便是罗贯中。这反映了罗贯中在贾仲明心目中的重要地位。

罗贯中小传的全文如下:

> 罗贯中,太原人,号湖海散人。与人寡合,乐府、隐语极为清新。与余为忘年交,遭时多故,各天一方。至正甲辰复会,别来又六十余年,竟不知其所终。

这篇小传，篇幅虽短，内容却很宝贵。它向我们透露的消息，有这样几点：

一、罗贯中不但是一位小说家，而且还是一位杂剧家、散曲家。他和许许多多的伟大的作家一样：他们往往是博学多才的，他们的成就和贡献也常常是多方面的。

二、罗贯中的故乡是山西太原。在元代，有很多山西籍的杂剧作家。我们可以举出一连串的名字，例如：李寿卿、刘唐卿、于伯渊、赵公辅、李行甫、狄君厚、孔文卿、石君宝、郑光祖、乔吉，等等。在中国戏剧史上，或在中国文学史上，这是一个引人注目的突出的现象。

三、他生活于动乱的年代，背井离乡，四方漂泊，一生没有功名，也没有在官场干过事，故以"湖海散人"自称。

四、他的性格的特点是"与人寡合"，有一点儿孤僻的味道。

五、他的戏曲作品的风格，可以用两个字来概括："清新"。

六、他和贾仲明是"忘年交"。忘年交，是指不受年龄或辈分的拘限而成为亲密的朋友。这表明两人的年龄相差很大，起码要在二十岁上下。具体用在罗、贾二人身上，可以有两种解释：贾仲明的年龄大于罗贯中，或者罗贯中的年龄大于贾仲明。

七、他们二人曾在至正甲辰那一年会过面。至正是元代最后一个皇帝的最后一个年号。甲辰，即至正二十四年（1364）。再过四年，就是明代正式开始的第一年，即洪武元年了。

八、贾仲明如果生于至正三年，则在至正二十四年为二十二岁。因此，"忘年交"的解释只有一种能讲得通，即：罗贯中的年龄大于贾仲明。而另一种解释（即：贾仲明的年龄大于罗贯中）显然难以成立，因为二十二岁的贾仲明不大可能去同一个幼小的孩童会晤、谈心和订交的。

试以罗贯中的年龄大于贾仲明为前提，进一步推算罗贯中的生年。如果罗贯中在至正二十四年为四十岁（比贾仲明大十八岁），则他大约生于元代泰定二年（1325）；如果罗贯中这一年为五十岁（比贾仲明大二十八岁），则他大约生于元代延祐二年（1315）。

如果罗贯中生于元代泰定二年，则在明代洪武元年时，他是四十四岁。如果罗贯中生于元代延祐二年，则在明代洪武元年时，他是五十四岁。

罗贯中的卒年不详，在目前尚无法推知。

框定了罗贯中的生年之后，我们就可以有根有据地确认：罗贯中是一位生活于元末明初的作家。或者说，他是一位属于十四世纪的作家。

注释

① 这里的"平阳侯"三字有误。陈寿没有做过"平阳侯"。据《华阳国志·陈寿传》，他曾"出为平阳侯相"。平阳侯相乃平阳侯属下之官员。据《后汉书·百官志》，侯国之"相"相当于县令。"平阳侯"和"平阳侯相"，地位悬殊，区别很大。一个"相"字焉可省略？这可能是出于作者的误

解。也可能是刊刻者为了追求两行字数的对等，而故意删掉了"相"字。

② 某些明、清刊本在罗贯中名字的题署上有很大的随意性，出现了一些不可思议的奇怪的错误。例如《三国志演义》双峰堂刊本，姓罗，名"道本"，字贯中；《三国志演义》三余堂刊本，姓罗，名"贵志"；《水浒传》双峰堂刊本：姓罗，名"道本"，字贯中，号"名卿"。

③ 关于天一阁旧藏明蓝格钞本《录鬼簿·录鬼簿续编》发现的时间，有不同的说法。《国立北平图书馆馆刊》第十卷第五号发表马廉校录的《录鬼簿·录鬼簿续编》，后附赵孝孟写于1936年10月的短跋，说发现于1931年秋。而天一阁旧藏明蓝格钞本《录鬼簿·录鬼簿续编》附有郑振铎写于1946年10月的长跋，却说发现于1928、1929年间。赵跋早于郑跋十年。而郑振铎又是此钞本的发现者和收藏者，未知孰是。

④ 这里采用了王钢先生的意见，请参阅他的《校订录鬼簿三种》(中州古籍出版社，1991年)的《前言》和《凡例》。简本指明钞《说集》本、明孟称舜《古今名剧合选》附刻本；繁本指清尤贞起钞本、明季精钞本、清曹寅《楝亭十二种》本、上海图书馆藏清钞本、清刘世珩《汇刻传奇》附刻本；增补本指天一阁旧藏明蓝格钞本、清勘初斋钞本。

⑤ 《录鬼簿续编》的编撰者是不是贾仲明，在学术界存在着不同的意见。我认为，从种种情况判断，贾仲明确系《录鬼簿续编》的编撰者。

第二节　罗贯中是哪里人

　　尽管有了罗贯中小传，他的生平事迹仍然遗留下两个人们感兴趣的、尚未最终解决的问题：一个是他的籍贯，一个是他的著作。

　　关于罗贯中的籍贯，在学术界，目前存在着几种不同的说法。主要有山西太原、山东东平、浙江钱塘、浙江慈溪、江西庐陵五说。

　　应该怎样来看待这些不同的说法呢？

一、"太原"说

　　"太原"说的根据在于贾仲明《录鬼簿续编》的罗贯中小传。它明白无误地指出，罗贯中是"太原人"。

　　我认为，这是目前最正确的、最可靠的说法。

　　贾仲明是罗贯中的同时代人，又是罗贯中的朋友。他的说法，如果没有出现确凿可靠的、坚强有力的反证，应该有着最大的可信性。

二、"钱塘"说

在明代嘉靖时人的笔记中，提到了罗贯中的籍贯。田汝成说他是"钱塘"人[1]，王圻说他是"杭州"人[2]。郎瑛则笼统地说他是"杭人"[3]。在清人笔记中，同样也有笼统地说他是"越人"的[4]。这些都可以归入"钱塘"一说。

这个说法也有一定程度的可信性。

这是因为：在《水浒传》的创作上，罗贯中和施耐庵是合作者的关系。而高儒也是明代嘉靖时人，据他说，施耐庵是钱塘人[5]。我想，施耐庵、罗贯中二人都曾共同地生活于一个地方，只有这样，他们方能在小说创作上有携手连袂的机缘。

既然罗贯中是太原人，那么，钱塘便可能是他的流寓地了。也就是说，罗贯中的原籍是太原，寄籍则是钱塘。

三、"东平"说

"东平"说即"东原"说。

"东平"说的根据在于明人蒋大器（庸愚子）的《三国志通俗演义序》。其后，从万历年间（1573—1620）开始，众多的《三国志演义》刊本，或其他署名"罗贯中"的小说刊本，便给作者增添了"东原"的籍贯[6]。有的刊本更把"东原"错成了"中原"[7]。

这里需要辨明六点：

第一，这些小说刊本的刊刻年代都比较晚。

它们一共有十六种，其中十二种为明刊本，四种为清刊本。而在十二种明刊本中，又有八种刊行于万历中、后期，另四种则刊行于万历之后。

第二，蒋大器本人的时代也比较晚。

他的那篇序文撰写于明弘治七年（1494）仲春。他是成化（1465—1487）、弘治（1488—1505）年间人，距离罗贯中的时代有将近百年之久。

在蒋大器之前，在弘治七年之前，我们还没有发现曾有人提出过罗贯中是"东原"人或"东平"人的说法。

第三，蒋大器的话并不可靠。"东原"二字实有错讹的可能。试看嘉靖壬午本所刊载的蒋氏序文的原文：

> 若东原罗贯中，以平原陈寿传，考诸国史，自汉灵帝中平元年，终于晋太康元年之事，留心损益，目之曰《三国志通俗演义》。

其中，出现了四个专门名词，"东原""平原""中平"和"太康"。两个是地名，两个是年号，颇为缠夹不清。

请注意：紧接于"东原罗贯中"五字之后，有"平原陈寿"四字。

陈寿明明是安汉（今四川省南充市）人[8]。蒋大器却谬误地称陈寿为"平原"人。平原乃西汉所置之郡，其地在今山东境内。安汉与平原，相隔有千里之遥。陈寿不但没有出生在平原，没有生活在平原，而且也没有在平原做过官。蒋大器竟把一位四川人无端地说成了山东人。

他既然能够把陈寿这位四川人说成山东人，安知他不能够把罗贯中这位山西人说成山东人？

蒋大器在陈寿籍贯上犯错误的来由，恐怕是这样的：在《三国志演义》钞本^⑨或初刊本上，像嘉靖壬午本那样，无疑也有着"晋平阳侯陈寿史传""后学罗本贯中编次"两行字。蒋大器看到"陈寿"之上的"平阳侯"三字以后，始而误记为"平阳"二字，继而又误写或误刊为"平原"二字。

他既然能够把官名"平阳"说成地名"平原"，安知他不能够把山西的"太原"说成山东的"东原"？

第四，"东原"乃古地名，指今山东省东平县一带。而从蒋大器序文看来，他在称呼那些用作籍贯的地名时，并不使用古地名。

蒋大器序文末尾的印文，有"金华蒋氏之印"六字。金华有府、县之别。而金华县乃隋代所立之名，西汉名曰乌伤，东汉名曰长山；金华府则系龙凤六年（1360）朱元璋所改之名，元代名曰婺州路，龙凤四年（1358）朱元璋一度改名宁越府。由此可见，在蒋大器生活的那个时代，金华是今地名，不是古地名。他称述自己的籍贯时，都不使用古地名，为什么要在称述罗贯中的籍贯时非使用古地名不可呢？

这就不免令人想到："东原"二字之中，必有误字。"太"误为"东"，实有极大之可能。

第五，有人说，《录鬼簿续编》罗贯中小传中的"太原人"，乃"东原人"之误。这个说法缺乏必要的说服力。

天一阁旧藏明蓝格钞本《录鬼簿·录鬼簿续编》一共著录了四位太原籍的作家：李寿卿、刘唐卿、乔梦符和罗贯中。小传中都说他们是"太原人"。前三个"太原"都没有出问题，唯独最后一个"太原"写错了，这恐怕是很难令人相信的。

另一方面，"东原"说的主张者认为，东原就是东平。但元代东平籍的杂剧作家不在少数，各种版本的《录鬼簿》就著录了八位之多：高文秀、李好古、张时起、顾仲清、赵君卿、陈彦实、张寿卿和李显卿。他们的小传中，都无一例外地说是"东平人"，而没有一处说是"东原人"的。假如罗贯中果然是他们的同乡，那也一定会在他的小传中写作"东平人"，而不会写作"东原人"的。这样一来，以"太原"为"东原"之误的说法，岂不是竹篮打水？

更何况，在古人的头脑中，乡土观念十分浓厚。贾仲明本人就是山东人，假如罗贯中也是山东人，岂有不引为同乡，反而视为异乡人（山西人）的道理？

第六，某些万历年间或万历之后的小说刊本上的"东原"二字，系当时的书商所加，与作者罗贯中本人无干，那压根儿不是他自己的题署。

有人把这两个字指认为"罗贯中本人的题署"。这缺乏依据，只不过是想当然耳的臆测。拿现知有此题署的年代最早的《三国志演义》双峰堂刊本（万历二十年，1592）、《水浒传》双峰堂刊本（万历二十二年，1594）来说，二者都出于余象斗一家书坊，而前者题曰："东原贯中罗道本编次"，后者却题曰："中原贯中罗道本名卿父编集"。如果这也算是出于作者本人的题署，难道他能把自己的籍贯一会儿说成是"东原"，一会儿说成是"中原"吗？难道他能把自己的名字（"本"）两度误说为"道本"吗？难道他能无缘无故地给自己捏造出"名卿"这样一个表字吗？

四、"慈溪"说

在五种不同的说法中，只有此说是当代学者提出的。

1959 年在上海发现了元代理学家赵偕的文集《赵宝峰先生集》。此书的卷首载有一篇至正二十六年（1366）十二月十三日的《门人祭宝峰先生文》。署名的门人共有三十一人，包括"罗拱""罗本"兄弟二人在内。赵偕以及"罗拱""罗本"都是慈溪人，这就是"慈溪"说的依据。

天下同时、同姓、同名的人并非罕见。若要证明这一位"罗本"即是那一位"罗本"，即是《三国志演义》的作者罗贯中，还需要另外举出确凿可靠的、坚强有力的证据来。仅仅因为某甲和某乙同时、同姓、同名而匆忙断定他们为同一人，那是远远不够的，也是无法取信于人的。"慈溪"说的最大缺陷，即在于此。

慈溪罗本，有表字曰"彦直"⑩。而《三国志演义》作者——太原罗本，字"贯中"。表字不同，他们能是同一人吗？罗彦直非罗贯中。

慈溪罗拱，字彦威，号常明子，乃罗本之兄，"慈之杜湖人也"⑪。胞兄是杜湖人，胞弟当然也是杜湖人。他们是慈溪人，而偏偏要特别指出他们是慈溪境内的杜湖人（也就是说，不是慈溪境内的别的什么地方的人），这意味着他们世居于杜湖，是在杜湖其地土生土长的。

元末明初人戴良《九灵山房集》有一篇《书画舫宴集诗序》和一首《寄罗彦直》诗。从这两篇作品可以窥知，罗彦直是个家境丰饶的书画收藏家，其所居名"书画舫"；洪武二年（1369）十月，戴良等人曾在"书画舫"中饮酒赋诗。其时，罗彦直久居于慈溪的"书画舫"中，过着优游自在的生活。而《三国志演义》的作者罗贯中却自号"湖海散人"，是个离乡背井的漂泊者。他和罗彦直完全是两路人。

赵偕是当时著名的理学家。罗彦直以之为师，显示了他对理学的向往和追求。这也是和《三国志演义》作者罗贯中大异其趣的。从《三国志演义》所反映的思想看，罗贯中和理学是根本搭不上界的。

五、"庐陵"说

庐陵即今江西省吉安市。罗姓乃当地的望族。

"庐陵"说的根据在于《说唐演义全传》的题署。但这并不可靠。因为：第一，《说唐演义全传》共六十八回，它不是罗贯中的作品；第二，《说唐演义全传》现存最早的刊本，刊行于清代乾隆四十八年（1783）。

怎么能根据这样一个晚出的、伪托的作品来确定罗贯中的籍贯呢?

在当前的学术界,此说影响不大。

以上五说,按其提出的时间顺序排列如下:

太原说—东原说—钱塘说—庐陵说—慈溪说

其中以最早的"太原"说为最可信。

注释

① 田汝成:《西湖游览志余》卷二十五。《绣谷春容》卷六也有同样的说法。

② 王圻:《续文献通考》卷一百七十七。

③ 郎瑛:《七修类稿》卷二十三。

④ 周亮工:《因树屋书影》卷一。

⑤ 高儒:《百川书志》卷六。

⑥ 这些刊本,有:《三国志演义》双峰堂刊本、熊清波刊本、郑少垣刊本、郑世容刊本、杨美生刊本、雄飞馆刊《英雄谱》本、藜光堂刊本、三余堂刊本;《隋唐两朝志传》龚绍山刊本;《三遂平妖传》王慎修·世德堂刊本、天许斋批点本、墨憨斋批点本;《水浒传》双峰堂刊本、德聚堂刊本、坊刊一百二十四回本、兴贤堂刊《汉宋奇书》本等。

⑦《忠义水浒志传评林》双峰堂余象斗刊本。

⑧《晋书·陈寿传》说:"陈寿,字承祚,巴西安汉人也。"

⑨ 蒋大器序文曾说,"书成,士君子之好事者,争相誊录,以便观览"。或许他曾看到过《三国志演义》的钞本。

⑩ 见《宋元学案》"罗本"条下所附王梓材的按语。

⑪ 见《宋元学案》"罗拱"条下所附王梓材的按语。

第三节　罗贯中写过哪些作品

罗贯中有哪些著作？除了《三国志演义》，他还写过哪些小说？

罗贯中的著作，主要是小说和杂剧。另外，还有散曲和"隐语"。

一、乐府与隐语

贾仲明《录鬼簿续编》的罗贯中小传提到了他的"乐府"和"隐语"。按照当时的习惯用法，"乐府"指的就是散曲。"隐语"何所指，则不详，或许是谜语之类？

二、三种杂剧

罗贯中小传还著录了他撰写的三部杂剧作品：《赵太祖龙虎风云会》《忠正孝子连环谏》和《三平章死哭蜚虎子》。其中，《连环谏》和《蜚虎子》两部佚失不传，它们的内容已无法详知。只有一部《风云会》完整地保存了下来。

《风云会》见于钞本《古名家杂剧》，现有《古本戏曲丛刊》四集影印本、《元曲选外编》排印本（中华书局，1959年，北京）。它的"题目正名"乃是："伏降四国咨谋议，雪夜亲临赵普第，君相当时一梦中，今朝龙虎风云会。"全剧共四折一楔子。第一折至第三折，正末扮赵匡胤；第四折，正末扮赵普。在作者的安排下，赵匡胤、赵普二人成为全剧的中心人物，故事情节正是围绕着他们二人展开的。

罗贯中的《风云会》杂剧和他的《三国志演义》小说有着若干相似之处。它们都同样地歌颂了贤明的、时刻以社稷与苍生为念的君主，也同样地歌颂了那些忠心耿耿的、建功立业的将相王侯们。赵匡胤不就是刘备的影子吗？赵普、苗训不就是诸葛亮的影子吗？赵匡胤和曹彬、郑恩等人的结义兄弟关系，不就是桃园三兄弟的写照吗？

在《风云会》和《三国志演义》之间，从主题思想到人物形象，在某种程度上，人们都能发现有趣的、巧妙的重合。它们是出于同一个作家的笔下的两部作品。因之，这种重合的呈现决不是偶然的。也就是说，《风云会》不但有助于我们对罗贯中这位伟大作家的思想、艺术成就的认识和评价，而且还有助于我们对《三国志演义》这部伟大作品的思想、艺术特征的认识和发掘。

三、四种小说

罗贯中是伟大的小说家。他的代表作，当然是小说《三国志演义》。据说，他编撰的小说竟有"数十种"①。数量之多，令人惊讶。惜乎我们今天无缘目睹全豹。不过，我认为，这可能是一种张大其词的妄说。我们实际上只能看到下列四种被说成是罗贯中所撰写的小说：

1.《隋唐两朝志传》

2.《残唐五代史演义传》

3.《三遂平妖传》

4.《水浒传》

它们到底是不是罗贯中的作品呢？

《隋唐两朝志传》十二卷，一百二十二回。现存明万历四十七年（1619）龚绍山刊本，题"东原贯中罗本编辑""西蜀升庵杨慎批评"。

《残唐五代史演义传》，六十则。刻本甚多，其最早者刊行于明末。题"贯中罗本编辑"。有八卷本、六卷本、十二卷本之分。八卷本题"李卓吾批点"。六卷本、十二卷本题"玉茗堂批点"。

《三遂平妖传》四卷，二十回。题"东原罗贯中编次"，现存两种：一为残存两卷本，刊行于万历年间；一为完整本，第一卷至第三卷题"钱塘王慎修校梓"，第四卷题"金陵世德堂校梓"。完整本，孙楷第判断说，"书刻在万历二十几年"②。但，此本封面题"冯犹龙先生增定"。冯犹龙即冯梦龙。他生于万历二年（1574），至万历二十五年（1597）间，年方二十四岁。在此时前后，他似无可能去做"增定"的工作。冯梦龙增补四十回本刊行于泰昌元年（1620）之后。故知以"冯犹龙先生增定"为号召的王慎修刊世德堂刊本的刻印、销售不可能早于此一年。

《水浒传》，现存北京图书馆藏白绵纸残本（残存八卷，系郑振铎及敝帚斋旧藏），有人鉴定为"嘉靖间刻本"③。另有天都外臣序本，序文撰写于万历十七年（1589），现存清代石渠阁补刊本；袁无涯刊本，刊行于万历四十二年（1614）。三本均题"施耐庵集撰""罗贯中纂修"。而嘉靖年间的高儒《百川书志》著录《忠义水浒传》，也说是"钱塘施耐庵的本，罗贯中编次"。

怎样判断这四部小说是不是罗贯中的著作呢？

不妨分两步走。先立下一个判断真伪的标准，再来讨论某些细节。

在没有确凿可靠的文献资料的情况下，可以根据中国古代小说发展历史的实际进程，根据中国古代小说刊本演变的规律，在时间上寻找出一条分界线来。

我们注意到，在明代，在小说刊本上，伪托作者的姓名，或者乱题作者的姓名，这种现象是从万历年间（1573—1620）开始流行的。因此，分界线便可划在隆庆年间（1567—1572）。在这之前，这种风气还没有出现。其时，小说刊本上关于作者的题署，书目上关于小说作者的著录，应该承认，是比较可靠的。

这个标准，如果能被大家接受、同意，那么，就可以用它对上述四部小说进行初步的判断了。显然，只有《水浒传》处于这个分界线之前，其余三部小说都处于分界线之后。也就是说，需要把《水浒传》单独地脱离出来，它的作者之一非常可能是罗贯中。而现存的《隋唐两朝志传》《残唐五代史演义传》和《三遂平妖传》倒不一定是罗贯中的作品。

试从三个方面来作进一步的分析。

第一，现存最早的《三国志演义》刊本分则而不分回。由此不难推知，《三国志演义》原本必然也是如此。《隋唐两朝志传》《三遂平妖传》正和这一点抵触。这成为它们晚出的一个特征。

第二，刻印小说而配以名人的评点，也是万历以迄明末的风气。较早的李贽（1527—1602）评本出现于万历年间。其后，陆续有"李卓吾""钟伯敬""汤显祖""杨升庵""陈眉公"等人的评本应市。其中绝大部分是书商玩弄的伪托作者、评者或乱题作者、评者的把戏。《隋唐两朝志传》《残唐五代史演义传》和《三遂平妖传》的先后问世，正反映了这种风气的传播之广。

第三，上文已指出，关于罗贯中的籍贯，"太原"是记载最早的、可靠的说法；"东原"则是后起的、舛误的说法，始作俑者为《三国志演义》嘉靖本所刊载的蒋大器的序文，至于由书商把它题署在某些《三国志演义》或其他小说刊本上，则是万历年间的事情。而《隋唐两朝志传》《三遂平妖传》以"东原"为罗贯中的籍贯，恰好从一个侧面告诉我们，它们的底本可能不是罗贯中的原本，甚至可能与罗贯中了无关涉。

这三部小说在大体上是比较一致的，但仍有细微的差别。《隋唐两朝志传》和《三遂平妖传》的不可靠性更甚于

《残唐五代史演义传》。

剩下一个问题：《水浒传》是不是罗贯中的作品？

在题署上，施耐庵名下是"集撰"和"的本"，罗贯中名下则是"纂修"和"编次"。从语义上分析，这两组的词意有明显的区别。仔细比较一下即可看出，施耐庵是作者、执笔者，而罗贯中只不过是整理者、编者而已。

因此，从狭义上说，施耐庵是《水浒传》的作者，从广义上说，《水浒传》是施耐庵、罗贯中二人合作的产物。

《三国志演义》和《水浒传》的语言形式不同，前者是浅近的文言，后者却是通俗的白话。这就很难令人相信，它们的原作者竟会是同一个罗贯中。

有人坐实了施、罗二人的具体的分工，把前七十回的著作权给予施耐庵，把后五十回的著作权给予罗贯中④。这仅仅是一种凭空的猜测。而且出现的时间太晚，不足为据：只有在一百二十回本、七十回本流行之后，它才可能在人们的头脑中形成。

注释

① 田汝成：《西湖游览志余》卷二十五；王圻：《续文献通考》卷一百七十七；雷琳等：《渔矶漫钞》卷七。

② 孙楷第：《中国通俗小说书目》卷五。

③ 参阅郑振铎：《劫中得书续记》第四十五；孙楷第：《中国通俗小说书目》卷六；郑振铎：《水浒全传·序》。按：此本是否确为"嘉靖间刻本"或"嘉靖间武定侯郭勋刻本"，在学术界尚有争议。

④ 徐渭仁：《徐钶所绘水浒一百单八将图题跋》。

第四节　八个歧异的书名

一书多名，在中国古代小说作品中，是常见的现象。《三国志演义》自不例外。它同样有着形形色色的书名。

一、歧异的书名

从现知最早的刊本算起，四百多年以来，《三国志演义》的主要的刻印在书上的正式名称至少有八个：

1.《三国志演义》

2.《三国志传》

3.《三国志史传》

4.《三国全传》

5.《三国志》

6.《四大奇书第一种》

7.《第一才子书》

8.《三国演义》

前七个书名，出现于明代中叶至清初。最后一个书名，则流行于上世纪的五十年代以后。

其中六个书名，带有"三国志"或"三国"字样的，都是从《三国志》（属于"二十四史"之列的、晋代陈寿编撰的一部历史著作）的书名派生而来的。另外两个书名则是另起炉灶，从字面上看，跟《三国志》毫不沾边儿。

《三国志演义》

在明、清两代，书名叫《三国志演义》的刊本最多。这以嘉靖壬午本为代表，也以嘉靖壬午本的书名最朴素，它仅仅在"演义"之上增添"通俗"二字；除此之外，别无其他附加的累赘的字样。属于这一系列的其他版本，往往在"三国志"三字之上，另加"新刻""新刊""新镌""校正""古本""京本""大字""音释""圈点"等字。花样层出不穷，大约都是书商们（或受他们雇佣的一批文人、整理者们）的一种招徕顾客的手段。

《三国志传》

书名叫《三国志传》的为数也不少。属于这一系列的几乎全是闽刊本（刊行于福建，或者说，刊行于福建建阳）。它们的正式书名，虽然以"传"字代替了"演义"二字，但在主体之外，其他的附加的字样依旧大多保存下来，诸如"新锓""新刻""新刊""新锲""重刻""京本""校正""考订""按鉴""全像""大字""批评""演义""通俗演义"等等，不一而足。

《三国志史传》

《三国志史传》之名，属于叶逢春刊本、王泗源刊本。但王泗源刊本在书题之后犹存"建邑梓"三字，第二卷至第七卷又题《三国志传》。因此，它只能算是闽刊本《三国志传》系列的旁支。

《三国全传》

书名叫《三国全传》的则是《三国志传》系列的另一个旁支。仅有熊清波刊本一种以这个名称传世。它无例外地也是闽刊本。更何况在它卷首所载的序文的标题上也明明以闽刊本所特有的"三国志传"为书名。

《三国志》

书名叫《三国志》的都是所谓"批评"本。一共有四种："李卓吾"评本，"钟伯敬"评本，李笠翁评本，毛宗岗评本。在书名之上，它们大多宣称"某某某先生""评"或"批""批评""批阅"，以资号召。这恐怕是明末清初的时髦的风尚。除此之外，倒没有其他那些附加的累赘的广告语。附带指出，近世某些日文译本的书名也叫做《三国志》。

《四大奇书第一种》

书名叫《四大奇书第一种》的仅有一种，即毛评本的最早的刊本——康熙年间的醉耕堂刊本。

《第一才子书》

　　至于《第一才子书》之名，则始于李渔评本。李渔的自序说："复忆曩者圣叹拟欲评定史迁《史记》为第一才子书，既而不果。余兹阅评是传之文，华而不凿，直而不俚，溢而不匮，章而不繁，诚哉第一才子书也！"而在这以前，在毛评本卷首的《读三国志法》一文中，毛宗岗也说过同样的意思："吾谓才子书之目，宜以《三国演义》为第一。"后来的某些刊本遂把李渔评本的这个书名移用在毛评本上。

《三国演义》

　　自上世纪五十年代起，人民文学出版社（北京）的整理本以《三国演义》为书名。一直流行到今天，有六十多年之久。

二、八个书名的优劣短长

　　这八个不同的书名，哪一个应该是正式的、准确的书名呢？

　　书名当然是可以由作者或出版者、整理者任意取定的。他们完全可以自作主张，而不必多考虑读者或批评家能否同意或接受。

　　但是，一个被读者或批评家认可的好的书名，对于该书的传播，还是干系非浅的。同时，对于历史上存在的同书异名，在今天，尤其是在学术界，更需要统一为大多数人能够接受的一个科学的、准确的书名，以免滋生不必要的混乱。

七点标准

在我看来，评价一个书名的好坏，至少需要着眼于这样七点：

1. 它是不是比较准确地反映了全书的内容？

2. 它看起来是不是醒目，读起来是不是响亮？

3. 它的字义是不是通顺？

4. 它会不会令读者产生误解？

5. 它是不是和别的已有的书名重复、混淆？

6. 它有没有给人以"挂羊头卖狗肉"的感觉？

7. 它如果不是原作者所定的书名，而是旁人或后人更改的书名，那么，它是不是比原来的书名更豁朗，或者更贴切？

姑以这七点为标准，来评说一下八个书名的优劣短长。

《第一才子书》

"第一才子书"是什么意思呢？

原来"才子书"的概念是由明末清初的大批评家金圣叹提出的。经他评点过的著作，有《必读才子书》《唐才子书》《贯华堂才子书》等名目。他曾称《水浒传》为《第五才子书》。据说，他所品定的"才子书"，共有六部，它们依次为：

1.《庄子》

2.《离骚》

3.《史记》

4. 杜诗

5.《水浒传》

6.《西厢记》

它们的排列不是随意的，而是有特定的次序。但，这个次序显然不是以作品本身的成就论高下，而是完全以它们产生的时代为先后。

《三国志演义》恰恰并未厕身于金圣叹的"才子书"之内。如果硬要插入的话，按照原先的顺序，它也只能安排在第五位，居于《水浒传》之前。而毛宗岗却运用了另一种标准，安排了另一种次序。在毛评本卷首的《读三国志法》一文中，他说："吾谓才子书之目，宜以《三国演义》为第一。"这就是《三国志演义》毛评本的某些刊本之所以被称为《第一才子书》的由来。

毛宗岗的评骘，意味着《三国志演义》的思想水平、艺术成就超越了《庄子》《离骚》《史记》、杜诗、《水浒传》等。这能否取得广大的读者的共识，很难说。但，他实际上已偏离了金圣叹所设定的"才子书"的次序。

因此，这个书名的缺点，首先就在于，它袭用了旁人的有专门解释的名称，却又违反了旁人的使用的规则。这个书名的另一个缺点，则在于它的不明确性。当一个陌生的读者，在书店里看到一本书的书名位置上印着"第一才子书"这样几个大字的时候，他不可能立刻就知道这究竟是一部什么样的书。这难道不会影响它的销路吗？

《四大奇书第一种》

"四大奇书第一种"是什么意思？

所谓"四大奇书"，指的是四部著名的小说作品：《三国志演义》《水浒传》《西游记》《金瓶梅》，《三国志演义》是其中的第一部。这个称号，先由冯梦龙提出，后获得李渔的赞同，并由李渔在毛评本的序言中公开披露。

这个书名的缺点，同样在于它的不明确性。一般读者见到这个书名，未免纳闷："书"，什么"书"呀？是戏剧，还是散文？"四"，哪"四"部呀？又有哪一个读者能从一开始就知道"第一种"到底指的是哪一种呢？

《三国志》

"三国志"，这个书名不是和陈寿的历史著作《三国志》完全重合了吗？人家知道你究竟是小说呢，还是史书？这不是仿佛堕入五里雾中了吗？

《三国全传》

"三国全传"，这个书名强调的是个"全"字。这在当时的书籍市场上，是书商们经常玩弄的把戏。许多小说常以"全"字作为号召，故意在向读者暗示：当心，别人出版的同一内容的小说都是"不全"的，千万不要上当！而实际上，它的内容或篇幅有时并不比别人的多出一字一句来。一个"全"字，充满了商业广告的味道。

《三国志传》

"三国志传"是什么意思呢？

"志传"可以有两种解释。或者解释为：《三国志》的传记部分。或者解释为：《三国》的"志传"。我想，后者可能更符合原意。

"志传"二字，常见于一些明代小说的书名。例如《隋唐两朝志传》《南北两宋志传》《列国志传》《全汉志传》等等。值得注意的是，它们大都刊行于万历年间。而以"三国志传"为书名的《三国志演义》刊本也恰恰集中出现在这个同样的年代，这难道是偶然的巧合吗？在这批以"志传"为名的小说中，现知最早的刊本为《全汉志传》，它刊行于万历十六年（1588）。我推测，恐怕正是由于它的畅销，福建建阳的一些书商们受到了启发，才大胆地作出了把《三国志演义》改名《三国志传》出版的决定。一家书坊做开了，别的书坊也就争先恐后地效颦。一块肥肉，大家抢着吃。这终于使得"志传"在当时几乎成为历史演义小说的代名词了。

这个书名如果说有缺点的话，那就在于它是后起的，是由后世的书坊主人改题的，并不符合作者罗贯中的初意。

《三国志演义》

由作者罗贯中当年亲自拟定的书名应该是《三国志演

义》。它不但是今天所能见到的最早的《三国志演义》刊本（嘉靖壬午本）的正式书名，也是今天所能见到的最早的书目记载中所著录的《三国志演义》的正式书名①。

那么，"三国志演义"是什么意思呢?

其中的"三国志"三字，指的仍然是陈寿的《三国志》。用"三国志演义"作为书名，意思是告诉读者：我这部小说所演述的内容是以陈寿的《三国志》为蓝本的。"三国志演义"者，"演"《三国志》之"义"也。不妨指出，正是这个书名的出现，宣告了中国古代小说园地内的一个崭新的门类——"历史演义小说"的成立。

"三国志演义"——这个书名，完全合乎上文所提出的前六点标准。因此，学术界的大多数人士都选用它来作为《三国志演义》的正式的、准确的书名。

《三国演义》

另外，也有称之为《三国演义》者。个别的明刊本（夷白堂刊本）偶尔用过它。毛评本中，非正式地用过它。个别的清人笔记中，也出现过这个称呼。至于用作正式的书名，则似自上世纪的五十年代始。远的如上世纪五十年代人民文学出版社出版的整理本，近的如中国电视剧制作中心的电视连续剧②，都以"三国演义"四字为名。有的工具书（例如《辞源》《辞海》），亦同样以"三国演义"四字立条目。

有人说道，"三国演义"未尝不可以作为《三国志演义》的简称。但，仔细推敲起来，如果是以"三国演义"四字作为"三国志演义"五字的简称，则似无多大的意义。因为仅仅减去一个"志"字，又何"简"之有呢？又有人问道，正式的书名用"三国演义"，到底有什么缺点呢？如果是以"三国演义"为正式的书名，可能不大容易讲得通。说"'演'《三国志》之'义'"，则可；说"'演''三国'之'义'"，则不可。更何况这还违背了罗贯中的原意。作者明明在这部小说的开头题写着两行字：

晋平阳侯陈寿史传

后学罗本贯中编次

由此可见，以《三国志演义》为正式的、准确的书名，实可说是最佳的选择。

至于简称，"三国"二字就很恰当，似不必再作他求。一来它早已出现在明代文人的笔下[3]。二来言简意赅，抓住了原来书名中最具有区别性的两个字。

注释

① 高儒《百川书志》卷六"史部·野史"。按：高儒乃明代嘉靖年间人。

② 这部电视连续剧的海外版仍以《三国志演义》为名。

③ 参阅郎瑛《七修类稿》卷二十三"辨证类""《三国》《宋江》演义"条，胡应麟《少室山房笔丛》卷四十一"庄岳委谈下""世所传《宣和遗事》极鄙陋……"条。

第五节　三个第一

从《三国志演义》在中国小说发展史上的地位来说，它拥有三个"第一"：

它是我国的第一部长篇小说。

它是我国的第一部章回小说。

它是我国的第一部历史演义小说。

一、第一部长篇小说

一部中国小说史，是以文言的、短篇的小说开始的。无论是魏晋志怪小说、唐代传奇小说，还是宋元话本，基本上属于短篇小说的性质。宋元讲史小说稍微有些不同，它们带有连续性或系列性的特点。它们由说话人向听众演说，可能要分回分日，才能讲完全书，但它们大多停留在口头文学的阶段。今天保存下来的宋元讲史小说，情节简略，文字稚拙。以篇幅而论，它们还够不上长篇小说的资格。公元十世纪以后兴起白话小说，这才为长篇小说的出现开辟了道路。

真正的长篇小说，创始于十四世纪中叶。其标志就是

《三国志演义》和《水浒传》的出现。

而罗贯中的《三国志演义》则是现存的、作家撰写的第一部长篇小说。

罗贯中和施耐庵是同时代的作家。但在施耐庵的《水浒传》中，我们可以明显地看到《三国志演义》一书的影响。一些正文的叙述和赞词中的文句，一些情节或场面的铺叙，甚至一些人物的绰号、容貌和兵器的描绘，无不显露出《水浒传》蹈袭《三国志演义》的痕迹。因此，《水浒传》的问世无疑要晚于《三国志演义》。

罗贯中本人所写的小说不止一部。他的《三国志演义》现存最早的刊本，刊行于十六世纪二十年代[①]。而现存的署名罗贯中所作的其他长篇小说，例如《隋唐两朝志传》《残唐五代史演义传》《三遂平妖传》等，都刊行于十七世纪[②]。它们究竟是不是罗贯中的作品，还缺乏确证。退一步说，即使罗贯中果真是它们的作者，现存的刊本也已经过后人较大的修改，远非原貌。因此，我们说，现存的第一部长篇小说是《三国志演义》，而不是罗贯中的其他作品，这大约离事实不远。

二、第一部章回小说

从十四世纪中叶到十九世纪末，中国的长篇小说普遍地采用了章回小说的体制。作为现存的第一部长篇小说，罗贯中的《三国志演义》已具备了章回小说的雏形，并对章回小说的形成和繁荣起到了不可低估的作用。

从文体上说，至少在下列两点上值得我们注意：

第一，是它的语言

《三国志演义》用浅近的文言写成。在它以后涌现出无数的长篇小说作品，它们绝大多数放弃了文言，改而采用通俗的白话，尽管有些作品偶尔还保留了与《三国志演义》类似的浅近文言的因素。这正反映了中国古代小说语言发展的潮流：

文言—浅近的文言—白话

《三国志演义》恰恰处于历史的转折点上。

第二，是它的分则

《三国志演义》全书分为二十四卷，共二百四十节（段）。每节有单句七言标目，起概括内容和醒目的作用。例如首尾四节，为：

祭天地桃园结义

刘玄德斩寇立功

羊祜病中荐杜预

王浚计取石头城

但没有"第一节""第二节"……的顺序数。每节的结尾处，又设置悬念，以"此人是谁""未知性命如何""毕竟如何，且听下回分解"等语收束。这是十六世纪二十年代书本所反映的罗贯中原本的面貌。十六世纪九十年代的刊本开始把二十四卷改成了十二卷、二十卷或六卷，但二百四十节没有变动。到了十七世纪的二三十年代，一些刊本不再分卷，开始把二百四十节合并为一百二十回，并使回目凑成七言双句。又到了十七世纪的六七十年代，毛宗岗评本出现，六十卷、一百二十回的形式始告正式确定，回目双句，也由"参差不对，错乱无章"的七言修饰为"精工"的、讲究对偶的七言或八言，例如首尾两回：

宴桃园豪杰三结义，斩黄巾英雄首立功
荐杜预老将献新谋，降孙皓三分归一统

《三国志演义》的版本相当繁多。它经历了不同时期、不同版本的如下演变：

分则、单句标目——分回、双句回目、不对偶——分回、双句回目、对偶。

这恰恰也代表着章回小说文体发展的进程。

而同一部作品的不同版本能起到保存章回小说发展痕迹的作用，这在中国小说史上，除了《三国志演义》，还找不到其他的作品。

三、第一部历史演义小说

由于《三国志演义》小说书名中的"演义"二字，产生了中国小说史上的一个专门的术语——"历史演义小说"。

历史演义小说是明代长篇小说中的一个重要的品种。它和神魔小说、人情小说、公案小说等品种一起，构成了明代长篇小说的主体。

　　历史演义小说，作为长篇小说（章回小说）的一个品种，是从明代开始出现的。当时，它广泛流行，深受读者的喜爱。作者们纷纷按照朝代的演变和进程，来系统地描绘重大的历史事件，上自盘古开天辟地开始，下至明代本朝为止，举凡中国历史上的每个朝代几乎全都可以在历史演义小说中得到存身之地。这么众多的历史演义小说，组成了比较完整的中华民族历史的巨幅画卷。

　　在不同作家的笔下，在不同的作品中，有时会重复地、交叉地出现同样的内容。或相互抄袭，或相互补充，而各有不同的描写重点。以隋唐两代历史故事为题材的明代小说，即达五种之多[③]。有的作品甚至冠以"续编"或"后传"的书名，来增加自己的号召力。例如万历年间的《新刻续编三国志后传》，它主要是演述十六国时期（304—439）前赵刘曜（318—329在位）的事迹，却以《三国志演义》的"续编""后传"的形式和读者见面，这些都表明了，明代的历史演义小说的发展呈现出争奇斗妍的十分繁荣的局面。

　　这个局面的形成，实际上是由《三国志演义》奠定基础的。

　　《三国志演义》不仅是明代历史演义小说最优秀的代表作品，而且还是明代历史演义小说中的第一部开创性作品。明清两代的其他历史演义小说的诞生，无不笼罩在它的影响之下。

从《三国志演义》可以充分地看出历史演义小说所具备的几个特征。

它们虽以史书为依傍，却不以史实为拘限。在创作过程中，作者们通过对素材的各种各样的剪裁，进行了适当的艺术加工。有的是吸取了民间传说，有的则是出自作者的想像和虚构。也就是说，有虚有实，虚实结合。由于历史演义小说本身性质的界定，当然以实为主，以虚为辅。至于虚和实的成分各占多少比例，那就因人因书而异了。这和作者的文学创作观念、艺术功力有关。这也从一个方面决定了历史演义小说作品是否成功，是否能够赢得读者的喜爱。清代著名学者章学诚（1738—1801）从史学家的立场出发，对《三国志演义》做了若干苛刻的指责。他的评价未免有偏颇之处。但他指出《三国志演义》有"七分实事，三分虚构"的特点④，这句话还是中肯的，符合于一般历史演义小说的实际，因而常为古代小说研究者所引用。

它们的写法，约有两类。一类是平铺直叙，基本上按照编年的顺序将采择的事件逐一写去。另一类则是以一个或数个英雄人物为中心，展开事件和场景的描绘。前者仿佛史书中的"编年体"和"纪事本末体"，后者犹如史书中的"纪传体"。有时，则在一部作品中，两类写法兼而有之。

它们描写的时代范围，或是一个朝代的始终，或是数个朝代，或是某个特定的历史时期。《三国志演义》就描写了东汉末年和三国时代的历史人物和故事。它的叙事，起于东汉灵帝建宁元年（168），迄于西晋武帝太康元年（280），前后凡一百一十三年。

它们描写的内容重点，可以是开国皇帝和将相王侯们的创功立业史，可以是割据时期的群雄纷争史，也可以是末代皇帝的亡国史。

它们的作者，在描写历史人物和故事时，往往并不采取纯客观的、超然的态度，而是流露了一定程度的倾向性。在贤明、仁德的君主和暴虐、狡诈的君主之间，作者的爱憎是分明的。许多矛盾的引发都被作者纳入了所谓"忠奸斗争"的轨道。在《三国志演义》中，作者的赞许主要给予了蜀汉刘备一方，并对他们一方的许多人物有不同程度的美化。

它们的作者把注意力集中于政治、军事等等重大事件的描写。笔触很少顾及人物的日常生活的场景，家庭生活、爱情生活等等很少进入作者的视野。和这有关联的是，作者所塑造的成功的人物形象，很少有平凡的百姓，当然也很少有平凡的妇女。

注释

① 即嘉靖壬午本。

② 《隋唐两朝志传》现存龚绍山刊本，有木记说："万历己未岁季秋既望，金阊书林龚绍山绣梓。"《残唐五代史演义传》现存几种刊本，均未标明刊行的年代。但八卷本题"李卓吾批点"，六卷本题"玉茗堂批点"，而李贽（1527—1602）和汤显祖（1550—1616）均系万历间人。且《隋唐两朝志传》万历四十七年刊本木记说："继此以后，则有《残唐五代史志传》详而载焉，读者不可不并为涉猎，以睹全书云。"两书均多附

署名"丽泉"之诗。可知两书刊行年代相去不远。《残唐五代史演义传》当为万历刊本（不排除有为天启或崇祯刊本的可能）。《三遂平妖传》现存王慎修世德堂刊本，封面上有"冯犹龙先生增定"字样。冯犹龙即冯梦龙，而冯梦龙增补本却刊行于泰昌元年（1620）。故知此王慎修世德堂刊本当印于泰昌元年之后。

③ 这五种是：1. "罗贯中"编辑、"杨升庵"批评的《隋唐两朝志传》；2. 熊大木《唐书志传通俗演义》；3. "徐文长"批评的无名氏《隋唐演义》；4. 齐东野人《隋炀帝艳史》；5. 袁于令《隋史遗文》。

④ 章学诚：《丙辰札记》，见《章氏遗书外编》卷四。

第六节　最早的与最流行的版本

在《三国志演义》现存的各种版本中，哪一种是最早的刊本，哪一种是过去最流行的版本呢？

前者是嘉靖壬午本。后者是毛评本。

一、最早的版本——嘉靖壬午本

嘉靖壬午本的刊行年代最早。它也最接近于罗贯中原稿的面貌。

嘉靖壬午本刊行于嘉靖元年（1522）①。

它的书名叫做《三国志通俗演义》。

作者的题署处有两行字。第一行"晋平阳侯陈寿史传"，第二行为"后学罗本贯中编次"。

值得注意的是第二行的"后学"二字。这是相对于第一行所提到的一千多年以前的晋人陈寿而说的。当然，它无疑是作者罗贯中的一种自谦的说法。旁人没有必要，也没有义务去替他谦逊一番。所以，这一行字，或者说，这两个字，应该是出于罗贯中自己的手笔。事实胜于雄辩，这就证明了，有"后学"二字题署的嘉靖本直接地或间接地来源于罗贯中的稿本。

嘉靖壬午本的卷首刊载了两篇序文。一篇是庸愚子的《三国志通俗演义序》，署"弘治甲寅仲春几望，庸愚子拜书"。甲寅，即弘治七年（1494）。下有印章两方："金华蒋氏之印""大器"。可知庸愚子是金华（今属浙江省）人蒋大器的别号。另一篇是修髯子的《三国志通俗演义引》，署"嘉靖壬午孟夏吉望，关中修髯子书于居易草亭"。壬午，即嘉靖元年（1522）。下有印章两方："关西张子词翰之记""尚德"。可知修髯子姓张，名尚德，关西（今陕西省一带）人。

全书分为二十四卷。每卷十节，共二百四十节。

初刻本与覆刻本之分

此书每半叶九行，每行十七字，是一种刻印比较精致的大字本。

嘉靖壬午本有两种影印本。一为商务印书馆影印本（1929年，上海），系以涵芬楼藏本为底本，并以日本文求堂主人藏本补配。一为人民文学出版社影印本（北京），有线装本（1974年）、平装本（1975年）之分，系以上海图书馆藏本为底本，并以甘肃省图书馆藏本补配。

这里需要指出两点：

第一，商务印书馆影印本，书名题为《明弘治本三国志通俗演义》。"弘治本"之称，不确。该影印本有蒋大器《序》

而无张尚德《引》。其所以被误称为"弘治本",根据无非就在于蒋大器弘治七年的序文。但,张尚德嘉靖元年序文的存在,正好否定了"弘治本"的说法(嘉靖元年在弘治七年之后,相隔有二十八年之久)。推测起来,产生这种说法的原因,或许是在用以影印的底本上恰巧缺少那篇嘉靖元年的序文;当然,也不排除这样的可能:在影印之前,或在影印之时,有人故意地抽掉了那篇嘉靖元年的序文,企图鱼目混珠,用嘉靖本来冒充弘治本。

第二,经细心对校,发现商务印书馆影印本和人民文学出版社影印本二者的文字和细节有着细微的歧异。最突出的例子莫过于卷十六第三节"玉泉山关公显圣"。两本同样是写关羽之死,却存在着避讳和不避讳的区别。人民文学出版社影印本比较详细地描写了关羽被擒和被杀的过程。而在商务印书馆影印本,这些细节丝毫不见踪影,仅仅写道:只见空中有人喊"玉帝有诏"云云,于是关羽"父子归神"。从常理判断,两本的刊刻时间一先一后,人民文学出版社影印本应在先,商务印书馆影印本必在后。

也就是说,嘉靖壬午本有初刻本与覆刻本之分。人民文学出版社影印本的底本是初刻本,商务印书馆影印本的底本则是覆刻本。

嘉靖壬午本现有上海古籍出版社排印标点本(1980年)。它实际上是以商务印书馆影印本(即嘉靖壬午本的覆刻本)为底本而加以标点的。

二、最流行的版本——毛评本

如果要问，在众多的《三国志演义》版本中，哪一种版本是过去和当前的读者们所最熟悉的？那么，答案很可能是毛评本了。

《三国志演义》毛评本的流行，与《水浒传》金圣叹评本相仿佛。金圣叹评本问世后，不胫而走，迅速占领了市场。从清初到清末，在传播的竞争上，所有其他的《水浒传》版本几乎都纷纷败在它的手下。它成为《水浒传》在清代最流行、最热门、最受读者欢迎的版本。毛评本也毫不逊色地有过这样一段光辉的历史。它同样是《三国志演义》在清代最流行、最热门、最受读者欢迎的版本。

"毛评本"是毛宗岗评本或毛纶、毛宗岗父子评本的简称。"评"是评点、评论的意思。"毛"则有时指的是毛纶、毛宗岗父子，有时主要是指毛宗岗。

毛评本刊行于清代康熙年间。它的覆印本以及各种各样的派生本，在清代，多如牛毛。

全书分为六十卷，每卷两回，共一百二十回。

它的书名是《三国志演义》，或称《四大奇书第一种》《三国志》。

目录前题署"茂苑毛宗岗序始氏评""声山外书""吴门杭永年资能氏定"。声山是毛宗岗之父毛纶的表字。

现存的毛评本，以醉耕堂刊本为最早。醉耕堂刊本卷首载有李渔的序文，署"康熙岁次己未十有二月，李渔笠翁氏题于吴山之层园"。己未，即康熙十八年（1679）。这篇序文后来遭人删改，并伪托为金圣叹顺治元年（1644）撰写的序文，置于毛评本的其他刊本的卷首，并改书名《四大奇书第一种》为《第一才子书》，改"声山别集"为"圣叹外书"，迷惑了不少的阅读者和研究者。

毛评本的删改

毛评本对罗贯中原本进行了多处的增删和修饰。卷首所载的《三国志演义凡例》，一一介绍了它的改动。约而言之，有如下十端：

一、删除了"之""乎""者""也"等字，和一些"冗长"、"复沓"的词语。

二、改写了一些"讹""误"的纪事。例如，刘备闻雷失箸（毛评本第二十一回；嘉靖壬午本卷五第一节），马腾入京遇害（毛评本第五十七回；嘉靖壬午本卷十二第四节），关羽封汉寿亭侯（毛评本第二十六回；嘉靖壬午本卷六第一节），曹后骂曹丕（毛评本第八十回；嘉靖壬午本卷十六第九节），孙夫人投江而死（毛评本第八十四回；嘉靖壬午本卷十七第八节）。

三、增添了一些"事不可阙"的细节描写。例如，关羽秉烛达旦（毛评本第二十五回；嘉靖壬午本卷五第九节），管宁割席分坐（毛评本第六十六回；嘉靖壬午本卷十四第二节），曹操分香卖履（毛评本第七十八回；嘉靖壬午本卷十六第六节），于禁陵庙见画（毛评本第七十九回；嘉靖壬午本卷十六第七节），诸葛亮夫人之才（毛评本第一百十七回；嘉靖壬午本卷二十四第四节），郑玄侍儿之慧（毛评本第二十二回；嘉靖壬午本卷五第三节），邓艾"凤兮"之对（毛评本第一百零七回；嘉靖壬午本卷二十二第四节），钟会"不汗"之答（毛评本第一百零七回；嘉靖壬午本卷二十二第四节），杜预《左传》之癖（毛评本第一百二十回；嘉靖壬午本卷二十四第九节）。

四、增添了一些已被选入《文选》的文字。例如，孔融荐祢衡表（毛评本第二十三回；嘉靖壬午本卷五第五节），陈琳讨曹操檄（毛评本第二十二回；嘉靖壬午本卷五第三节）。

五、把原本中"参差不对""杂乱无章"的单句"题纲"合并、润饰为对偶的"精工"的双句回目。

六、削去了伪托的李卓吾评语，并用自己撰写的新评语来校正旧评语中"唐突"刘备、"谩骂"诸葛亮的地方。

七、保留了原本对"事之是者"和"尤可笑者"所加的圈点，而删去了原本对"事之非者"所加的涂抹。

八、增加了唐宋名人的诗词，删去了周静轩等人的"俚鄙可笑"的诗句。

九、削去汉代尚未产生的七言律诗，例如，钟繇、王朗颂铜雀台（毛评本第五十六回；嘉靖壬午本卷十二第一节），蔡瑁题馆驿屋壁（毛评本第三十四回；嘉靖壬午本卷七第七节）等伪作。

十、削去一些"后人捏造"的、为"今日传奇所有"和"今人之所知"的情节。例如，关羽斩貂蝉②，张飞捉周瑜③。

同时，还削去一些"古本《三国志》所无""非今人之所知"的情节。例如，诸葛亮欲烧魏延于上方谷（毛评本第一百零三回；嘉靖壬午本卷二十一第五节），诸葛瞻读邓艾书信而犹豫未决（毛评本第一百十七回；嘉靖壬午本卷二十四第四节）。

毛评本的两种功能

毛评本卷首还载有一篇《读三国志法》。此外，它对各回的文字也都进行了比较细致的评点。

总之，毛评本兼有两种功能，它既是《三国志演义》的修改本，又是《三国志演义》的评点本。在对毛评本作出评价的时候，不能忽略这两种功能的区分。

作为一种修改本，对《三国志演义》原本说来，毛评本有功，也有过。毛评本与罗贯中原本有着较大的距离。毛氏父子的修改，有的是正确的和必要的。但是，在更多的地方，他们对伟大作家罗贯中的伟大作品《三国志演义》的态度不够尊重，擅出己意，作了许多不忠实、不必要的的修改。在这一点上，无可讳言，他们是有过失的。不过，毛评本的出现却在客观上扩大了《三国志演义》传播的范围，使它拥有了更多的读者。在这一点上，它自然又是有功劳的。

作为一种评点本，毛评本具有较高的艺术价值。它的许多透辟的见解，细腻的分析，精彩的议论，都能给予读者很大的启发。它对中国文学理论批评宝库作出了巨大的、不可磨灭的贡献，毛宗岗（包括他的父亲毛纶）和他的前辈金圣叹、他的后辈脂砚斋一样，在中国古代小说理论批评史上，占据着显要的、不可动摇的位置。

注释

① 嘉靖壬午本并没有特别标明它的刊刻年代。这里说它"刊行于嘉靖元年"，是因为它载有一篇撰写于嘉靖元年的序文。版本学家、目录学家一般都是这样来处理刊刻年代问题的。

② 见于元人杂剧《关大王月夜斩貂蝉》。京剧亦有《月下斩貂蝉》。

③ 见于明人传奇《草庐记》。京剧《龙凤呈祥·芦花荡》亦演此事。

第七节　毛纶与毛宗岗

读《水浒传》，不能不知道金圣叹。读《红楼梦》，不能不知道脂砚斋。同样，读《三国志演义》，也不能不知道毛宗岗其人。

毛宗岗因《三国志演义》毛评本而著名。

一般人都以为"毛评本"这个名词中的"毛"字指的就是毛宗岗。其实，这是一个小误会。"毛"固然可以指毛宗岗，但它同时身应该兼指他的父亲毛纶。

为什么呢？因为"毛评本"的评者不止是毛宗岗一人，理应包括毛纶在内。他们父子二人都参加了毛评本对《三国志演义》的评论和整理工作。他们彼此既是父子关系，又是合作者关系。而在这项工作上，可以说，毛纶是首倡者，毛宗岗则是完成者。许多毛评本上，除了题署"茂苑①毛宗岗序始氏评"之外，往往还题有"声山别集"或"毛声山先生批评"等字样，就是这个道理。

毛纶、毛宗岗父子是何许人呢？

毛纶，字德音，号声山，长洲（今江苏省苏州市）人。生活于明末清初，生卒年不详。

他富有学问，而一生穷困，不得志于时，中年以后，又遭双目失明的厄运，乃闭门著书自娱。

顺治八年（1651），他曾在同乡官宦蒋灿家坐馆授徒。

据褚人获《坚瓠补集》卷二《汪啸尹祝寿诗》说："毛德音先生纶……有《三国笺注》《琵琶评》行世。"可知毛纶评点过的作品，至少有戏曲《琵琶记》、小说《三国志演义》两种。

康熙五年（1666），毛纶评点的《琵琶记》刊行。书名改称《第七才子书》。评论部分由他本人口授，儿子毛宗岗笔录。书前有一篇《总论》，谈到了他们同时进行的《三国志演义》的评点工作。

> 昔罗贯中先生作《通俗三国志》，共一百二十卷。其纪事之妙，不让史迁。却被村学究改坏，予甚惜之，前岁得读其原本，因为校正，复不揣愚陋，为之条分节解。而每卷之前，又各缀以总评数段。且许儿辈亦得参附末论，共赞其成。书既成，有白门快友见而称善，将取以付梓。不意忽遭背师之徒欲窃冒此书为己有，遂致刻书中阁，殊为可恨。今特先以《琵琶》呈教，其《三国》一书，容当嗣出。

这一番话，使我们了解到：

第一，《三国志演义》的评点工作，主要是由毛纶本人进行的。"儿辈"当指毛宗岗。他只不过充任了助手的角色，所起的作用是次要的。

第二，毛纶的评点工作的内容，计有三项："校正"文字，在正文之中加入"条分节解"的评语；在每卷之前加入"总评"数段。

第三，他的评点工作，在康熙五年之前，也就是在《第七才子书》刊行的那一年之前，业已完成。

第四，毛纶评点的《三国志演义》本已决定由白门（今江苏省南京市）书坊刊行。但却发生了一桩意料不到的事，以致刊印之事遂作罢论。当时到底发生了什么事情呢？我们只知道是：他的一位门人，违背师训，欲将此书攘为己有。至于昔日有关的种种情况，则因时日相隔久远，直接或间接的文字资料匮乏，今天已无法了解其中的究竟。有人指出，那个"背师之徒"就是在毛评本上署名的杭永年。这仅仅是一种可能的猜测，似乎还缺少必要的证据。

毛宗岗，字序始，号孑庵。生于崇祯五年（1632）。康熙四十八年（1709）春季仍然健在，卒年不详②。著有笔记小说集《孑庵杂录》。

他的一些诗、词、文，例如《猫弹鼠文》、《美女灯谜》绝句、《西江月·咏物》词、《临江仙·焚书自叹》词等，散见于他的朋友褚人获的《坚瓠集》。另外，《题金豫晋小像》以及写于康熙十九年（1680）的为金豫晋祝寿诗二首，见于

《金氏重修家谱》;《雉园公戊辰朱卷并遗嘱手迹合装册题跋》一文，见于《娄关③蒋氏本支录》稿本中册。

当毛纶在蒋灿家教书的时候，毛宗岗也跟随在身旁。因此他结识了蒋灿之孙蒋铭、蒋之逵等人。蒋铭曾促成了《第七才子书》毛评本的刊印。毛宗岗在《参论》中称蒋铭为"吾友"。蒋之逵则是其父毛纶的门生。后来，蒋铭之子蒋深又成为毛宗岗本人的门生。毛宗岗为蒋灿试卷、遗嘱题跋，就是应蒋深的请求而写的。

大约在这个时候，毛宗岗还结识了当时著名的文人尤侗。尤侗与蒋氏"世为中表"，曾为《第七才子书》毛评本撰写序文。

毛宗岗同金圣叹也有来往。金雍编辑的《圣叹尺牍》一书中保存着金圣叹写给毛宗岗的一封信。

康熙四年（1665），其父毛纶因病废目，《第七才子书》的评点由毛宗岗执笔代书。次年，毛宗岗商请其师"葑溪④浮云客子"撰写序文，遂成书刊行。

康熙十八年（1679）十二月，李渔为《三国志演义》毛评本撰写序文。此书由醉耕堂刊行，乃现存最早的《三国志演义》毛评本。

约在康熙三十四年（1695）左右，毛宗岗为其友褚人获《坚瓠集》庚集撰写序文。其后，《坚瓠集》的广集、补集、秘集都选录了毛宗岗的一些文字。

我们知道，毛纶、毛宗岗父子二人都参预了《三国志演义》毛评本的整理和评点。据毛纶在《第七才子书》的《总论》中说《三国志演义》毛评本的"校正"和"总评"是他自己所作。而李渔的醉耕堂本序在谈及《三国志演义》毛评本的"评"者时，仅仅提到了毛纶一人的名字。但是，我们并不知道，除了"校正"和"笔录"之外，毛纶还具体做了什么，除了"笔录"之外，毛宗岗究竟还做了什么。我们更不清楚，他们二人之中，谁做得多，谁做得少，谁应该是主要的，谁应该是次要的。好在他们是父子关系，即使把账错算在谁的头上，也没有多大的妨碍，不至于引起著作权的纠纷。

在这一点上，毛宗岗占了便宜。因为在今天，他的名气比毛纶更大，毕竟他是毛评本整理和评点工作的最后完成者，毕竟他的名字刻印在毛评本的引人注目的位置上。

注释

① "茂苑"，指毛宗岗的乡贯，是长洲的别称。

② 蒋祖芬《娄关蒋氏本支录·祖范》（钞本）载有毛宗岗的跋文，署"康熙己丑之春，通家晚学生毛宗岗谨识"。己丑即康熙四十八年。可知至少活到了此时。跋文中说："岁辛卯……时予方弱冠耳，而今忽忽已老矣。"古人一般以"弱冠"指二十岁。辛卯即顺治八年（1651）。以此逆推，可知生于崇祯五年。有人推断他生于崇祯十二年（1639），不确。

③ 娄关，在长洲。

④ 荠溪，也在长洲。

第八节 《三国》的版本系统

几部伟大的小说名著，都有比较复杂的版本问题。《水浒传》《西游记》《聊斋志异》《儒林外史》和《红楼梦》如此，《三国》也如此。

所以，作为《三国》的热心的读者，在阅读之前，了解一点有关它的版本问题的常识，还是必要的。

《三国》的传播十分广泛。除了最早的"嘉靖壬午本"和过去最流行的"毛评本"之外，还有着不计其数的刊本。

这些复杂繁乱的众多版本，能不能理清它们的头绪呢？

大体上说来，《三国》的版本可以分为甲、乙、丙、丁四大系统。甲系统和乙系统是二百四十节本。丙系统和丁系统则是一百二十回本。

从版本演变的历史进程看，二百四十节本的产生在先，一百二十回本的产生在后。而所谓二百四十"节"，其实就是一百二十"回"的"一分为二"（一回分拆为二节）。所谓一百二十"回"，其实就是二百四十"节"的"合二而一"（二则合并为一回）。

甲系统包括嘉靖壬午本、周曰校刊本、夷白堂刊本、夏振宇刊本等。它们都在作者的署名上冠以"后学"二字。它们都分为二百四十节，而每节都有一个单句的标目。

但，嘉靖壬午本和夷白堂刊本是二十四卷本（每卷十节），周曰校刊本和夏振宇刊本则是十二卷本（每卷二十节）。

另外，在书名上，嘉靖壬午本、周曰校刊本都叫做《三国志通俗演义》，夷白堂刊本、夏振宇刊本则微有不同，前者叫做《通俗三国演义》，后者叫做《三国志传通俗演义》。

嘉靖壬午本刊行于明代嘉靖元年（1522）。卷首载有蒋大器（庸愚子）弘治七年（1494）的序文，和张尚德（修髯子）嘉靖元年的序文，在《三国志演义》现存的各种版本中，它的刊行年代最早，也最接近于罗贯中原稿的面貌。因此，它一直被认为是《三国志演义》的最重要的版本。嘉靖壬午本现有两种影印本：商务印书馆影印本（1929年，上海），人民文学出版社影印本（1974年，北京）。它们的底本在某些文字和细节上有所歧异，这正反映了嘉靖壬午本初刻本（人民文学出版社影印本）和覆刻本（商务印书馆影印本）的不同。

周曰校刊本，它的另两个名称是万卷楼刊本或仁寿堂刊本，万历十九年（1591）刊行于金陵（今江苏南京）。卷首也有蒋大器、张尚德的两篇序文。有插图二百四十叶。初刻本插图记有刻工王希尧、魏少峰二人的姓名。覆刻本则无。周曰校刊本现有台北天一出版社《明清善本小说丛刊》影印本。

夷白堂刊本，万历年间刊行于武林（今浙江省杭州市）。它的行款，半叶九行，每行十七字，同于嘉靖壬午本。这表明它和嘉靖壬午本有一定的血缘关系。但书中某些地方，例如卷二十一首叶首行，有"徽郡原板"字样。这又表明它的底本可能是一种安徽刊本。

夏振宇刊本的刊行年代、地点不详。它晚于周曰校刊本。从文字上看，当出于周曰校刊本。它们在书名之上都增添了完全相同的附属语："校正古本大字音释"。它们在分卷上都同样有所变动，把嘉靖本的二十四卷合并为十二卷。蒋大器、张尚德的两篇序文同样都被保留下来。它们的文字也都同样接近于嘉靖。夏振宇刊本现有中华书局《古本小说丛刊》影印本（1990年，北京）。

甲系统的版本（尤其是嘉靖壬午本），它们的文字最接近于罗贯中的原本。而在作者署名之上冠以"后学"二字，正具有特征的意义。试想，若非来自罗贯中本人的稿本，何劳旁人费心去代替他使用这样的谦抑之词呢？

乙系统包括余象斗刊本、"评林"本、熊清波刊本、郑少垣刊本、杨起元刊本、郑世容刊本、刘龙田刊本、笈邮斋刊本、杨美生刊本、黄正甫刊本、美玉堂刊本、刘荣吾刊本、"合像"本、朱鼎臣辑本、王泗源刊本、熊成治刊本、"汤学士校正"本等等。它们不妨统称为"闽刊本"。它们共同的特点，可以概括如下：

1. 在分卷上，都属于二十卷本；

2. 基本上都以《三国志传》为书名；

3. 刊刻的地点都在福建，而且基本上集中于建阳一地；

4. 绝大多数刊行于万历年间，而且都在甲系统的周曰校刊本之后；

5. 叶面上都采用了上图下文的形式；

6. 在内容上，绝大多数都插增了关索出身、入川的情节。

种种迹象表明，乙系统各版本或它们的底本的产生，要晚于甲系统中的嘉靖本、周曰校刊本等。

乙系统各版本的文字比较粗芜简略，和甲系统不同，情节上也略有出入。它们以普及性的通俗读物的面貌出现。由于商业竞争的原因，出版者既要忙于抢赶时间，又要蓄意节省工料，印制上的草率、粗糙在所难免。从《三国》的流传过程看，这一类版本对后世的影响并不算大。

这一系统中的余象斗刊本、"评林"本、郑少垣刊本、郑世容刊本、笈邮斋刊本等，都有中华书局《古本小说丛刊》影印本。

丙系统，从分卷上说，有不分卷本和二十四卷本的区别。

不分卷本刊行于明末，包括吴观明刊本、宝翰楼刊本，绿荫堂刊本、黎光楼植楠堂刊本等，可以统称为李卓吾评本。

二十四卷本刊行于清初，包括两衡堂刊本、遗香堂刊本等可以统称为李笠翁评本。

李卓吾评本和乙系统的闽刊本有一定的血缘关系。这从以下三个现象可以得到解释。第一，丙系统的吴观明刊本刊刻于福建建阳。第二，丙系统的黎光楼植楠堂刊本的正式名称虽然是《李卓吾先生批评三国志》，但在第一百回回末等处却题为《李卓吾先生批评三国志传》，袭用了闽刊本的书名。第三，乙系统的王泗源刊本的书名，或作《……三国志史传》，或作《……三国志传》，封面的题名却也袭用了闽刊本特有的书名，《李卓吾先生批点原本三国志传》。

不过，宝翰楼、绿荫堂、藜光楼植楠堂已变成了江苏苏州的书坊。刊刻地点从建阳向苏州的转移，标志着它们和乙系统的决裂。它们显然也接受了甲系统的影响。当然，它们和甲系统、乙系统毕竟有所不同。最重要的是，它们把二百四十节改成了一百二十回，并以增加大批评家李卓吾或李渔的评语为号召。

当然，所谓"李卓吾"的批评并非真正地出自李贽的笔下，而是像叶昼那样的文人和一些书商串通起来，共同做手脚，托名伪造的①。

李渔评本现存康熙年间彩色套印本。它的卷首载有李渔自序，署"湖上笠翁李渔题于吴山之层园"。而李渔自南京移家杭州云居山东麓的层园，系康熙十六年（1677）间事，序云："余于声山所评传首，已僭为之序矣。"而李渔得毛评本序文系作于康熙十八年（1679）十二月。由此可知，李渔评本实出于毛评本之后。它成书的时间约在康熙十六年至十九年之间②。

丁系统比较单纯，由一大批毛评本，以及它们的种种派生本组成。这是在清代流行了二百五十年之久的、最畅销的《三国》版本。

毛评本对《三国》本文作了许多的改动，并且还添加了许多的评语。

毛评本对后世有很大的影响。丙系统中的李笠翁评本产生于毛评本（醉耕堂刊本）问世之后，直接吸收了毛评本的许多评语。上世纪 50 年代至 70 年代在中国大陆上普遍流行的人民文学出版社排印本，就是在毛评本的基础上进行整理的。今天的《三国》读者，恐怕绝大多数都是从毛评本入手的。中国电视剧制作中心的八十四集电视连续剧《三国演义》的剧本也正是依据毛评本改编的。

如果按照版本产生时代的先后来排列，四大系统的顺序为：

甲—乙—丙、丁

注释

① 钱希言：《戏瑕》卷三。
② 李渔卒于清康熙十九年（1680）。

三国・三国志

第九节 "几度夕阳红"的作者是谁

　　台湾女作家琼瑶的言情小说一度风靡大陆。其后不久，从琼瑶小说改编的电视剧又接二连三地继之而起。其中有一部叫做《几度夕阳红》的，还出现了两种不同的版本，分别摄制于大陆和台湾。

　　琼瑶小说所取的书名，往往撷取古典诗词中的佳句，颇见精巧。当年，在《几度夕阳红》播映之初，有人曾问，构成书名的这五个字有何出处？倒有好几位娴熟古典诗词的老先生被问住了，只能茫然地回答：一时记不清、也说不清它们的娘家了。幸亏有几位小青年出来解围。他们指出：这五个字，见于小说《三国志演义》中的一首词。一个富有诗情画意的句子竟出于小说家罗贯中的笔下，这有点儿出乎那几位老先生的意料。

　　有人根据这个线索，到嘉靖壬午本《三国志演义》中去寻找，无奈翻遍了全书，从头到尾，也没有探觅到这首词的踪迹。后来，才在毛评本中发现了它。其实，它就堂堂正正地印在毛评本的卷首。全文是这样的：

滚滚长江东逝水，浪花淘尽英雄。

是非成败转头空：青山依旧在，几度夕阳红。

白发渔樵江渚上，惯看秋月春风。

一壶浊酒喜相逢，古今多少事，都付笑谈中。

　　前面冠以"词曰"二字。以这样的地位和形式出现，表明它的性质是"引首词"。例如，在另一部著名小说《水浒传》的卷首，就曾推出了一个以"试看书林隐处，几多俊逸儒流"两句开端的引首词。

　　于是，有人认为，把"几度夕阳红"的著作权归之于毛宗岗父子的名下，这大概是确定无疑的了。

　　谁知大陆偏偏有一位青年农民写信告诉琼瑶，这首词的作者，既不是元末明初的小说家罗贯中，也不是清初的评论家毛宗岗父子，而是明代中叶的文学家杨慎。

　　实际上，"滚滚长江东逝水"云云，固然出自杨慎的笔下，却不见于杨慎的词集《升庵长短句》以及《续集》《补遗》之中，也不见于杨慎的散曲集《升庵陶情乐府》以及《续集》《补遗》之中。它的正式出处，却是杨慎的《历代史略十段锦词话》。

　　《历代史略十段锦词话》，一名《历代史略词话》《历朝史说》《历朝史记》，明末又被他人改称为《廿一史弹词》。它共分两卷，十段。第一段为总说，其余九段，从三代说到元史。内容是讲述历代兴亡的故事，每段都以一首词开端，以另一首词结尾。"滚滚长江东逝水"云云，见于第三段"说秦汉"的开端，词牌是［临江仙］。全文共六十字，和毛评本一比，毫发不爽。

奇怪的是，杨慎并没有用这首词来说三国之事，而是用以说秦汉之事。他说三国之事的词，在这部《词话》中，倒是有的，一前一后，见于第四段"说三分两晋"。前面的一首是［西江月］：

> 道德三皇五帝，功名夏后商周。
> 英雄五伯闹春秋，秦汉兴亡过手。
> 青史几行名姓，北邙无数荒丘。
> 前人田地后人收，说甚龙争虎斗？

后面的一首也是［西江月］：

> 豪杰千年往事，渔樵一曲高歌。
> 乌飞兔走急如梭，眨眼风惊雨过。
> 妙算龙韬虎略，英雄铁马金戈。
> 争名夺利竟如何，必有收因结果。

试把这两首［西江月］和那一首［临江仙］比较一下。无论是从意境的深邃上，还是从词句的凝炼上说，前者都不如后者远甚。我们不能不佩服毛宗岗父子的眼光：他们放弃了［西江月］，另外选择［临江仙］，并使它成为一首脍炙人口的名作。

说到杨慎，我们不禁想起了他的另一首和《三国志演义》有关的词。词的题目是"吊诸葛"，词牌用的是［六州歌头］。词收在《升庵长短句》中，是卷三的首篇：

> 伏龙高卧，三顾起隆中。割宇宙，分星宿，借江东，祝东风，端坐舌战徂公。激公瑾，连子敬，呼翼德，挥白羽，楚江红。乌鹊惊飞，虎距蚕丛地，炎焰重融。吞吴遗恨在，受诏永安宫。尽悴苍穹，鉴孤忠。　　念行营草，出师表，心匪石，气凌虹。岁去志，年驰意，早成翁。目断咸潼，出五丈，屯千井。旗正正，鼓冬冬。天亡汉将，星陨卯金终。巾帼食槽，司马生魂走，死垒遗弓。遣行人到此，千古气填胸，多少英雄！

词写得铿然有声，表达了对诸葛亮的怀念、崇敬和惋惜。

此外，杨慎还写有七律《武侯庙》和散文《八阵图记》，都很有名。看来，他对三国史事是相当熟稔的，他对《三国志演义》也是相当喜爱的。因而他写下了一些和三国故事有关的作品。然而，他可能没有想到，在他离开人世一百余年之后，那两位姓毛的小说评点家竟会把他的［临江仙］词移植到《三国志演义》的卷首，终于普遍地、广泛地增加了它和广大读者群众见面的机会。

第十节　刘、关、张的年龄

桃园三结义，刘备为大哥，关羽是老二，张飞排行第三，这已是家喻户晓的了。

毛评本第一回说："誓毕，拜玄德为兄，关羽次之，张飞为弟。"文中没有明说以年齿为序，甚至也没有向读者交代他们结拜时关羽、张飞各自是多大的岁数。刘备的年龄，倒是在这一回中透露过："玄德年已二十八岁矣。"这就给一些喜欢打破砂锅问到底的读者留下了疑团。

不过，嘉靖壬午本卷一第一节比毛评本多出了这样的两句："关、张年纪皆小如玄德，遂欲拜为兄。"这表明，罗贯中认为，刘备的年龄比关、张大。

其实毛评本中对他们三人的年龄没有作隐瞒。不过，不是在桃园三结义之初，而是在他们生命走向终结的时刻，一一地介绍了他们的年寿。

第七十七回说："于是关公父子皆遇害，时建安二十四年（219）冬十二月也。关公亡年五十八岁。"（嘉靖壬午本卷十六第三节无）由此逆推，可知关羽生于桓帝延熹五年（162）。

第八十一回说:"飞(张飞)大叫一声而亡。时年五十五岁。"(嘉靖壬午本卷十七第一节基本相同)而上文有"择定章武元年(221)七月丙寅日出师"之语。由此逆推,可知张飞生于桓帝永康元年(167),比关羽小五岁。

第八十五回说:"先主……言毕,驾崩。寿六十三岁。时章武三年(223)夏四月二十四日也。"(嘉靖壬午本卷十七第九节基本相同)由此逆推,可知刘备生于延熹四年(161),比关羽大一岁。

从这里所叙述的年寿来看,他们兄弟三人的排行顺序不存在什么问题。

问题在于,这些说法是不是以正史的记载为依据?是不是一种"小说家言"?

《三国志·蜀书·先主传》说,章武三年"夏四月癸巳,先主殂于永安宫,时年六十三"。因此,《三国志演义》所叙述的刘备的年寿,和《三国志》没有差讹,是可信的。

《三国志·蜀书》的《关羽传》和《张飞传》只分别提到他们卒于建安二十四年和先主伐吴之初,而没有说他们享寿几何。但《张飞传》有这样几句:"少与关羽俱事先主。羽年长数岁,飞兄事之。"却明确地指出,关羽比张飞大几岁。"年长数岁",估量一下,也就是大五岁左右吧。因此,罗贯中安排张飞小于关羽五岁,也是可信的。

剩下的问题,就是刘备、关羽二人年龄的差异了。

据钱静方《小说丛考》所引用的《关侯祖墓碑记》说,关羽生于桓帝延熹三年(160)庚子六月二十四日。如果此说属实，则关羽大于刘备一岁。

这样看来，桃园兄弟排行的顺序，或许要把刘、关、张更换为关、刘、张，方才符合他们的实际年龄。当时奉刘备为大哥，恐怕主要因为他是"汉室宗亲"，为了表示对他的这个特殊身分的尊崇吧。

罗贯中和毛宗岗父子为什么把关羽的年龄减少两岁，使他小于刘备呢？我看，这不外是为了减弱这种封建性的依附色彩，同时突出强调他们三人志同道合，桃园结义有着深厚的思想基础。

在民间传说里，桃园兄弟排行的顺序是这样确定的：张飞年龄最小，所以他反对按年龄排行。他提出，谁的本事大，谁跳的最高，谁就做兄长。话还没有说完，他已双脚离地，往上一跳，高高地跳到了桃树的顶端。接着，他就叫嚷说：这下大哥该是我了吧。关羽听了，不声不响地坐上了桃树中间的一根树杈。只有刘备不服气，他张开双手，牢牢地抱住了桃树的树干，并且说：树从根生，哪有倒着长的！张飞哑口无言。于是便排定了刘、关、张的顺序。

这个传说也巧妙地躲开了三人的实际年龄。

第十一节　刘备有几个妻子

在《三国志演义》嘉靖壬午本第二十八节"吕布夜月夺徐州"和第二十九节"孙策大战太史慈"中有这样一个情节：刘备和关羽在别的地方（盱眙），张飞在徐州把守，谁知张飞喝醉了酒，打了曹豹。曹豹在书里边是吕布的丈人，他一怒，就献了城，吕布打了进去，得了徐州。

刘备的妻子被俘虏了。"妻子"这个词，在古代是指老婆和儿子。被俘的，是指妻子一个人，还是有儿子在内，这个不太清楚。最起码是刘备的老婆被俘虏了。

张飞一个人逃出来，找到了刘备和关羽，就报告了大体的情况。众人都大惊失色。刘备叹了一口气，说："得，何足喜；失，何足忧。"关羽在旁边不依不饶，问嫂嫂哪儿去了？张飞只好承认，嫂嫂被俘虏了。

刘备听了，默默无言。关羽却大怒：你当初是怎么保证的，现在你却做出了这样的错事，把嫂嫂都丢了，你有何面目来见兄长？

张飞一听，也觉得对不起大哥，拔出宝剑，就要自杀。刘备一把拦腰抱住张飞，说了下面一番话：

古人有云："兄弟如手足，妻子如衣服。"衣服破，而尚有更换，使手足若废，安能再续乎？吾三人桃园结义，不求同日生，誓愿同日死。今日虽无了城池老小，安忍教兄弟中道而亡？吕布掳吾妻小，必不害之，容作方略救援。

"兄弟如手足，妻子如衣服"，这番话是古人说过的，但也反映了刘备的思想。

我有一次要去做一场关于刘备的演讲。有个女学生打电话说，刘老师，听说最近你要去做演讲，讲什么题目呢？我说，讲刘备。她说，刘备有什么可讲的，他说"妻子如衣服"，这个人简直要不得。

可见刘备这句话在女性里边引起了很大的反响。

认为老婆像衣服一样，破了、旧了就可以换掉，这种思想是对女性的不尊重。但刘备是封建社会的人，他有这种思想是可以理解的。放在我们今天的社会，如果有些人还这么说，那他的思想一定有问题。

我是借着这句话来说一个问题，也是大家读《三国志演义》的时候不一定会想到的问题：刘备到底有几个妻子？

这，可能大家想不出，在《三国志演义》里也查不出来。

我可以告诉大家，刘备有八个妻子。这在古时候不算是很稀奇的事。

但要说明的是，这八个妻子不是同时娶的，和后来的皇帝的三宫六院是两回事。刘备处在东汉末年，三国时期，那时的皇帝还不至于把那么多的妇女放在自己身边。

刘备的八个妻子有先后，而且其中有个妻子原是寡妇，还被封了皇后。

这一点在东汉时期也不是什么很特殊的事。孙权的女儿成了寡妇以后也嫁了人。在当时，寡妇嫁人是能够被大家接受的，包括她去做皇后。在当时人们的思想观念里，这是很平常的事儿。只有到了宋代以后，尤其是南宋以后，寡妇再嫁才受到指责。在此之前，社会上对寡妇再嫁是宽容的。我们一定要知道这个区别。

那么，刘备的八位妻子到底是谁呢？

在《三国志·蜀书·二主妃子传》中，被立传的有两位：甘夫人、吴夫人。

在《三国志演义》中，被提到的，除以上两位外，还有两位：糜夫人、孙夫人。

以上四位，都属于有姓无名的。其实，刘备的妻子，无姓无名的，至少还有另外四位。

《三国志演义》中的四位夫人，按其出场的先后说，依次为：甘夫人（嘉靖壬午本第四十四节"关张擒刘岱王忠"、毛评本第二十二回"袁曹各起马步三军，关张共擒王刘二将"）、糜夫人（第四十四节"关张擒刘岱王忠"、第二十二回"袁曹各起马步三军，关张共擒王刘二将"）、孙夫人（第一百八节"刘玄德娶孙夫人"、第五十四回"吴国太佛寺看新郎，刘皇叔洞房续佳偶"）、吴夫人（第一百五十四节"汉中王痛哭关公"、第七十七回"玉泉山关公显圣，洛阳城曹操感神"）。

先说甘夫人与糜夫人。

据《三国志·蜀书·二主妃子传》，甘夫人乃刘备居住小沛时所娶，后随刘备于荆州，生下了后主刘禅。当曹军追击刘备于当阳长阪时，刘备万般无奈，只得弃甘夫人、刘禅于不顾。幸亏赵云赶来保护，甘夫人和刘禅方才得免于难。甘夫人卒于刘备入川之前，葬于南郡。至章武二年（222），追谥为皇思夫人，并迁葬于蜀。刘备死后，刘禅接受诸葛亮的建议，追封甘夫人为昭烈皇后。

据《三国志·蜀书·糜竺传》，糜夫人系糜竺之妹。吕布袭取下邳后，刘备妻子被虏，刘备率兵转移至广陵、海西一带，糜竺于是进其妹于刘备为妻。传中并没有说破刘备的这位被掳的"妻子"是谁。但我们不难猜出，她就是甘夫人。

从《三国志》可以看出，甘夫人、糜夫人同时都是刘备的妻子，但两人的身份大不相同，甘夫人是"妾"，糜夫人却是"夫人"。《三国志演义》对甘、糜二夫人一视同仁，泯灭了她们在妻妾身份上的界限，而且在叙述中总是把甘夫人放在糜夫人的前头，以强调她的重要性。

此外，《三国志演义》还把甘夫人的某些事迹写到了糜夫人的头上。刘备在长阪所弃的，本只有甘夫人一人，《三国志演义》不但增添了糜夫人，还突出地添写了糜夫人跳井自杀的细节。实际上，在当阳长阪之前，糜夫人很可能早已去世了。

再说孙夫人。

孙夫人乃孙权之妹。孙权接受了周瑜的献计，以其妹许配刘备，并乘机诓骗刘备过江，想把他幽囚在狱中，用以换取荆州。结果，此计被诸葛亮识破，刘备设法得到吴国太、乔国老的同情和帮助，竟弄假成真，和孙夫人正式结婚。婚后，二人又设法潜逃回荆州。这个故事流传比较广泛，京剧《龙凤呈祥》（《甘露寺》《美人计》和《回荆州》的连演）即以此为题材。

关于孙夫人，有两点可说：

第一，她和孙权的兄妹关系

电视连续剧《三国演义》的剧本初稿，在人物对白中，曾把孙夫人称为孙权的"胞妹"。这话说得不够准确。不错，孙夫人的确是孙权的妹妹。但是，他们虽然同父，却不是同一位母亲所生。

据《三国志演义》嘉靖壬午本第十四节"孙坚跨江战刘表"或毛评本第七回"袁绍磐河战公孙，孙坚跨江击刘表"说，孙坚之妻是吴夫人，吴夫人之妹则是孙坚的"次妻"。吴夫人一共生了四个儿子：孙策、孙权、孙翊、孙匡。吴夫人之妹生了一子一女：子名孙朗，女名孙仁。

这样看来，孙夫人便不可能是吴夫人的女儿了。因为吴夫人只生了儿子，并没有生下女儿。

那倒不一定。在这一点上，《三国志演义》的说法也同样是不够准确的。据《三国志·吴书·妃嫔传》，吴夫人"生四男一女"。可知吴夫人确实生过女儿。那么，这个女儿是孙夫人吗？不是。因为这个女儿乃是孙权的姐姐。孙权有个姐夫，叫做弘咨，是曲阿人，见于《三国志·吴书·诸葛瑾传》，可证。而孙夫人却是孙权的妹妹。因此，吴夫人的这个女儿不可能是孙夫人。

《三国志演义》嘉靖壬午本第一百八节"刘玄德娶孙夫人"，吴国太（即吴夫人之妹）说："女儿（即孙夫人）须是我的骨血！"毛评本第五十四回"吴国太佛寺看新郎，刘皇叔洞房续佳偶"，吴国太说："女儿须是我的！"——这都证明，孙夫人乃是吴国太所生的女儿。

第二，孙夫人的名字

正史中没有提到过孙夫人的名字。孙夫人在《三国志·蜀书》及裴松之注中，前后凡五见：

1.《先主传》：

> 群下推先主为荆州牧，治公安。权稍畏之，进妹固好。

2.《二主妃子传》：

> 先主既定益州，而孙夫人还吴。

3.《法正传》：

> 或谓诸葛亮曰："法正于蜀郡太纵横，将军宜启主公，抑其威福。"亮答曰："主公之在公安也，北畏曹公之强，东惮孙权之逼，近则惧孙夫人生变于肘腋之下；

当斯之时，进退狼跋，法孝直为之辅翼，令翻然翱翔。不可复制，如何禁止法正使不得行其意邪！"初，孙权以妹妻先主，妹才捷刚猛，有诸兄之风，侍婢百余人，皆亲执刀侍立，先主每入，衷心常凛凛；亮又知先主雅爱信正，故言如此。

4.《二主妃子传》裴松之注引习凿齿《汉晋春秋》：

> 先主入益州，吴遣迎孙夫人。夫人欲将太子归吴，诸葛亮使赵云勒兵断江留太子，乃得止。

5.《赵云传》裴松之注引《赵云别传》：

> 先主入益州，云领留营司马。此时先主孙夫人以权妹骄豪，多将吴吏兵，纵横不法。先主以云严重，必能整齐，特任掌内事。权闻备西征，大遣舟船迎妹，而夫人内欲将后主还吴，云与张飞勒兵截江，乃得后主还。

可以看出，在这几段文字中，或直接称她为孙权之"妹"，或只尊称她为"孙夫人"，并没有揭示出她的名字。

在《三国志演义》中，孙夫人出场于嘉靖壬午本第一百八节、毛评本第五十四回。此后的书中一直用"孙夫人"称呼她，而没有赋予她别的名字。但此前，在第十四节、第七回，作者说过，吴夫人之妹只生了一子一女，儿子的名字叫做孙朗，女儿的名字叫做孙仁。那么，孙夫人是不是就叫做孙仁呢？

不是的。孙仁不可能是孙夫人的名字。据《三国志·吴书·孙破虏传》裴松之注引虞喜《志林》："坚有五子：策、权、翊、匡，吴氏所生；少子朗，庶生也，一名仁。"原来孙仁是男性，而不是女性。它不过是孙坚之子孙朗的另一个名字而已。

元人杂剧曾给予孙夫人一个比较男性化的名字：孙安。但罗贯中在创作《三国志演义》时却不去理会它。

京剧则给予孙夫人另一个带有脂粉气的名字：孙尚香。这个名字出现于《三国志演义》问世之后，它显然不符合罗贯中的意图。

电视连续剧《三国演义》的创作是基本上忠实于原著的。所以，在孙夫人叫什么名字的问题上，它既没有袭用那男女不分的"孙安"，也没有袭用那花哨的"孙尚香"，而是老老实实地使用了那朴实无华的"孙夫人"三个字。

最后，说一说吴夫人。

吴夫人乃吴壹（《三国志演义》作"吴懿"）之妹，原为刘瑁之妻。刘瑁早夭，吴夫人寡居。刘备定益州后，纳之为夫人，章武元年（221）封为皇后。

《三国志演义》嘉靖壬午本第一百五十四节写到了此事。它说，吴夫人是由诸葛亮提名推荐给刘备的；吴夫人生了两个儿子：刘永、刘理。

毛评本第七十七回作了修改。它把原来的推荐者诸葛亮换成了法正。这其实是多此一举，没有什么必要。嘉靖壬午本也写到了法正，但把他处理为劝谏者。刘备听到推荐后，因和刘璋是同宗，而犹豫未决。法正遂以古人古事为例来劝谏。

在《三国志演义》中，诸葛亮是全书的主角，法正却不是什么重要的人物。把诸葛亮处理为推荐者，正好可以突出刘备、诸葛亮二人之间的鱼水关系。而把推荐者和劝谏者统一为同一个人，未免显露了生硬的痕迹。这属于毛评本对原著所造成的创伤之一。

嘉靖壬午本以刘永、刘理二人为吴夫人之子，这一点与正史不符，倒没有得到毛评本的应有的修正。刘永、刘理均见于《三国志·蜀书·二主妃子传》。它说："刘永，字公寿，先主子，后主庶弟也。"没有指明他的母亲是谁，只说刘禅和他不是一母所生。它又说："刘理，字奉孝，亦后主庶弟也，与永异母。"明确地指出，刘禅、刘理不是一母所生，刘永、刘理也不是一母所生。

所以，刘永和刘理二人不可能都是吴夫人所生。吴夫人所生的，只可能是其中的一人。甚至二人均非吴夫人所生，也说不定。

除了以上四位妻子，刘备至少还应有另外四位妻子。

何以见得呢？

上文业已指出，刘永、刘理非一母所生。如果其中一人为吴夫人所生，则刘备至少应有五位妻子。如果两人均非吴夫人所生，则刘备至少应有六位妻子。

据《三国志·蜀书·二主妃子传》，甘夫人初嫁刘备时，她的身份是"妾"，可见其时或其前刘备另有妻室。它又说，"先主数丧嫡室"。既说是"数"，就不止是一次或两次了。可知在甘夫人之前，刘备的妻子起码有三位或四位。

五加三得八。因此，刘备前后至少有八个妻子。

（本文是一篇演讲稿）

第十二节　刘备与薛宝钗

有人觉得奇怪，你怎么会把《红楼梦》里的一个女性形象和刘备拉在一块儿来讲呢？

这两个人物是有共同点的。至于这个共同点是多是少，另当别论。

我只是抓住其中的一点来谈：他们两人是不是都有虚伪的一面？

薛宝钗在大观园里基本上不得罪人，她讨好掌权的老太太、太太那些人，和谁都合得来，对谁都不得罪。她的有些行为给读者的感觉是两个字：虚伪。

刘备也有这样的一面。民间不是流传一句歇后语么，刘备摔孩子——收买人心。那就说明，他把阿斗一摔，说比不上赵云，实际上是收买人心。这句歇后语代表了老百姓读了《三国志演义》、听了三国故事、观看了三国戏以后的一种很深刻的感受，有一定的道理。即使不是百分之一百的正确，我想也有百分之九十以上的程度。所以刘备的身上有虚伪的一面。

怎么看这个虚伪呢？

鲁迅说，写他长厚、忠诚、老实，结果反而显得他是虚伪。

这句话是鲁迅很多年以前说的，很有影响。因为鲁迅有权威性，所以这句话很多人都记住了。

我每次给研究生出题，都喜欢出这个题目：鲁迅的这句话对还是不对，你怎么看？出这么一个题目是想让学生独立思考。鲁迅是个权威，权威的话不一定句句对。你觉得对，道理在哪里？你觉得不对，道理又在什么地方？学生对我这个题也很有兴趣，答案是五花八门，各种说法都有。

在鲁迅那个时候，现代学术界对古典小说的认识和研究可以说才在起步的阶段。在那个刚开始的阶段，有两个著名的学者，一个是胡适，一个是鲁迅。在今天来看，他们对《三国志演义》艺术上的成功、价值、文学史上地位的认识，是很不够的，有些地方很不全面，甚至是错误的。这不等于否定他们在中国小说史研究上面的成绩和地位。

鲁迅说过两句话，一句说刘备，一句说诸葛亮。我个人认为，那都是不正确的。

怎么分析这个问题？怎么解释这个问题？

我想到，要和薛宝钗做比较。薛宝钗大家可能比较熟悉，光说刘备是不是显得没有说服力？我们试着从薛宝钗来看刘备。

我先要跟大家讲我的两位老师对薛宝钗的看法。

上个世纪的五十年代，我从北京大学毕业。当时北大校园内有一件非常红火的事情，就是有两位教授同时开《红楼梦》的课，让大家自由地、有选择地去听。

在那里讲《红楼梦》的，一位是北京大学教授吴组缃先生，他现在已经去世了。他是中国红楼梦学会的第一任会长，在大学里教过我的课；还有一位是诗人何其芳先生，当时是我们文学研究所的所长，也是我的导师，他现在也已经去世了。

我那时已经不是学生，到文学研究所工作了。因为当时的文学研究所的办公室就在北京大学的校园之内，所以每堂课我都去听了。

为什么两个人同时讲？因为当时号召展开百家争鸣。他们二人对《红楼梦》的一系列问题的看法都不一样，各谈各的。不同的看法当中，最主要的一点，就是对薛宝钗的看法。

我先介绍吴先生的看法。

吴先生是小说家，在现代文学史上很有名。新中国成立后，他做了教授，不写小说了。因为他是小说家，所以他对古代小说的看法很深刻，有很深入的、独到的见解。

他认为，薛宝钗很坏，很阴险，是个两面派。他不是凭空得出这个结论的，他举了一系列的例子，包括宝钗扑蝶、第八回跟莺儿两个人一言一语说项圈。吴先生认为，那都是事先设计好的阴谋，目的就是要一步一步地爬上宝二奶奶的座位。

何先生的看法呢？

何先生是诗人，相对于吴先生的冷静，他比较热情。诗人和小说家的区别就在这里。他认为，薛宝钗不是坏人。《红楼梦》写了很多女性，都是薄命的。薛宝钗也是个薄命女子。

她的命运也是很可悲的，曹雪芹绝对不是对她进行批判，而是对她表示同情。之所以写出这么一个人物，是因为在封建社会里有这样的人物，有她的典型性、代表性。她是个什么人物呢？她是封建社会里的一个淑女的形象。她身上是不是有虚伪的东西呢？有！但那不是她个人的品质所带来的虚伪，而是因为她信奉封建伦理道德等一套观念，这一套观念本身就有一定的虚伪性。虚伪是从这里产生的，不是她个人的品德问题。她作为一个大家庭中的女性，身处封建社会，头脑又受到封建思想的统治，她不可避免地就有这些东西，是不由自主的。这是何先生的看法。

我是同意何先生的看法的。我觉得吴先生的看法是求之过深。

因此，我就拿何先生对薛宝钗的看法来看刘备。

刘备是一个封建社会的人物，是封建社会中一个政治集团的领袖，是封建社会的一个皇帝。他的所做所想都受到封建思想、封建伦理道德的驱使。刘备这个人本身不能摆脱这些东西，不可能超前或脱离那个时代去另外想出一些东西。他跳不出时代的限制，所以在他身上有虚伪的东西不稀奇，有权术的东西不稀奇。

刘备就和《水浒传》里的宋江一样，肯定是有权术的。

笼络人心，就是权术之一。

有权术好不好呢？无所谓好，也无所谓不好。你要做领袖，要想使你的部下、兄弟死心塌地地跟你走，而且要干一番事业，除了情感上的联系——现在社会还要有经济上的联系，还必须要有权术的手段，否则你就会失败。

所以有权术是完全可以理解的。古今中外的领袖人物都有权术。这没有什么值得赞扬或者值得批判的。

所以，刘备摔孩子，你可以说他是虚伪，也可以说是权术。作为封建社会一个高层的起决定性的人物，这样做是不稀奇的。

在这一点上，他和薛宝钗就有了近似的地方。

如果从这方面去理解，"状似长厚而近伪"，这是不是罗贯中创作刘备这个形象的失败、败笔呢？

我认为，不能这么看。

罗贯中本人也是封建社会的知识分子，他的思想也要受到封建思想的拘束，他也跳不开、摆脱不开。他所创造的皇帝的形象肯定是有封建思想的，是有权术的，有虚伪的一面。

不能苛求一个封建社会的知识分子刻画的封建皇帝在道德上很纯洁，没有缺点，那是不可能的。

所以，我说要从薛宝钗来看刘备，这样对于刘备是不是虚伪，是不是要权术，就有个明白的解答了。

（本文是一篇演讲稿）

第十三节　刘备之墓

刘备死后，葬在哪里呢？

据《三国志演义》嘉靖壬午本第一百六十九节、毛评本第八十五回说，刘备死于永安宫，由诸葛亮等人护送灵柩还成都，后主刘禅即位后，葬于惠陵。这和《三国志·蜀书·先主传》的记载是一致的。

那么，惠陵又在什么地方呢？

《坚瓠余集》卷一"蜀先主墓"引《文苑潇湘》说：

> 嘉靖中，盗发蜀先主墓。数盗穴墓而入，见两人张灯对棋，侍卫十余。盗惊惧拜谢。一人顾谓曰："尔欲饮乎？"乃各饮以一杯，兼乞与玉带数条，命速出。盗出外，口已漆矣，带乃巨蛇也。视其穴，已如旧矣。

惜乎它没有说出这个"蜀先主墓"位于何处。况且它把故事编织得那样的神乎其神，只能被我们当作一篇荒诞无稽的神话看待，岂可视为信史？

清人傅世逵有《惠陵》诗，其末句说："至今锦官城外路，艳说臣主共尝蒸。"锦官城是对成都的泛称。由此可见，惠陵位于成都城外。

据宋人任渊《重修先主庙记》说，绍兴二十九年（1159）十月至三十年三月，于惠陵重修先主庙，其地在"成都之南三里所"。这就把惠陵的方位说得更加具体了。

查《辞源》"惠陵"："三国蜀刘备（昭烈帝）墓。在四川旧华阳县西南。"而华阳县已于 1965 年撤消，并入双流县。

看来，刘备之墓是在今四川省成都市双流区的境内。

但，任渊《重修先主庙记》又说："惠陵者，实昭烈弓剑所藏之地。"这又向我们透露了一个有趣的消息：刘备实际上并没有葬在惠陵。惠陵只不过是他的弓剑冢。

这个说法可靠不可靠呢？

巧得很，1994 年 6 月的《东方城乡报》报导说，在四川省彭山县莲花村发现了刘备的灵柩墓。

那是在 1994 年 1 月，莲花村的几位村民，为了寻找水源，在村北一公里处的莲花山半山腰，开钻破山。他们发现了一座特大型古墓，高三百米，底座直径六百米。国家有关考古专家称：这座大型帝王陵，很可能是三国时期历史人物刘备的灵柩墓。据说，刘备建都于成都后，诸葛亮即为他秘密修建陵墓。为防被盗及保密，诸葛亮选中了山坡极高的彭山，削山为陵。刘备去世后，诸葛亮巧布迷魂阵，埋设多处衣冠冢。他亲自护送刘备灵柩，装上船，沿府河东下，运至黄龙溪，上山安葬于莲花村①。

倘若莲花山的古墓能够被肯定为刘备的陵墓，这正好证实了任渊的说法。

　　这就是说，刘备之墓表面上是在华阳，实际上却在彭山的莲花村。

注释

① 《中国文化报》1994 年 6 月 29 日 "月末报摘" 摘要转载了这篇报导。

第十四节　阿斗的名字及其他

　　刘备之子刘禅，他为人们所更熟悉的名字是阿斗。甚至还有一句俗语，常常挂在人们的嘴边，"扶不起的阿斗"。

　　阿斗诞生在建安十二年（207）的春天。当时，刘备正屯扎于新野县。据《三国志演义》嘉靖壬午本卷七第七则、毛评本第三十四回说，他降生之时，发生了一桩被称为"祥瑞"的事情：当夜有白鹤一只，飞来县衙屋上，高鸣四十余声，望西飞去。这当然是出于后人的捏造和附会。高鸣之声，不多不少，正好四十有余，是为了预示他日后穿了四十年的龙袍；不望东飞，而望西飞，正预示着刘氏父子日后登上皇帝宝座的地点是在西蜀。此外，他的母亲甘夫人曾经在睡梦中仰吞北斗，因而怀孕。他生下以后，乳名就叫做阿斗。古人认为，在天空群星中，北斗星最亮。所以，梦吞北斗而孕，也被当作是一桩"祥瑞"的事情而被长期传说着。

　　"阿斗"之名，不见于《三国志·蜀书·后主传》。但在同书《刘封传》中却有记载。《刘封传》援引了孟达写给刘封的书信，其中有两句说：

自立阿斗为太子已来，有识之士相为寒心。

可见刘禅的这个乳名在当时已广为人知。

《三国志演义》没有交代刘禅的表字。而《三国志·蜀书·后主传》说，他"字公嗣"。

但他实际上有两个表字。《三国志·魏书·明帝纪》裴松之注引鱼豢《魏略》说：

> 帝露布天下，并班告益州曰："……（诸葛）亮外慕立孤之名，而内贪专擅之实，刘升之兄弟守空城而已……"

这"刘升之兄弟"指的就是刘禅兄弟。可见除"公嗣"之外，刘禅还有另一个表字："升之。"

"升之"显然可以和"阿斗"搭配在一起。

"升"作动词用，有上升的意思。《诗经·小雅·天保》说："如月之恒，如日之升。"北斗星升起于天空，这不是使"斗"和"升"发生了联系吗？"升"还可作名词用。它和斗都是容量单位，十升为一斗；升、斗二字常连在一起被用，以比喻微薄或少量。从古人名字关合的规律看，乳名为"阿斗"而表字为"升之"，有一定的根据，是可信的。

至于"公嗣"，则和"禅"构成另一组。

这涉及"禅"字的读音。"禅"字的读音有二。一是chán，音"禅"；一是shàn，音"善"。字音不同，字义也就不同。前者是佛教用语，指静坐默念，或泛指有关佛教的事物。后者主要有封禅和禅让两个意思。封禅，是古代帝王祭天地的典礼。《大戴礼·保傅》说："封泰山而禅梁父。"帝王外出巡游时，在泰山筑土为坛以祭天，报天之功，叫做"封"；在梁父山辟场以祭山川，报地之功，叫做"禅"。至于禅让，那是说：皇帝把帝位授与别人，让别人来当皇帝。

刘禅的"禅"字该读什么音呢？

刘禅有个哥哥，叫做刘封。他是刘备的养子。据《三国志·蜀书·刘封传》说：

> 刘封者，本罗侯寇氏之子，长沙刘氏之甥也。先主（刘备）至荆州，以未有继嗣，养封为子。

兄弟二人，一个叫"封"，另一个叫"禅"。可见是用"封禅"的意义来作为取名的依据。

《三国志·蜀书·向朗传》的末尾提到了向朗的侄子向充。此处有裴松之注引习凿齿《襄阳记》，叙述了向充的事迹。其中转引了向充的几句话：

> 吾闻谯周之言，先帝讳"备"，其训"具"也，后主讳"禅"，其训"授"也，如言刘已具矣，当授与人也。

可知刘禅之命名实含有"禅授"的意思。谯周是蜀汉的大臣，和刘氏父子的关系非同一般。他的解释谅必有根有据。

因此，刘禅的"禅"字的读音，应是"善"，而不是"蝉"。

何况佛教在东汉时期刚开始传入中国，到了晋代以后方才盛行。在刘备所处的东汉末年，佛教还没有普遍流行。他以佛教用语来为自己的儿子命名，在当时，那是难以想像的。

一般人大多读"刘禅"为"刘蝉"。现在到了应该纠正这个错误读音的时候了。

关于刘禅，还有一个传说，也见于《三国志·蜀书·后主传》裴松之注所引的鱼豢《魏略》：

> 初备（刘备）在小沛，不意曹公（曹操）卒至，遑遽弃家属后奔荆州。禅（刘禅）时年数岁，窜匿，随人西入汉中，为人所卖。及建安十六年（211），关中破乱，扶风人刘括避乱入汉中，买得禅，问知其良家子，遂养为子，与娶妇，生一子。初，禅与备相失时，识其父字玄德。比舍人有姓简者，及备得益州而简为将军，备遣简到汉中，舍都邸，禅乃诣简，简相检讯，事皆符验。简喜，以语张鲁，鲁乃洗沐，送诣益州。备乃立以为太子。

情节颇为曲折，故事性很强。其中那位简将军，有人说就是简雍，因为《三国志·蜀书·简雍传》说他"少与先主（刘备）有旧"，后随先主入益州，"先主拜雍为昭德将军"。

罗贯中在《三国志演义》中采择了不少的民间传说，唯独没有看上这一条。似乎他认为，这个传说离真实情况太远，其中的时间、年龄又有问题，不足凭信。连裴松之当年对这也抱着怀疑的态度，他在引录了这个传说之后，又加按语说：

> 《二主妃子传》曰："后主（刘禅）生于荆州。"《后主传》云，"初即帝位，年十七"，则建安十二年（207）生也。十三年（208）败于长阪，备（刘备）弃妻子走。《赵云传》曰，"云（赵云）身抱弱子以免"，即后主也。如此，备与禅未尝相失也。又，诸葛亮以禅立之明年领益州牧，其年与主簿杜微书曰："朝廷（指刘禅）今年十八"，与禅传相应，理当非虚。而鱼豢云备败于小沛，禅时年始生，及奔荆州，能识其父字玄德，计当五六岁。备败于小沛时，建安五年（200）也，至禅初立，首尾二十四年，禅应过三十矣。以事相验，理不得然。此则《魏略》之妄说，乃至二百余言，异也！

裴松之的分析，细致而又入理，说服力较强。罗贯中显然读过裴松之的这一段按语，并且受到了他的结论的影响。

这表明，在搜集素材时，罗贯中并非有闻必录，而是下了一番甄选的工夫，有所去取的。不管故事性多强，只要有悖于事理，他还是舍得割爱的。

第十五节　关羽姓不姓关

关羽姓关，这是天经地义的事。

但是，有人却说，关羽并不姓关。你相信吗？

在《三国志·蜀书·关羽传》开端，是这样介绍关羽的：

> 关羽，字云长，本字长生，河东解人也。亡命奔
> 涿郡。

记事比较简略。他为什么要把"长生"改为"云长"？他为
什么要逃离故乡"亡命"？这些都没有作出必要的交代。

到了《三分事略》或《三国志平话》卷上，对关羽的介
绍变成了：

> 话说一人，姓关名羽，字云长，乃平阳蒲州解良人
> 也，生得神眉凤目，虬髯，面如紫玉，身长九尺三寸。
> 喜看《春秋左传》，观乱臣贼子传，便生怒恶。因本县
> 官员贪财好贿，酷害黎民，将县令杀了，亡命逃遁，前
> 往涿郡。

它的记事，比《三国志》详细得多了。不但补叙了关羽逃离故乡"亡命"的原因，还描写了他的仪表和体态，介绍了他的爱好和正义感。然而却把他改名之事忽略了。

再看看《三国志演义》嘉靖壬午本卷一第一节。它先描写的是关羽的仪表和体态：

> 身长九尺三寸，髯长一尺八寸，面如重枣，唇若抹朱，丹凤眼，卧蚕眉。相貌堂堂，威风凛凛。

把"虬髯"改成了一尺八寸的长髯。脸面的颜色，由"紫玉"变成了"重枣"。"神眉凤目"，未免过于抽象；"丹凤眼，卧蚕眉"，显得更具体，更形象化，也更为今天的读者所熟悉。接着，它又让关羽自报家门：

> 吾姓关，名羽，字长生，其后改为云长，乃河东解良人也。因本处豪霸倚势欺人，关某杀之，逃难江湖，五六年矣。

毛评本第一回的这两段文字和它基本上相同。它补上了关羽改名的经过，并给予了关羽亡命江湖的具体时间：五年或六年。它把关羽所杀的人，由"本县官员"换成了"本处豪霸"。贪官污吏也好，地主恶霸也好，反正半斤八两，他们都是压迫者、剥削者，人民的死对头。

从《三国志》到《三国志演义》，它们所叙述的关羽的出身，不过如此。

但在民间传说或野史笔记里，却不乏可作补充的资料。

不妨举两个例子。

第一个例子：

据钱静方《小说丛考》记载，清代康熙十七年（1678），在关羽的故乡解州，知州王朱旦深挖旧井时，获得一块关羽的墓石，上面刻写着关羽之祖、父两代的名字和生卒年等等。王朱旦因而撰写《关侯祖墓碑记》，介绍了有关的情况：

1. 关羽之祖关审，字问之，生于和帝永元二年（90），在解州常平村居住，卒于桓帝永寿三年（157），享年六十八。

2. 关羽之父关毅，字道远。

3. 关羽生于桓帝延熹三年（160）六月二十四日。

4. 关羽娶妻胡氏。

5. 关羽于灵帝光和元年（178）五月十三日生子关平。有两点值得注意。第一，民间传说，五月十三日乃关老爷磨刀日，或说该日乃是关羽的生日。而这里却说是其子关平的生日。第二，《三国志·蜀书·关羽传》说，关平乃关羽之子。而《三国志演义》说，关平是关羽的义子。这里却和《三国志》保持着一致。

第二个例子：

据褚人获《坚瓠秘集》卷三"指关为姓"及梁章钜《归田琐记》卷七"三国演义"引《关西故事》的记载，关羽出身的故事是这样的：

关羽是蒲州解梁县人。他原本不姓关。

年少时，关羽勇猛有力，往往不受家长的约束。父母发了怒，把他禁闭在后花园的一间空屋内。

有一天晚上，月光格外明亮。关羽打开窗子，跳出窗外，独自一人在花园中散步。这时，忽然听见园东墙外有女子啼哭声，非常悲哀，又听见还有个老人也在对着地哭泣。他感到很奇怪，就推倒园墙，询问原故。老人诉说："我女儿已受聘于人。而本县知县老爷的大舅爷，听说我女儿长得漂亮，就想娶她为妾。我到县衙去上告，反而受到老爷的叱骂。因此在这里啼哭。"

关羽听了，不觉大怒，就拿起宝剑，前往县衙，杀死了知县和知县的舅爷，然后逃走。

关羽逃到潼关，听说城门上挂着他的画像，官府捕捉，十分紧迫。他就伏身于水旁，掬起水洗脸。洗完脸，在水里一照，发现脸上的颜色已经变得赤红，完全变成了另一个人的脸。于是，他挺身上前，走向城门。把守城门的官吏诘问他，他就随口指关为姓，说自己姓关，蒙混过去。

从此，他就姓开了关。

这显然是一则流传广泛的民间传说，颇为有趣。

第十六节　汉寿亭侯

往年，在京剧《龙凤呈祥·甘露寺》中，乔玄有一句唱词，道是"他有个二弟寿亭侯"。后来，有识之士提出了商榷的意见。于是演员们把这句唱词改成了"他有个二弟汉寿亭侯"。

这涉及对"汉寿亭侯"的理解。

一种理解是，"汉寿亭侯"等于"汉"代的"寿亭侯"。"汉"是朝代名，"寿亭"是地名，"侯"是爵位名。

另一种理解则是，"汉寿亭侯"等于"汉寿"这个地方的"亭侯"。"汉寿"是地名，"亭侯"是爵位名。

当然，前一种理解是错误的，后一种理解才是正确的。

前一种理解并不完全是京剧《龙凤呈祥·甘露寺》的作者或演员的过错。它来源于《三国志演义》嘉靖壬午本卷六第一节：

却说曹操为云长斩了颜良，倍加钦敬，表奏朝廷，封云长为寿亭侯，铸印送与关公。印文曰："寿亭侯印。"使张辽赍去。关公看了，推辞不受。辽曰："据兄之功，封侯何多？"公曰："功微，不堪领此名爵。"再三辞却。
辽赍印回见曹公说："云长推辞不受。"操曰："曾看印
否？"辽曰："云长见印来。"操曰："吾失计较也。"遂
教销印将销去字，别铸印文六字："汉寿亭侯之印"。再
使张辽送去。公视之，笑曰："丞相知吾意也。"遂拜受
之。

这里细致地写出了"寿亭侯"与"汉寿亭侯"的区别。有没
有这个"汉"字，以及怎样对待这个"汉"字，在罗贯中看
来，是牵涉到关羽思想、品格的大事。于是，他运用这个细
节来加强对关羽的英雄形象的塑造。

当然，罗贯中认为，这个"汉"字是朝代名。

倘若果真如此，难道还有汉"寿亭侯"与魏"寿亭侯"、
吴"寿亭侯"的区分？

毛宗岗发现了罗贯中的错误。在毛评本中，"汉寿亭侯"
四字已直接取代了"寿亭侯"三字；罗贯中那段得意的细节
描写也已全部被删掉了。毛宗岗还在回评中提出：

今人见关公为汉寿亭侯，遂以"汉"为国号，而直
称之曰"寿亭侯"，即博雅家亦时有此。此起于俗本演
义之误也。俗本云：曹瞒铸寿亭侯印贻公而不受，加以
"汉"字而后受。是齐东野人之语，读者不察，遂为所误，
夫汉寿，地名也；亭侯，爵名也。汉有亭侯、乡侯、通
侯之名，如孔愉为余不亭侯，钟繇为东武亭侯，玄德为

宜城亭侯之类。

毛宗岗又说："汉寿亭侯，犹言汉寿之亭侯耳。岂可去'汉'字，而以'寿亭侯'为名耶？"

汉寿是地名，亭侯是官爵名。对"汉寿亭侯"一词的正确理解，离不开这两点。

什么叫亭侯呢？

这需要从"二十等爵"说起。在秦代，爵位计有二十等级。最高一级，叫做彻侯。汉代继承了秦代的"二十等爵"制度。为了避汉武帝刘彻讳，彻侯改称为通侯。其后，又改为列侯。据《后汉书·百官志》说："列侯，所食县为侯国。""金印紫绶，以赏有功，功大者食县，小者食乡、亭。"也就是说，列侯有县侯、乡侯、亭侯之分。

我们知道，在东汉末年，地方行政区划依次有州、郡、县、乡、亭、里等。所以，亭侯的爵位小于县侯和乡侯。

而汉寿则是县名。关羽封"汉寿亭侯"，表明他以汉寿县的一亭为其食邑。

那么，汉寿是什么地方呢？

首先，人们会想到四川境内的汉寿县。《三国志·蜀书·费祎传》说，延熙十四年（251）冬，曾"北屯汉寿"。这个汉寿县，属梓潼郡，治所在今广元市西南。其地原名葭萌，系秦时所置之县。刘备曾从此地出发，袭取涪城，见于《三国志演义》毛评本第六十一回、第六十二回。"汉寿"之名乃蜀汉时所改。晋武帝太康元年（280）又改名晋寿。

这个汉寿显然与关羽的"汉寿亭侯"无关。因为关羽受封于建安五年（200），其时四川境内还没有出现汉寿这个县名。葭萌曾改名为汉寿，那已是二三十年以后的事了。

关羽的汉寿应当是湖南境内的汉寿。其地在今常德市东北。它原名索县。汉顺帝阳嘉三年（134）改名汉寿。三国时，孙吴改名吴寿。到了晋代，又恢复旧名。这个汉寿县名的存在，恰在关羽受封的时限之内。所以，清王先谦《后汉书集解》在"武陵郡·汉寿"之下注释说："献帝封关羽汉寿亭侯，当即县亭。"

第十七节　白马不是坡

　　传统京剧的剧名常用三个字组成，而这三个字往往又是一个地名，例如《白马坡》。

　　《白马坡》又名《斩颜良》，事见《三国志演义》第二十五回。《三国志演义》第二十六回的一个主要内容，关羽诛文丑，乃斩颜良延续下来的情节。京剧《甘露寺》中，乔国老有一句唱词，赞美关羽的勇武，"白马坡前诛文丑"。所以，白马坡这个地名，和颜良、文丑这两个人名，在人们的记忆中，经常连缀在一起。

　　京剧中，以"坡"为名者不少。除《白马坡》外，著名的还有《武家坡》《博望坡》《长板坡》《落凤坡》《十字坡》等等。

　　"坡"的本义，指倾斜的地方。在这里，是山坡的意思。白马坡，意即一个以白马为名的山坡。

　　但在《三国志演义》中，或在《三国志》中，白马都不是山坡，而是县名。

　　白马县始置于秦代，治所在今河南滑县附近。南北朝时代，白马县一直是兖州、东郡的治所。隋代以后，成为滑州的治所。明代初年，废白马县，以其地并入滑州。

曹植的《赠白马王彪》是中国文学史上传诵人口的名篇。诗题中的"白马王彪"，即曹植的异母弟曹彪。曹彪原封吴王，于黄初七年（226）徙封白马，所以称为"白马王"。这个"白马"，指的就是白马县。

在《三国志》中，几次提到斩颜良、诛文丑的地点，都笼统地说是在白马县境内或附近，而与山坡无关。

可是，在《三国志演义》中，却提到了"山"。第二十五回，先写曹操"先提五万军亲临白马，靠土山扎住。遥望山前平川旷野之地，颜良前部精兵十万，排成阵势"，颜良连斩宋宪、魏续二将，又打败了徐晃。曹操请来关羽，置酒相待。"忽报颜良搦战，操引关公上土山观看"，只见"山下颜良排的阵势，旗帜鲜明，枪刀森布，严整有威"。接着，描写了关羽斩颜良的精彩场面：

关公奋然上马，倒提青龙刀，跑下山来，凤目圆睁，蚕眉直竖，直冲彼阵，河北军如波开浪裂。关公径奔颜良。颜良正在麾盖下，见关公冲来，方欲问时，关公赤兔马快，早已跑到面前。颜良措手不及，被云长手起一刀，刺于马下。忽地下马，割了颜良首级，拴于马项之下，飞身上马，提刀出阵，如入无人之境。

这里有一个从山上冲到山下的过程。颜良被斩的地点，当然在"山前平川旷野之地"，却不可避免地给人以山坡近侧的感觉。《白马坡》的剧名，大概就是由此而来的。

白马不仅仅是县名，还是津渡名，王先谦《后汉书集解》在《郡国志》兖州东郡白马之下注说："有黎阳津，即白马津，关云长刺袁绍将颜良、解白马围，即此。"他指出，白马津是关羽斩颜良的具体地点。但是，他的注解需要做进一步的补充：东汉末年，白马县西北是黄河的南岸；南岸的渡口叫白马津，北岸的渡口才叫黎阳津，两者遥遥相对。

因此，关羽斩颜良的地点，并非山坡；据《三国志演义》所写，是在山下的平地；而据史书的注解，则是在河边。

第十八节　谁诛文丑

一提起白马坡，就会想到颜良。而一提起颜良，就会想到文丑。有个古老的谜语，谜面为"貌比潘安，才如草包"，打《三国志演义》的两个人名，谜底是颜良和文丑。连在谜语里也是把他们二人放在一起猜的。

《三国志演义》第二十六回写得十分明白：

> 文丑沿河赶来。忽见十余骑马，旗号翩翻，一将当头提刀飞马而来，乃关云长也，大喝："贼将休走！"与文丑交马，战不三合，文丑心怯，拨马绕河而走。关公马快，赶上文丑，脑后一刀，将文丑斩下马来。

诛文丑者，关羽也。

然而，在《三国志》中，《蜀书》的《关羽传》根本没有出现文丑的名字；至于《魏书》，无论《武帝纪》，还是《袁绍传》《荀彧传》《荀攸传》，虽然出现了文丑的名字，并说他丧命于战场之上，却没有点破他究竟死于何人之手[①]。

只有《三国志·魏书·徐晃传》，叙述了这样一句："破文丑。"看来，诛文丑的似乎是徐晃。

但在细读《徐晃传》这一句的上下文之后，我对上述结论又开始怀疑了。

《徐晃传》这一句的完整的上下文是这样的：

> 从破刘备，又从破颜良，拔白马，进至延津，破文丑，拜偏将军。

怎样理解其中的"破文丑"这一句的含义呢？

我们需要进行两个对比。

第一，是和《三国志·蜀书·关羽传》关于颜良的文字对比。《关羽传》说：

> 绍遣大将颜良攻东郡太守刘延于白马，曹公使张辽及羽为先锋击之。羽望见良麾盖，策马刺良于万众之中，斩其首还，绍诸将莫能当者，遂解白马围。

写得是多么的详细，还明确地指出颜良乃关羽所杀。相反的，《徐晃传》关于文丑的记载却十分简略，并使用了一个笼统的字眼儿，"破"，语意含糊，模棱两可，仅仅是在表明：击败了文丑——那么，文丑被杀了吗？缺乏明确的交代。一个"破"字，有两种可能性：他被杀了；他和手下的兵卒一起溃败而逃了。如果不参考其他的史料，你很难在判断上作出正确的抉择。

第二，是和《徐晃传》这一句所在的上下文的对比。在这一段记载中，不是有三个"破"字吗？（1）"从破刘备"；（2）"从破颜良"；（3）"破文丑"。三个相同的"破"字，自然有利于作比较。（1）和（2）在"破"字之前有个"从"字，可知该战役并不以徐晃为主力。（1）有"破"字，但刘备并未被杀，可见"破文丑"并不一定意味着"诛文丑"。（2）用了"破"字，但颜良又明明为关羽所斩。这从侧面告诉我们：（3）"破文丑"的主力虽是徐晃，但文丑却不一定丧命于徐晃之手。

所以，关于文丑之死，可以得出两个结论：史无明文，不知死于何人之手；非为徐晃所杀。当然，在历史上，文丑亦非为关羽所杀。

到了《三国志演义》中，罗贯中却改编素材，安排了关羽诛文丑的情节。他这样做，主要目的是为了加强对关羽的形象刻画。连斩袁绍两员大将，正显示出了关羽的神威。而在诛文丑之前，先写文丑打败张辽、徐晃，作为关羽出场的铺垫，使得关羽的形象更加突出，给读者留下更深刻的印象。还有一个目的，则是出于在故事情节中设置戏剧冲突的考虑。当时，刘备安身于袁绍的军营中，关羽却在曹操帐下效力。关羽斩颜良、诛文丑之后，一方面使袁绍与曹操的正面冲突更加尖锐，另一方面又诱发了袁绍对刘备的猜疑，甚至还暗藏着曹操对关羽的提防，大矛盾套着小矛盾，错综复杂。最后，刘备修书，孙乾乔装改扮私会关羽，这才推动情节的进展，引起了下文的一连串好戏：关羽挂印封金，千里走单骑，过五关，斩六将……在整个情节的大链条中，诛文丑是必不可少的一环。

由此可见，罗贯中对诛文丑这个细节的设计，花了一番心思，因而是相当成功的。

注释

①《三国志·魏书·武帝纪》："绍骑将文丑与刘备将五六千骑前后至……时骑不满六百，遂纵兵击，大破之，斩丑。"《袁绍传》："绍渡河，壁延津南，使刘备、文丑挑战。太祖击破之，斩丑，再战，禽绍大将，绍军大震。"《荀彧传》："……颜良、文丑临阵授首……皆如彧所策。"《荀攸传》："乃纵步骑击，大破之，斩其骑将文丑，太祖遂与绍相拒于官渡。"

第十九节　关羽之死

　　《三国志演义》第一百五十三节"玉泉山关公显圣"、第七十七回"玉泉山关公显圣，洛阳城曹操感神"描写了关羽之死。

　　在《三国志演义》的不同的版本中，此一情节的叙述有繁本、简本之分。

　　绝大多数版本是繁本。只有个别的版本是简本。

　　繁本以嘉靖壬午本的初刻本为代表，其有关文字如下：关羽横刀前进，先后遇朱然、潘璋二军，杀退之后，伏兵四起，关羽不敢恋战，急回山路而走——

　　　　背后关平赶来，说赵累已死于乱军中。公不胜悲惶，遂令关平断后，公自当先，随行止剩十余人，行至决石，两下是山，山边皆芦苇败草丛杂。时五更将尽，皆用长钩套竿一齐并出，先把关公坐下马绊倒。公身离鞍鞯，已被潘璋部将马忠所获。关平听知父已被擒，火速来救。背后潘璋、朱然精兵皆至，四下围住，平孤身独战力尽。父子皆受执矣。当夜吴侯孙权恐不了事，自引诸将直至临沮。时东方已白，闻已擒关公父子，孙权大喜，聚众将于帐中。少时，马忠簇拥关公至前。权曰："孤久慕将军盛德，欲结秦晋之交，何相弃耶？将军平日自以为天下无敌，今何由被吾所擒也？将军今服于孙权否？"关公骂曰："碧眼小儿，紫髯鼠辈，听吾一言。吾与刘皇叔义同山海，今日误中奸计，但有死而已，何能服耶？"孙权回顾左右曰："云长世之豪杰，孤深爱之。孤欲以厚礼宥之，若何？"主簿左咸曰："昔日曹操得此人时，三日一小宴，五日一大宴，上马一提金，下马一提银，爵汉寿亭侯，赐美女十人。如此恩养，尚留不住。其后五关斩将，曹操怜其才而不忍除之。今日自取其祸，却欲迁都以避其锋。况主公乃仇敌乎？狼子不可养，后必为害。"孙权低首良久而言曰："斯言是也。"急命推出。是岁十月中旬，关公于临沮并其子关平同时归神。

以上文字详细描写了关羽兵败被擒、被杀的经过。这就是繁本。

嘉靖壬午本的覆刻本属于简本。与上述引文对应的文字是：

背后关平也到，说赵累已死于乱军中。公不胜悲惶，遂令关平断后，公自当先，随行止剩十余人。行至决石，两下是山，山边皆芦苇败草丛杂。时五更将尽，正走之间，喊声举处，伏兵又起，背后朱然、潘璋精兵掩至，公与潘璋部将马忠相遇。忽闻空中有人叫曰："云长久住下方也，兹玉帝有诏，勿与凡夫较胜负矣。"关公闻言顿悟，遂不恋战，弃却刀马，父子归神。

在共同的一句"时五更将尽"之后，繁变简，三百六十六个字变成了七十八个字。

情节的差异主要在于：繁本中详细描写关羽兵败被擒被杀的文字，在简本中全部不见踪影了。

从情节的合理性、流畅性来分析，自然可以得出结论说，繁本的文字是原本，简本的文字是改本。也就是说，简本的文字是后人改写的结果。

那么，后人为什么要改写呢？

原来这和当时社会上流行的崇拜关羽、神化关羽的风气有关。

人们普遍地怀着对关羽崇敬的心情，不愿意看到关羽兵败、被擒、被杀的悲惨结局。戏曲里的关羽戏很多，但是演员很少去演"走麦城"，观众也不喜欢在舞台上出现关羽之死的场面。在宋代，有这样一个例子，出于张耒《明道杂志》的记载：

> 京师有富家子，少孤专财，群无赖百方诱导之。而此子甚好看弄影戏，每弄至《斩关羽》，辄为之泣下，嘱弄者且缓之。一日，弄者曰："云长古猛将，今斩之，其鬼或能祟，请既斩而祭之。"此子闻甚喜，弄者乃求

酒肉之费，此子出银器数十，至日斩罢，大陈饮食如祭
者，群无赖聚而享之，乃白此子，请遂散此器，此子不
敢逆，于是共分焉。

简本之删改关羽之死的情节，与此"富家子"的心情相
仿佛，也是发生在宋代或宋代之前的事。后来一直延续到明、
清两代，依然如此。

嘉靖壬午本刊行于嘉靖元年（1522）。在它的初刻本（繁
本）上仍旧保留着关羽兵败被擒、被杀的情节。这说明，在
嘉靖元年那个时候，还没有遭到删改的命运。那么，这种删
改究竟是何时发生的呢？

有两件事引起了我们的注意。

第一件事是：在现存的众多的《三国志演义》万历刊本
中，关于关羽之死的情节描写和嘉靖壬午本初刻本基本上相
同，而和覆刻本不同。

第二件事是：在万历四十二年（1614），关羽被敕封为
"三界伏魔大帝""神威远震天尊关帝圣君"。而在这之前，
他仅被宋代的朝廷敕封为"公"和"王"。我们知道，在封
建社会里，在朝廷的公文中，称"公"、称"王"和称"帝"
有本质的不同。这个显著的差异恰恰起始于万历四十二年。
这标志着，对关羽的崇拜进入了一个新的时期。

因此，我们不妨说，那个覆刻本的删改有很大的可能就
是在万历四十二年以后的新时期中完成的。

不然，就无法解释这样的问题：为什么万历四十二年之

前刊行的那些《三国志演义》刊本都不按照嘉靖壬午本的那个覆刻本进行删改，而偏偏要和嘉靖壬午本的初刻本保持一致呢？

第二十节　两个马忠

问：你知道是谁捉住关羽的吗？

答：马忠。

然也。

《三国志演义》第一百五十三节"玉泉山关公显圣"写道：

> 时五更将尽，正走之间，喊声举处，两下伏兵皆用长钩套竿，一齐并出，先把关公坐下马绊倒。公身离鞍鞒，已被潘璋部将马忠所获。

罗贯中这样写，是以史实为依据的。

《三国志·吴书·吴主传》说：

> （建安二十四年）十二月，璋司马马忠获羽及其子平、都督赵累等于章乡，遂定荆州。

此事又见于《三国志·吴书·潘璋传》：

权征关羽，璋与朱然断羽走道，到临沮，住夹石。璋部下司马马忠禽羽，并羽子平、都督赵累等。

这两段引文，我已在本书的另外一篇《关羽之死》中援引过了。为了说明问题，现在再引用一次。

马忠导致了关羽的死亡。那么，马忠自己是怎么死亡的呢？

先看《三国志演义》是怎么说的。

马忠之死见于《三国志演义》第一百六十五节"刘先主猇亭大战"。它描写了关兴和马忠的交战：

关兴行无数里，忽听得人言马嘶，一彪军来到，为首将乃潘璋部将马忠也。忠见兴杀了主将潘璋，将首级拴于马项之下，青龙刀又被兴得了。忠见之，勃然大怒，纵马来取关兴。兴见马忠是害父仇人，气冲牛斗，举青龙刀望忠便砍，忠闪过，败走。

接着，它描写了马忠被杀的详细经过：

马忠带糜芳、傅士仁于江渚屯扎。当夜三更，军士皆哭声不止。糜芳暗听之，众军言曰："我等皆是荆州之兵，被吕蒙诡计送了主公性命。今刘皇帝御驾亲征，东吴早晚休矣。所恨者，糜芳、傅士仁也。我等何不杀此二贼，去献天子？功劳不小也。"众言曰："不要性急，等个空儿，便就下手。"糜芳听毕大惊，遂与傅士仁商议曰："军心变动，我二人性命难保。刘先主所恨者，马忠也。何不杀了他，将首级去献先主，告称我等不得已而降之。今知御驾前来，特地诣营请罪。"仁曰："不可。去必有祸。"芳曰："先主宽仁厚道，目今阿斗太子是我外甥，先主但念我国戚之情，必不肯加害。"二人计较已定，先备了马，三更入帐刺杀马忠，将首级割了，二人带数十骑，径投猇亭而来。

这个报仇雪恨的情节满足了一部分读者的愿望：他们看到心爱的英雄关羽被擒、被杀，内心不平、不快，赌咒希望潘璋和马忠不得好死。而潘璋、马忠在书中先后为关兴所杀，在关兴是报了杀父之仇，在读者则是大快人心，纠正了阅读心理的不平衡。

那么，在历史上，潘璋和马忠是不是这样死于非命呢？

《三国志·吴书·潘璋传》说，潘璋"嘉禾三年卒"。嘉禾三年系公元 234 年。而《三国志演义》第一百六十五节所叙，乃章武二年（222）之事。罗贯中对潘璋之死的史实作了两点改动。一是把此事提前了十二年，二是把自然死亡的结局改为被杀。

《三国志·吴书》没有为马忠立传，而仅仅在两个地方提到了他，已见于上文所引。如果没有擒关羽一事，他的名字是不可能出现在史书上的。因此。他的结局是否被杀或被关兴所杀，在史书上找不到记载。我相信，他死于关兴之手，这个情节应该是出于罗贯中的创造，也不排除罗贯中可能是根据民间传说撰写的。

说起马忠，也很巧。《三国志》和《三国志演义》里竟有两个马忠。

他们两个人，一为吴将，一是蜀将。

关于吴将马忠，他的事迹，上文已说过了。他的名气不大，官职也不大。他的名字之所以能为许多《三国志演义》的读者记住，就是因为关羽最后是被他抓住的。

在历史上，蜀将马忠的名气和官职要比吴将马忠大得多。他在《三国志·蜀书》有传。

他字德信，巴西阆中人。幼时养于外家，姓狐，名笃。后复姓马，改名忠。刘备很赏识他，曾对人说："虽亡黄权，复得狐笃，此为世不乏贤也。"他参加了诸葛亮领导的"七擒孟获"和"六出祁山"的战役，后又领兵两度平定了羌、夷的叛乱，官至镇南大将军。建兴十三年（250）卒。

第二十一节　关羽有几个儿子

如果要问：关羽有几个儿子？

那么，答案可以有两种，或者说他有两个儿子，或者说他有三个儿子。而且都有书本上的依据。

依据在哪儿呢？一是正史——陈寿的《三国志》，二是小说——罗贯中的《三国志演义》的不同版本。

《三国志·蜀书·关羽传》告诉我们说，关羽有两个儿子，一个叫关平，一个叫关兴。关兴之名，仅见于《关羽传》。关平之名，除《关羽传》外，还见于《吴书·吴主传》和《潘璋传》。

《三国志演义》不同的版本则有不同的说法。嘉靖壬午本和《三国志·蜀书·关羽传》一致，说关羽只有关平、关兴两个儿子（不同的是，它把关平安排为关羽的义子）。而毛评本和绝大多数闽刊本却说，关羽有三个儿子：除关平、关兴外，还有一个关索。

但，毛评本又和绝大多数闽刊本不同。原来关索在书中主要出现于两处。一处是刘备、庞统取西川之时，另一处是诸葛亮南征之时。前者，毛评本无关索，而绝大数闽刊本有关索。后者，绝大多数闽刊本无关索，而毛评本有关索。

绝大多数的闽刊本不仅在人物表（"君臣姓氏附录"）上列进了关索的名字（嵌在关平和关兴的中间），还在正文里包含着不少有关关索的情节、故事。甚至还让关索的名字赫然地出现在标目①上："关索荆州认父""张飞关索取阆中"……这些都构成了绝大数的闽刊本特有的一种与众不同的标记。

既然如此，人们不免要问：关索其人其事，是《三国志演义》的罗贯中原本（以嘉靖壬午本为代表）所无，而为晚出的后人修改本（以绝大多数闽刊本为代表）所增添的呢，还是罗贯中原本所固有，而为晚出的后人修改本所删节的？其实，也就是说，是嘉靖壬午本（没有关索的版本）早于绝大多数闽刊本（有关索的版本）呢，还是绝大多数闽刊本早于嘉靖壬午本？

我认为，从关索其人其事的有无或增删的角度来判断，嘉靖壬午本应早于绝大多数的闽刊本（至于毛评本，它晚于嘉靖壬午本，那是不成问题的）。

然而，仅凭这样一句笼统的话语，就要使人们接受和同意这个结论，那是难乎其难的。

必须举出可靠的、有说服力的证据，这个结论方能令人首肯。

这里不妨从一个具体的问题——关平的行踪问题着手，加以探讨。

关平的行踪问题，发生在嘉靖壬午本卷十二第十节、卷十三第三节、第四节、第五节、第十节（毛评本第六十回、

第六十二回、第六十三回、第六十五回）。它们叙述的是刘备、庞统取西川的情节。其中，嘉靖壬午本（或毛评本）有十处提到了关平。胪列如下：

1. 出发时，令黄忠为前部，魏延为后军，刘备自与刘封、关平在中军。

2. 涪水关守将杨怀、高沛身藏利刃，来见刘备，准备伺机行刺。结果为刘备、庞统识破。刘备叱喝："左右，与吾捉下！"帐后走出刘封、关平二人，将杨、高二人擒住。

3. 取雒城时，令黄忠、魏延分头攻打冷苞、邓贤两个营寨，留庞统守城，刘备带刘封、关平五千军随后起程。

4. 黄忠救了魏延，杀了邓贤，又战败了冷苞。冷苞弃了左寨，来投右寨，却见营中旗帜全已更换。大惊之下，回头一看，有三员将杀来：当中乃是刘备，左边刘封，右边关平。

5. 张任得胜，追赶刘备，幸亏刘封、关平二将，一在左，一在右，引三万生力兵截出，救护刘备，杀退了张任。

6. 庞统死讯传来，刘备写了一封书信，派遣关平前往荆州，搬请诸葛亮。

7. 关平到了荆州，呈上书信。诸葛亮决定亲赴西川，解救刘备的危难，并对关羽说，刘备之所以派遣关平前来荆州，意思是要把镇守荆州的重任交付给关羽。

8. 诸葛亮临行前，将印绶交与关羽，令文官马良、伊籍、向朗、糜竺，武将糜芳、廖化、关平、周仓，辅佐关羽，同守荆州。

9. 刘备自领益州牧后，封赏文武众臣，关平也在名单之内。并赐与关羽金银等物。

10. 关平受关羽派遣，自荆州至成都，来见刘备、诸葛亮，对所赐金银等物表示感谢。然后，关平又带着诸葛亮所写的回信，星夜赶回荆州。

这十处所提到的关平的行踪，都是合情合理的，也是可信的，不存在任何的罅隙、破绽。

到了绝大多数闽刊本，情况却起了巨大的变化。同样是这十处，有的地方增添了关索，有的地方用关索代替关平，有的地方则故意删去了关平。试以郑世容刊本为例（见于卷十第十二节、卷十一第三节、第四节、第五节、第六节、第十节）：

1. 有关索，亦有关平。"玄德自与刘封、关平、关索在中。"

2. 无关索，亦无关平。"玄德……喝左右拿下，帐后转出四五十人，把二将捉下。"

3. 有关索，而无关平。"玄德……带刘封、关索二军随后便起。"

4. 有关索，而无关平。"当中一员，金甲锦袍，乃刘玄德也，左边刘封，右边关索。"

5. 有关索，而无关平。"左边冲出刘封，右边冲出关索。"

6. 有关索，而无关平。"玄德修了书，交关索……关索领了书，辞玄德，投荆州来。"

7. 有关索，而无关平。"正坐间，人报说关索至……今交关索赍书到此，其意便欲云长公当此重任。"

8. 有关索，亦有关平。关平辅佐关羽，同守荆州。关索则随诸葛亮、张飞入川。

9. 有关索，亦有关平。在封赏名单中，关索排列于刘封、关平之后。

10. 有关平，而无关索。情节与嘉靖本同。

只有第十处与嘉靖壬午本相同，其他九处均与嘉靖壬午本相异。而相异之处都程度不同地存在着漏洞。

漏洞之一，拆散了刘封、关平的伴侣关系。

我们知道，在中国古代小说中，有一种常用的艺术手法，就是塑造形形色色的伴侣形象。有的是性格的陪衬或补充，有的是容貌的雷同或异常，有的则只是在中军主将身侧一左一右的护卫。后者的例子，可以举出杨家将故事中的杨延昭身侧的孟良、焦赞，《水浒传》中的宋江身侧的吕方、郭盛……关平如在关羽身侧，则和周仓组成一对伴侣；如在刘备身侧，则和刘封组成一对伴侣。关平和刘封都是义子，一个是关羽的，一个是刘备的。取西川时，刘备挑选他们二人来做自己的贴身卫士，是理所当然的（后来，伐东吴时，关平、刘封已死，刘备的贴身卫士就换成了关羽的另一个儿子关兴和张飞之子张苞）。

嘉靖壬午本（包括毛评本等）让关平、刘封组成一对伴侣时，旁边并没有关索其人的存在，这是合理的，也是可以理解的。绝大多数闽刊本把这一对伴侣变成了关索、刘封，就显出了它的不合理性，也不免使人感到莫名其妙。因为旁边还有一个关平在场。刘备为什么选用关索而不选用关平，这很难做出圆满的解释。

在嘉靖壬午本（包括毛评本等）中，刘备之所以派遣关平而不派遣别人回荆州，是有原因的。一是他乃自己的义弟的义子，属于亲信的行列；当时又没有关羽的另一个儿子或张飞的儿子在场。二是此行要见的人，最主要的，除诸葛亮外，就是关羽。三是正像诸葛亮所指出的，刘备此举表明，他想把镇守荆州的重任交付给关羽。因此，这可以说是最佳的、唯一的选择。

而把关平更换为关索以后，上述三个原因几乎全都丧失了存在的价值。

我相信，罗贯中的原本是不会出现这样的败笔的。

如果说"漏洞之一"只不过是个微小的漏洞，那么，"漏洞之二"便可以说是一个巨大的漏洞了。

漏洞之二，关平竟分身有术，忽而在西川，忽而在荆州。

刘备入川之初，关平是随行的人员；庞统死后，他奉刘备之命，自涪关返回荆州，并留在荆州，没有再赴西川；刘备取成都后，他奉关羽之命，自荆州前住成都，表达他们父子对赏赐金银等物的谢意。关平的行踪：

荆州→西川→涪关

涪关→荆州

荆州→成都

这在嘉靖壬午本（包括毛评本等）中，叙述得一清二楚，有条不紊。到了绝大多数闽刊本中，情节发展的逻辑性、合理性完全被打破了。自涪关赴荆州的，已不再是关平，变成了关索。而关索出发时，并没有携带上关平。不言而喻，关平此时仍应身在西川的军中。但下文却写他从荆州来到了成都。这样，关平的行踪，就变成了：

荆州→西川→涪关

荆州→成都

其中明显地缺乏一个必不可少的环节：

涪关→荆州

是的，他什么时候从涪关跑到荆州去的呢？这个破绽，遂成为绝大多数闽刊本的致命伤。

然而，在嘉靖壬午本（包括毛评本等）中，这却不成其为问题。一切都是顺理成章的。

弊病出在哪里呢？显而易见，弊病就出在用关索代替关平上。如果把这几处文字中关索删弃，那么，大大小小的漏洞、破绽全都烟消云散了。

因此，我们可以得出结论说，绝大多数闽刊本中的关索，非罗贯中原本所有，是被后人插入的。插入的时间则大约在明代万历年间。这正是绝大多数闽刊本刊刻、流行的年代。

这个结论假如能够成立，就证实了我的一个看法：嘉靖壬午本最接近于罗贯中原本的面貌；闽刊本（及其底本）均晚于嘉靖壬午本（及其底本）。

注释

① 标目，是指每则（或每节）的小标题。它的地位、作用相当于章回体每回的"回目"。

第二十二节　关索是多余的人

《三国志演义》有两个关索，一个是关索 A，另一个是关索 B。两个不同的关索出现在不同的版本中。关索 A 出场于第 105 节至 162 节，关羽镇守荆州、刘备入川之时，关索 B 则出场于第 173 节至第 179 节，诸葛亮南征之时。

关索 A 和关索 B 出场的时间虽有前后之别，他们自身的故事情节却在彼此之间没有连续性，也互不关涉。

既然关索① A 为罗贯中《三国志演义》原本所无，属于后人的插增，那么关索 B 呢？关索 B 是不是也为罗贯中《三国志演义》原本所无，属于后人的插增？

是的。关索 B 进入《三国志演义》，同样也是后人插增的结果。

这个结论同样有着证据的支持。

我们知道，最早在《三国志演义》书中出现关索名字的是周曰校刊本。这就是关索 B。周曰校刊本有甲本、乙本、丙本之分②。周曰校刊本甲本约刊行于万历初年。乙本即通行本，刊行于万历十九年（1591）。次年，余象斗刊本遂即插增关索 A，和周曰校刊本展开了抢夺读者的竞争。

经检查，现存的刊行于它们之前的《三国志演义》刊本中，没有出现过关索这个人物，无论是关索A，还是关索B。

因此，迄今为止，只能得出这样的结论：最早的有关索出场的《三国志演义》版本是周曰校刊本。

其中的关索，也就是我们所说的关索B。

在周曰校刊本的正文中，关索B在八个地方（【1】—【8】）出场，他的名字则一共出现了十次，分别见于第一百七十三节"孔明兴兵征孟获"（【1】）、第一百七十四节"诸葛亮一擒孟获"（【2】—【4】）、第一百七十五节"诸葛亮二擒孟获"（【5】）、第一百七十六节"诸葛亮三擒孟获"（【6】）、第一百七十七节"诸葛亮四擒孟获"（【7】）和第一百七十九节"诸葛亮六擒孟获"（【8】）。

其实，只要细读《三国志演义》文本，就不难发现，关索B后增的痕迹十分显眼。

对照着嘉靖壬午本、叶逢春刊本来看，如若删去周曰校刊本中的关索B的名字和有关的字句，正文仍然流畅，毫无碍滞的感觉。

相反的，由于插增了关索B的名字和有关的字句，周曰校刊本反而显出了情节叙述中的不合情理的疵病。

让我们仔细分析这八处（【1】—【8】）的关索B的名字和字句、情节，以证明这个关索B到底是原有的，还是后加的。

【1】:

> 共起两川甲兵五十万，前往益州起发。忽有关公第三子关索入军来见孔明，曰："自因荆州失陷，避难在鲍家庄养病。每要赴川见先主报仇，疮痕未合，不能起行。近日安痊，打探得东吴仇人已雪，径来西川见帝，恰在途中遇见征南之兵，特来接见。"孔明闻之，嗟呀不已。一面遣人申报朝廷，就令关索充为前部先锋一同征南。大队人马，各依队伍而行。饥餐渴饮，夜住晓行。
>
> 所经之处，秋毫无犯。

嘉靖壬午本和叶逢春刊本均无"忽有关公第三子关索入军来见孔明"至"就令关索充为前部先锋一同征南"等句；在"前往益州起发"之后，紧接着就是"大队人马，各依队伍而行"。

据关索自己说，他是"因荆州失陷"而避难在外的。也就是说，"荆州失陷"之前，他无疑是身在荆州。

那么，为什么书中有关荆州的种种情节叙述竟对他没有一丝一毫的交代？此其一也。

据关索自己说，他"径来西川见帝，恰在途中遇见征南之兵"。关索的出发地自然是鲍家庄；而诸葛亮统率的南征军队前往的目的地是建宁、牂牁、越巂三郡。前者在荆州一带，后者则分别在今云南曲靖、贵州凯里、四川西昌一带。关索如果从荆州一带径直前往成都（"帝"的所在地），是不可能在"途中"遇见"征南之兵"的。

他怎么不走直线，却走曲线呢？此其二也。

诸葛亮见到关索后，"就令关索充为前部先锋一同征南"。实际上，在诸葛亮的军队中，先锋另有其人。一为魏延，二为赵云。据周曰校刊本这一节说：

> 却说孔明引大军已到益州界分。前部先锋魏延，副将张翼、王平，才入界口，正遇鄂焕军马。

此谓前部先锋是魏延。又据周曰校刊本第一百七十四节"诸葛亮一擒孟获"说：孟获手下的三洞元帅分兵三路而来，诸葛亮以"不识地理"为由，不用赵云、魏延，而派王平、马忠、张嶷、张翼迎敌——

> 云请魏延到自己寨内，商议曰："吾二人为先锋，却说不识地理而不肯用。今用此后辈，吾等岂不羞乎？"

所谓"此后辈"，指的是王、马与二张。可知先锋实为赵云、魏延，王、马与二张四人是副将。其间安插不下关索。

因此，"令关索充为前部先锋"——只不过是插增者的一句空话而已。此其三也。

【2】：

> 孔明曰："吾观吕凯图本，已知他各人下的寨子，故

以言激子龙、文长之锐气，教深入重地，先破金环三结。子龙、文长却分兵左右寨后抄出，以王平、马忠应之。非子龙、文长，不可当此任也。吾料董荼奴、阿会喃必从便径往山路而走，故遣张嶷、张翼以伏兵待之，令关索以兵接应，吾故擒此二人。"诸将皆拜伏曰："丞相机算，鬼神莫测！"

在以上一段文字中，诸葛亮所说的"令关索以兵接应"，显然是一句后加的话。因为在事先的调兵遣将过程中，诸葛亮只派了六人：王平左路迎敌，马忠右路迎敌，赵云、魏延随后接应；张嶷、张翼中路迎敌。他根本没有派过这位半路上出现的关索。

况且董荼奴、阿会喃是败逃，张嶷、张翼是埋伏以待，何需"接应"？

这正暴露了"令关索以兵接应"这句没头没脑的话的破绽。

嘉靖壬午本①中正无"令关索以兵接应"一句。

【3】：

孔明与诸将曰："来日孟获必然亲自引兵厮杀，就此可擒矣。"唤赵云、魏延至，付与计策，各引五千兵分两路而去；又唤张嶷、张翼受计，各引三千兵去了；又唤王平、关索同引一军，受计而去。孔明分拨已毕，坐于帐上待之。

"又唤王平、关索同引一军，受计而去"二句，嘉靖壬午本作"又唤王平独引一军，受计而去"；叶十逢春刊本作"却又唤王平、马忠两个川将分付曰：'今蛮兵分三路而来，吾欲使子龙、文长去敌，为此二人不识地理，吾不敢用。王平，汝可望左路应敌，马忠可望右路应敌，吾令赵子龙、魏文长随后接应。汝二人今日整顿了军马，来日平明进兵。'王平、马忠听令去了。"

可知关索是个外来户。

王平的搭档应该是马忠。上下文都无例外地是这样安排的。他们二人都是副将，与赵云、魏延不同。而关索 B 拥有与赵云、魏延相同的"先锋"身份。怎么能用他来顶替马忠呢？

【4】：

> 言未尽，一将应声而出，名唤忙牙长，使一口截头大刀，骑一匹黄骠马，来取王平。二将交锋，战不数合，王平便走。孟获驱兵大进，迤逦追赶。关索战之又走，约退二十余里。孟获正追杀之间，忽然喊声大起，左有张嶷，右有张翼，两路兵杀出，截断归路。王平、关索复兵杀回。前后夹攻，蛮兵大败。

"关索战之又走"一句，嘉靖壬午本作"王平且战且走"；"王平、关索复兵杀回"一句，嘉靖壬午本作"王平引兵杀回"。而叶逢春刊本则基本上没有这一大段文字。

两军对阵，一方是忙牙长，一方是王平。败的是王平，追的是孟获。其间，并没有说关索出马。怎么他忽然"战之又走"？一个"又"字，表明"走"的仍旧是上文所说的王平，而非新冒出来的关索！

【5】：

> 孔明自至泸水边观毕，回到本寨，聚诸将至帐中，传令曰："今孟获兵屯泸水之南，深沟高垒，以拒我兵。吾既提兵至此，如何空回？汝等各各引兵，依山傍林，拣阴凉之地，与吾将息人马。"乃遣吕凯提调。凯就离泸水百里，拣得林木茂盛之处，分做四个寨子，王平、张嶷、张翼、关索各守一寨。内外皆搭草栅，遮盖马匹，将士乘凉，以避暑气。

"王平、张嶷、张翼、关索各守一寨"一句，嘉靖壬午本、叶逢春刊本均无。

为什么要"分做四个寨子"？这是因为有四位"副将"：王子、马忠、张嶷、张翼，正好一个副将守一个寨子。赵云、魏延的身份和王平四人不同，是"大将"。他们是以大将的身份充任先锋的。

如果关索也是先锋，则也应和赵云、魏延一样，拥有大将的身份。他岂能去和王平、张嶷、张翼三员副将同守寨子？

如此一来，将置另一位副将马忠于何地？

看来，是为了要插增关索，所以不得不牺牲马忠。

【6】：

> 于是孔明招安蛮兵，降者无数。孔明一一抚慰，并不加害，就教救灭了余火。忽报马岱擒孟获至，赵云擒孟优至，魏延、马忠、王平、关索擒诸洞酋长至。孔明传令，尽教解入帐下。

其中"魏延、马忠、王平、关索擒诸洞酋长至"一句，嘉靖壬午本作"魏延、马忠、王平等擒诸洞酋长至"，只有三个人名，叶逢春刊本则作"其余各有酋长被擒到"，连一个人名也没有。

这一句，在周曰校刊本中，有明显的改动的痕迹。因为上文交代得十分清楚：

> 孔明正在帐中与马谡、吕凯、蒋琬、费祎等共议平蛮之事，忽帐下一人报称孟获差弟孟优来进宝贝。孔明回顾马谡曰："汝知之否？"谡曰："不敢明言。容某写毕，以呈丞相，看合钧意否？"孔明从之。马谡写讫，呈与孔明。孔明看毕，抚掌大笑曰："擒孟获之计，吾已差派下也。汝之所见，正与吾同。"先唤赵云入，向耳畔分付如此如此。又唤魏延入，亦低言分付。又唤王平、马忠入，亦密密的分付。各人受了计策，皆依令而去。方召孟优入。

诸葛亮定下擒孟获的计策后，他是把任务分配给赵云、魏延、王平、马忠去执行的。所谓"各人受了计策"的"各人"，就是指他们四人；此外，并无第五人。然而完成任务之后，向诸葛亮交差的时候，竟平空钻出一个"关索"，和赵云、魏延、王平、马忠站在一起！

　　前无后有，岂不是情节上的巨大漏洞？

　　毫无疑问，关索之名完全是后来添加上去的。

　　【7】：

　　　　孔明先唤赵云、魏延入帐，向耳畔低言分付，如此如此。二人受了计策先退。却唤王平、马忠入帐，受计去了。又唤马岱，分付曰……又唤张翼曰……张翼受计而退。孔明传毕，只教关索护车。众军退去，寨中多设灯火。蛮兵望见，不敢冲突。

　　嘉靖壬午本、叶逢春刊本均无"只教关索护车"一句。

　　而没有这一句，文通字顺。

　　有了这一句又和下文失去照应。下文有云：

　　　　孟获只剩得数十个败残军，望山谷中而逃，见南、北、西三处尘头火光，因此不敢前进，只得望东奔走。方才转过山口，见一大林之前，数十从人拥一辆小车，车上端坐孔明，头戴纶巾，身披鹤氅，手摇羽扇……

"护车"的只有"数十从人",哪里有关索的踪影？

这还不能够说明那句"只教关索护车"是插增的吗？

【8】：

> 祝融夫人披发跣足，身着绛衣，背插五口飞刀，手执丈八长标，坐下卷毛赤兔马。张嶷见之，暗暗称奇。二人骤马交锋，战不数合，夫人拨马便走。张嶷赶去，空中一把飞刀落下。嶷急用手隔，正中左臂，翻身落马。蛮兵一声喊处，将张嶷、关索执缚去了。

嘉靖壬午本、叶逢春刊本均无"关索"二字。"将张嶷、关索执缚去了"一句，嘉靖壬午本、叶逢春刊本均作"将张嶷执缚去了"。

这段文字露出了更大的破绽。

当时的战场上，交手的双方是张嶷和祝融夫人。祝融夫人飞刀砍伤了张嶷的左臂，张嶷翻身落马，因而被蛮兵捉去。关索既未出阵，又未受伤，难道蛮兵竟会跑到蜀方的阵营内去抓捕关索吗？

只不过插增了两个字（"关索"），却形成了情节叙述的不合理。这岂不是一个无法使人相信的巨大的漏洞！

从人物性格塑造、故事情节编织上看，关索B完全是个可有可无的角色，是个多余的人。

更何况，关索的插增和全书的情节产生了龃龉。

注释

① 这是就罗贯中的《三国志演义》小说而言。

② 请参阅拙文《〈三国志演义〉周曰校刊本四种试论》,《文学遗产》2002
年第 5 期。

③ 叶逢春刊本此节有异文,无此一段文字。

第二十三节　张飞的表字

　　"张翼德"和"张飞"一样，恐怕都是广大人民群众耳熟能详的。在《三国志演义》毛评本第四十二回，张飞横枪立马于长阪桥上，一声断喝，声如巨雷："我乃燕人张翼德也！谁敢与我决一死战？"读后如闻其声，如见其人。

　　出乎意料的是，在这一点上，嘉靖壬午本竟和毛评本不同。在毛评本中，我们已经熟悉了，张飞的表字是"翼德"。但在嘉靖壬午本中，张飞的表字却不是"翼德"，而是"益德"。"翼"与"益"，音虽同而字不同。

　　嘉靖壬午本作"益德"，是有根据的。这首先见于陈寿的《三国志》。《三国志·蜀书·张飞传》说："张飞，字益德，涿郡人也。"又，同书的《法正传》《杨戏传》中也说是"张益德"①，而且《三国志·魏书·吕布传》裴松之注引《英雄记》，《三国志·吴书·周瑜传》裴松之注引张勃《吴录》，也都称张飞为"益德"②。此外，"益德"二字还见于唐代李商隐《无题》③、元代吴镇《张益德祠》④、元代马致远《耍孩儿·借马》⑤等诗歌及散曲中。

　　毛评本的"翼德"，并非自我作古，也是有来历的。早在常璩《华阳国志》和郦道元《水经注》中，就已写作"翼"字了。金代王庭筠《涿州重修汉昭烈帝庙碑》有"张翼德"之称⑥。在一些戏曲、小说作品中，例如元人杂剧，《三分事略》和《三国志平话》，一些闽刊本《三国志传》，都用"翼"而不用"益"。

不难看出，写作"益德"，主要出于正史，也见于一些文人的笔下。而"翼德"之称，则主要是出现在那些比较接近一般人民群众的戏曲、小说作品中。

在以前出版的一些习用的工具书中，对张飞的表字，有不同的处理。《辞海》只介绍他"字益德"。《辞源》则多加了一句："字益德，也作翼德。"

按正规说，用"益"字才对。不过，"翼"字仿佛已司空见惯，约定俗成，如果再要执意主张非更改或恢复不可，那就难免会被人讥诮为多此一举了。

但是，"益德"和"翼德"的区别，在某些文物的真伪和年代的鉴定上还大有用处，可以成为一块很好的试金石。

明代发现了宋代大书法家米芾所写的"关云长三上张翼德书"。据清代周亮工《因树屋书影》卷十说："关云长《三上张翼德书》云：'操之鬼计百端，非羽（关羽）智缚，安有今日？将军罪羽，是不知羽也。羽不缘社稷倾危，仁兄无俦，则以三尺剑报将军，使羽异日无愧于黄壤间也。三上翼德将军，死罪，死罪！'右此帖，米南宫书，吴中翰彬收得之。焦弱侯太史请摹刻正阳门关帝庙。中翰秘不示人，乃令邓刺史文明以意临之，刻诸石。不知米南宫当日何处传此文也？"

到了清代，又有所谓"翼德"黑玉指块出土。据清代刘献廷《广阳杂记》说，"康熙丁未（1667），见邸抄云：六合开河，得黑玉指玦一枚，上嵌金牌，凿'翼德'二字。疑张桓侯故物。"

这两件文物当然是后世的好事之徒所伪造的。最坚硬的证据，莫过于张飞的表字，它们都作"翼德"，不作"益德"。这表明，作伪者采纳了"小说家言"，而没有理会正史的记载。作伪的时间，当在《三国志演义》普遍流行之后。

这样的判断，用四个字来形容，"铁案如山"，恐怕不算过分吧。

注释

① 《三国志·蜀书·法正传》："正笺与璋曰：'……空尔相守，犹不相堪，今张益德数万之众，已定巴东，入犍为界，分平资中、德阳，三道并侵，将何以御之……'"《三国志·蜀书·杨戏传》，"戏以延熙四年（241）著《季汉辅臣赞》"，其中有"赞关云长、张益德"者。

② 《英雄记》："布（吕布）水陆东下，军到下邳西四十里。备（刘备）中郎将丹杨许耽夜遣司马章诳来诣布，言：'张益德与下邳相曹豹共争，益德杀豹，城中大乱……'"

③ 李商隐《无题》诗："益德冤魂终报主，阿童高义镇横秋。"见《全唐诗》卷五四一。

④ 吴镇《张翼德祠》诗："关侯讽左氏，车骑更工书。文武趣虽别，古人尝有余。横矛思腕力，繇、象恐难如。"见《涿州续志》卷一六"艺文志"。

⑤ 马致远《耍孩儿·借马》套曲："这马知人义，似云长赤兔，如益德乌骓。"见《雍熙乐府》卷七。

⑨ 王庭筠《涿州重修汉昭烈帝庙碑》："又作两庑，配祀元臣。诸葛孔明、关云长、法孝直在东，庞士元、张翼德、简宪和在西。"

第二十四节　张飞卖肉

一提起卖肉的，人们就会想到《水浒传》中的镇关西郑屠。其实，《三国志演义》中的张飞又何尝不是卖肉的出身？

张飞的出身，在《三国志·蜀书·张飞传》中没有提到。《三分事略》或《三国志平话》也是语焉不详，仅仅说他是"家豪大富"。到了《三国志演义》，嘉靖壬午本卷一第一节、毛评本第一回，张飞在回答刘备的询问时说道："世居涿郡，颇有庄田，卖酒屠猪……"他既卖酒，又卖肉，还"颇有庄田"，"颇有资财"。集财主与卖肉商于一身，在这一点上，张飞和郑屠有相似之处。不过，他们仍然有三点不同。第一，郑屠是老板兼伙计，张飞却只是老板，不是伙计。第二，最重要的不同在于，张飞是个可爱的正面人物，而郑屠却是个可恶的反面人物。第三，不像《水浒传》中的郑屠那样，《三国志演义》中并没有描写过张飞卖酒卖肉的行径。他回答刘备的话，仅仅是追述而已。

电视连续剧《三国演义》是在《三国志演义》毛评本的基础上改编的。它改编的原则是基本上忠实于原著，但也增益了一些细节。譬如说，张飞卖肉的场景和情节，就是剧本的编写者添加的。

张飞有一个商店的门面，还在门口摆设了摊位。他本人并不值班。卖肉的事，由伙计来做。在摊位的案板上，放的肉不算多。离摊位不远，有一口井，井中放置着他要卖的大片大片的肉。井口上盖着一块沉甸甸的大石板。等闲的人是搬不动这块又重又大的石板的。它起到了保险的作用。用不着派人在井旁看管。

想不到关羽却轻而易举地挪开了石板。张飞又惊奇，又羡慕。这因之成为他们结交的一根引线。

张飞为什么要把肉放在井中呢？这个细节并非电视连续剧《三国演义》编写者的向壁虚构。它既有来历——书面的依据，又凝聚着人民群众的智慧——生活的依据。

褚人获《坚瓠秘集》卷三"指关为姓"引《关西故事》说：

……（关羽）东行至涿州。张翼德在州贸肉，其买卖止于上午。至日午，即将所存下悬肆旁井中，举五百斤大石掩其上，任有势力者不能动，且示人曰："谁能举此石者，与之肉。"公至时，适已薄暮，往买肉，而翼德不在肆，人指井谓之曰："肉有全肩，悬此井中。汝能举石，乃可得也。"公举石，轻如弹丸，人共骇叹。公携肉而行，人莫敢御。张归，闻而异之，追及，与之角力，力相敌，莫能解。而刘玄德卖草鞋适至，见二人斗，从而御止。三人共谈，意气相投，遂结桃园之盟。

其后，梁章钜《归田琐记》卷七"三国演义"也引用了《关西故事》所记载的这个饶有趣味的故事，但文字却较《坚瓠秘集》简略。电视连续剧《三国演义》剧本的依据，即在于此。

这个故事中最精彩的细节，便是：将肉悬于井中。

它也不可能是《关西故事》作者的向壁虚构。

在古代，还没有制造出冰箱、冰柜之类的东西。肉搁久了，容易变味、变质。总得想个办法。于是，悬于井中，既能保持一定的低温度，又非常安全可靠，这种巧妙的办法终于在人们的实践中产生了。显然，没有古代人民群众在生活、劳动中的创造，仅仅依靠《关西故事》作者一个人的头脑，是不可能凭空想像出这样一种悬肉方法的。

我不禁想起了蒲松龄《聊斋志异》中的一篇《狼》①：

> 一屠暮行，为狼所逼。道旁有夜耕者所遗行室，奔入伏焉。狼自苫中探爪入。屠急捉之，令不可去。顾无计可以死之。唯有小刀不盈寸，遂割破爪下皮，以吹猪之法吹之。极力吹移时，觉狼不甚动，方缚以带。出视，则狼胀如牛，股直不能曲，口张不得合。遂负之以归。非屠，乌能作此谋哉！

这位屠夫用吹猪的方法吹狼，真是令人拍案叫绝。要是没有在农村中杀过猪，或者没有看见过农村中的劳动人民的杀猪，在蒲松龄的笔下，就不可能创作出这种降伏恶狼的机智的手段。

无论是张飞悬肉，或是屠夫吹狼，都很生动、活泼、有趣，它们都洋溢着浓厚的民间传说的色彩。

无论是蒲松龄的《聊斋志异》，或是罗贯中的《三国志演义》，尽管它们都属于伟大的作家个人的创作，却都和民间传说有着千丝万缕的联系。把屠夫吹狼的描写归之于蒲松龄的名下，必然会得到《聊斋志异》读者们的首肯。同样，把张飞卖肉的情节添加到《三国志演义》的改编作品中去，一点儿也显不出生硬的、牵强的痕迹。

由此可见，即使是改编古典名著，也需要付出创造性的劳动。

注释

①《狼》共有三篇，这是其中的第三篇。

第二十五节　张飞解恨

嘉靖壬午本第三节"安喜张飞鞭督邮"，由于刘、关、张三人是"白身之人"，董卓加以轻视，不与赏赐。张飞性发，要杀董卓，被关羽拦住。张飞说："若在卓部下听令，吾必去矣。"——

> 玄德曰："吾三人死生共处，安可弃也？不若离了董卓，别投他处。"飞曰："若如此，方解我恨。"是夜，三人引军来投朱隽，隽待之甚厚，合兵一处，进讨张宝。"

叶逢春刊本第三节"安喜县张飞鞭督邮"则作：

> 玄德曰："吾三人生死共一处，安可弃也？不若离了董卓，早投朱隽。"隽待之甚厚，合兵一处，进讨张宝。"

叶逢春刊本脱漏了嘉靖壬午本的"（别投）他处。飞曰：'若如此，方解我恨。'是夜，三人引军来投（朱隽）"等句。

原因在于"投"字的重叠。

在叶逢春刊本的底本中，这有两种可能。

一种可能是，两个"投"字各在相邻的一行之中。

另一种可能是，两个"投"字均在相邻的一行之首。

不管是哪一种可能，两个"投"字之间，相隔十八个字。若是第一种可能，则表明底本是每行十八个字。若是第二种可能，则需再加上"投"字本身，等于十九个字，也就是说，表明底本每行有十九个字。

张飞所说的"方解我恨"，体现了他的性格特征，万不可少。

此例应是叶逢春刊本重大的失误。

第二十六节　张飞断桥

昆曲和京剧中都有一出《断桥》，演的是许仙和白蛇、青蛇的故事。

它是以地名为剧名的。

断桥位于杭州孤山边上。其命名之由来，有说是孤山之路至此而断，所以叫做"断桥"的，有说是原名"段桥"，后来讹传为"断桥"的。

桥而名曰"断"，总是比较奇怪的。

这涉及对"断"字的理解。

我不禁又想起了另一出京剧——《甘露寺》。乔玄有两句唱词，用夸张的口吻称赞张飞的英勇："当阳桥前一声吼，喝断了桥梁水倒流！"恰恰也有一个"断"字。张飞声音之大，竟使桥梁断裂、河水倒流，真是神奇之至。我相信，在现实生活中，凡人的声音不可能有这么大的魔力。这只不过是一种夸大其词的民间传说罢了。

《三国演义辞典》①在"传说故事"部分收录了一条民间传说，它正好对乔玄的那句唱词作了比较详细的注释：

张飞在当阳桥上逞威风，一声大吼，怎么会使桥断水倒流呢？原来，天上有条懒龙，一次，奉玉帝之命行雨，把一尺一寸雨，听成七尺七寸。大雨害苦了凡间苍生，他被贬到人间，锁在当阳沮水桥下，等待天神打霹雳大雷，方能重返天庭。五百年过去了，那天，他朦胧昏睡，突然听到张飞的一声大吼，以为是晴空霹雳，该回天庭了，就用力一纵。他这一蹿，拉塌了镇他的当阳桥。又因为他头西尾东地卧着，向上蹿时，带起河水向西倒流。懒龙当然没有能够飞回天庭，却吓退了八十三万曹兵，使张飞扬名天下。

然而，传说毕竟是传说，它和历史故事有着一定的距离。《三国志平话》卷中有"张飞拒水断桥"的标目。它的正文说：

却说张飞北至当阳长坂。张飞令军卒将五十面旗，北于阜高处一字摆开。二十骑马军正觑南河。曹公三十万军至。"尊重何不躲？"张飞笑曰："吾不见众军，只见曹操。"众军马一发连声，便叫："吾乃燕人张翼德，谁敢共吾决死！"叫声如雷灌耳，桥梁皆断。曹军倒退三十余里。

它还援引了《翼德庙赞》："先主图王，三分鼎沸。拒桥退卒，威声断水。诸侯恐惧，兵行九地。凛凛如神，霸者之气。"

它的正文只说"断桥",而没有"水倒流"的描写。《翼德庙赞》也仅仅点到"断水"为止。"断水"的意思是说,使河水停止流动。从修辞的夸张的角度讲,它自然没有"水倒流"那样的突出和强烈。

　　在《三国志演义》嘉靖壬午本中,这一段情节见于卷九第三节,标目就叫做"张益德据水断桥"。文中援引了史官之诗和祖龙图《据水断桥赋》,它们倒是既提到"断桥",也提到了"水倒流"。前者说:"一声暴雷响,桥断两三虹。汉水西流去,林峦落叶空。"后者说:"因据桥而决战,多断水以成功……虎须倒坚,起满地之风波;环眼圆睁,吐轰天之霹雳。忽见桥梁颤撼,水波逆流,蛟龙奔腾于海岛,鱼鳖踊跃于江洲。"诗、赋所说,略有不同,赋中的叙写,带有明显的铺张扬厉的色彩。用"吐轰天之霹雳"来形容张飞的大吼;大吼之后,虽然"水波逆流",桥却未"断",只是"颤撼"一阵而已。诗中异曲同工地用"一声暴雷响"来形容张飞的大吼;大吼之后,桥不但断了,还不止断了一座;"汉水西流过",无疑就是"水波逆流"的变种,但它和下句"林峦落叶空"组合在一起,表现了一种宁静、空寂的意境,含有流水无情、无可奈何的味道。

　　不过,在正文中并没有诗、赋所写的这些内容。请看:

　　张飞厉声大叫曰:"吾乃燕人张益德在此!谁敢与吾决一死战?"声如巨雷。曹军闻之,尽皆战栗。曹操急令去其伞盖,回顾左右曰:"吾曾闻云长旧日所言,益德于百万军中，取上将之首级，如探囊取物耳。"张飞见他去其伞盖，睁目又叫曰："吾乃燕人张益德，谁敢与吾决一死战？"曹操闻之，乃有退去之心。飞见操后军阵脚挪动，飞挺枪大叫曰："战又不战，退又不退！"说声未绝，曹操身边夏侯霸惊得肝胆碎裂，倒撞于马下。操便回马，诸军众将一齐望西奔走。正是：黄口孺子，怎闻霹雳之声；病体樵夫，难听虎豹之吼。弃枪掷地者不计其数。人如潮退，马似山崩。自相踏践者大半逃命而走。

这里连续三次写到了张飞的"叫"和"大叫"。甚至还写到了他"大叫"之后所产生的效果：夏侯霸"肝胆碎裂"，落马而死。但是，这里既没有"断桥"的镜头，也没有"水倒流"的特写。

可以看出，罗贯中虽然把上述两篇诗、赋辑录进自己的小说的正文，却对它们的某些内容摈而不用。他在这样做的时候，运用了两种代替的方式。

第一种方式，上文已介绍过了：用曹操部将（夏侯霸）的临阵胆怯、在极度的惊恐中倒撞于马下，来代替河水的倒流。应该说，同样是表现张飞大吼的威力，这种的描写更接近于生活的真实。

嘉靖壬午本这一节的标目不是叫做"张益德据水断桥"吗？上引的正文为什么会竟然没有任何"断桥"的描写呢？这岂不是标目与正文互相矛盾吗？

且慢，提出这样的责怪未免太性急了，请耐心地再看如下的引文：

> 却说张飞见曹操军一拥而退，不敢追赶，速掣回曳尘人马，去其枝柯，来到桥边下马，拆断桥梁后，上马来见玄德。玄德问其故，飞言断桥一事。玄德曰："兄弟勇则勇矣，但可惜失于计较。"飞问其故，玄德曰："曹操深通兵法，汝不合拆断桥梁，操追必至矣。"张飞曰："被吾一喝，后军退数里而去，何敢再追？"玄德曰："若不断桥，彼将恐有埋伏，持余而不敢进追。今若拆之，彼必料我无军，怯而断桥矣。彼有百万之众，虽涉江、汉，可填而过，何惧一桥而不能过耶？彼必追赶矣，可从小路斜逃汉津，弃却江陵，乃望沔阳路而去。"

这里不是写了"断桥"吗？当然，桥并不是自己断裂的，而是被人拆毁的。罗贯中这样写，表明了：他已意识到，人的吼声震断桥梁之事是不可信的；但是，他又相信，历史上确有张飞断桥之事；于是他采取了第二种方式，即折中的方式，把历史记载上的可信性和现实生活中的可能性统一了起来。同样是写"断桥"，他却把声音震荡造成的断裂改成了人为的拆毁。原来这就是标目上的"断桥"的所指。

在《三国志演义》毛评本中，这一段情节见于第四十二回的上半回。回目作"张翼德大闹长坂桥"，虽然保留了"桥"字，却让它和"断"字脱了钩。它的正文，基本上和嘉靖壬午本一致，仅仅把人名"夏侯霸"改换为"夏侯杰"。尽管夏侯杰之名不见经传，这个改换还是必要的。因为夏侯霸在全书最后的十几回中登场，是个颇为重要的人物。他不可能、也不应该提前地在这个场合这样不光彩地死去。那要归罪于罗贯中的疏失。

此外，毛评本还删去了史官的那首诗和祖龙图《据水断桥赋》，使"断桥"和"水倒流"彻底失踪。显然，毛氏父子十分赞同罗贯中关于拆断桥梁的描写。所以，这一情节在毛评本中保留了下来。

总而言之，张飞断桥的故事，从民间传说到《三国志平话》，从《三国志平话》到《三国志演义》，从嘉靖本到毛评本，它那神秘的因素、夸张的成分呈现着逐渐地减少的趋势。

需要补充说明的是，张飞断桥的故事来源于《三国志》。不过，在《三国志》中，"断"字却可以有另外的解释。

《三国志·蜀书·张飞传》说：

> 先主闻曹公卒至，弃妻子走，使飞将二十骑拒后。飞据水断桥，瞋目横矛曰："身是张益德也，可来共决死敌！"皆无敢近者，故遂得免。

它不是"据桥断水"，而是"据水断桥"。在这里，是说：张飞奉命领着二十人马，在河边，抵御曹兵的追赶，保护刘备等大队人马的撤退；张飞则独自一人，横矛立马，在桥上，阻挡住曹兵的进路。这个"断"字，有"阻隔"或"隔绝"

的含义。

在描写战争的小说中，不是常常出现"断后"一词吗？从"断后"的"断"字去理解"断桥"的"断"字的准确的含义，是再好也不过了。

由此可见，把张飞的"断桥"，无论解释为桥梁因受到吼声的震动而断裂，或者解释为拆毁桥梁，都算是绕了远儿。

第二十七节　杀害张飞的凶手

张飞之死，上承关羽之死，下启刘备之死，是《三国志演义》中的一个重要的关目。

张飞是被人杀害而死的。

谁杀害了他呢？

《三分事略》和《三国志平话》说是王强、张山和韩斌。他们三人都是张飞的部下。王强掌管帅旗，张山、韩斌掌管膳食，书中在"先主托孔明佐太子"一段写道：关羽死后，张飞急想出兵报仇——

　　帐下一人叫言："小臣引军五万，当斩贼将。"帝认的是爱弟张飞。张飞带酒。玄德曰："吾弟老矣。"来日出军，令张飞看寨，三次圣旨不交张飞出战。张飞言："帝思桃园结义，共死泉下。"拔剑自刎，帝急令人抱住，张飞对先主无君臣之礼。众官簇拥入寨，张飞仰天大恸："先主不交我与关公报仇。"言未尽，声响若雷，大风过，把张飞帅字旗杆刮折。张飞叫把旗人王强当面打五十棒。王强当夜归于本投下说。张飞就食，肉味不堪，带酒叫庖官至，当面觑张山、韩斌，张飞连骂数句，令人各打三十。当夜，王强、张山、韩斌等三人吃酒，饮痛大醉，言："张飞今日醉，多思小过，不甘的一般。"三人同至帐下，杀了张飞。三人提头投吴去了。

这三个人名，为《三国志演义》所无。《三国志演义》毛评本第八十一回写到了张飞之死，但情节和《三分事略》《三国志平话》不同。张飞"下令军中，限三日内制办白旗白甲，三军挂孝伐吴"。部下两员末将要求宽限，张飞不允，以违反将令为由，"各鞭背五十"。鞭完，张飞指着二人说："来日俱要完备！若违了限，即杀汝二人示众！"于是，当晚乘张飞酒醉，二人潜入帐中，用短刀刺杀了张飞。

而在这之前，《三国志演义》已有两次伏笔。先是描述"张飞在阆中，闻知关公被东吴所害，旦夕号泣，血湿衣襟。诸将以酒劝解。酒醉，怒气愈加。帐上帐下，但有犯者，即鞭挞之，多有鞭死者。每日望南切齿睁目怒恨，放声痛哭不已"。后又特写刘备对张飞的叮嘱："朕素知卿酒后暴怒，鞭挞健儿，而复令在左右，此取祸之道也。今后务宜宽容，不可如前。"张飞实际上没有听从刘备的劝告，终于酿成了杀身之祸。

杀害张飞的两员末将，一个叫张达，另一个叫"范×"。

为什么这里要写作"范×"呢？因为这个"×"字，在不同的版本中，有不同的写法。在嘉靖壬午本中，写作"疆"字；但在毛评本以及当代的某些排印本中，却写作"疆"字。

这两个字，形相近，而音、义均相异，彊，音"qiáng"，阳平，即"强"字。疆，音"jiāng"，贺平，国界、边界或田边的意思。那么，这位姓范的末将，他的名字到底是叫"强"，还是叫"疆"？

大将张飞死在他的手上，单凭这一点，他也可算是出了名的人物了。然而，在《三国志》中，他根本排不上号，没有立传的资格。仅仅在《蜀书·张飞传》中，他的名字曾经闪现过一次："先主伐吴，飞当率兵万人，自阆中会江州。临发，其帐下将张达、范彊杀飞，持其首，顺流而奔孙权。"范彊之名，作"彊"而不作"疆"。这表明，在这一点上，嘉靖壬午本是对的，毛评本和当代的某些排印本是弄错了。

在《三国志》或嘉靖壬午本中，人名、地名中的"强"字，往往写作"彊"。第一百十六回出现过一个令人难忘的惊险的镜头：姜维与杨欣交战，"只一合，杨欣败走，维拈弓射之，连射三箭，皆不中，维转怒，自折其弓，挺枪赶来。战马前失，将维跌在地上。杨欣拨回马来杀姜维。维跃起身，一枪刺去，正中杨欣马脑。背后魏兵骤至，救欣去了。"这一仗，先是姜维，后是杨欣，都险些儿丧了性命。这个交战的地点，就叫强川口，《三国志演义》写作"彊川口"。《三国志·魏书·邓艾传》也写作"彊川口"。

除了人名、地名之外，《三国志》中还出现了其他方面的"强"字，它们也常常写作"彊"字。例如，在《吴书·陆逊传》中，陆逊对诸军说："刘备天下知名，曹操所惮，今在境界，此彊对也。"彊对就是劲敌的意思。又如《蜀书·诸葛亮传》，诸葛亮对孙权说："曹操之众，远来疲弊，闻追豫州，轻骑一日一夜行三百余里，此所谓'彊弩之末，势不能穿鲁缟'者也。"彊弩之末是一句成语，见于《史记》《汉书》，后世写作"强弩之末"。

第二十八节　樊氏择偶与赵云拒婚

在《红楼梦》里，为众多读者所喜爱的，不是第一号人物，也不是第二号人物、第三号人物，而是史湘云。在《三国志演义》里，和这相类似的，则是赵云。

赵云的事迹，为人们所津津乐道的，除了著名的长坂坡、截江夺斗等等之外，还有一个拒婚的故事。

这见于《三国志演义》嘉靖壬午本卷十一第四节、毛评本第五十二回。

桂阳太守赵范把寡嫂樊氏介绍给赵云。据赵范说，樊氏择偶的标准有三条。在毛评本中，这三条标准是："第一，要文武双全，名闻天下；第二，要相貌堂堂，威仪出众；第三，要与家兄同姓。"赵云恰恰完全符合这三项条件的要求。

嘉靖本壬午卷十一第四节也写了三个标准，却和毛评本稍微不同："第一，要名誉动荡，人才出众；第二，要与家兄同姓；第三，要文武双全。"

试把二者比较一下，即可看出，毛评本减弱了对"同姓"的要求，把它从第二降到了第三，同时又把"文武双全"从第三抬高到第一；此外，它还强调"相貌"和"威仪"的重要性。显然，毛评本的改动是为了使这三个标准更紧密地套在赵云的头上。这样，赵云一拒绝，读者就会感到十分惋惜。故事的动人的任务也就顺利地完成了。

这桩婚事终于没有成功。后来，诸葛亮问赵云是什么缘故，赵云回答了四条理由。引毛评本如下：

> 赵范既与某结为兄弟，今若娶其嫂，惹人唾骂，一也；其妇再嫁，使失大节，二也；赵范初降，其心难测，三也；主公新定江、汉，枕席未安，云安敢以一妇人而废主公之大事？

说来头头是道。其文字、次序同样也和嘉靖壬午本稍微不同。

嘉靖壬午本是这样说的："赵范之兄，曾在乡中有一面之交，今娶其妻，惹人唾骂，一也；其妇再嫁，使失其大节，二也；赵范初降，其心不可测，三也；主公新定江、汉，枕席未安，云安敢以一妇人而废主公之政，四也。"它和毛评本的不同，集中表现在第一条上。其他三条基本上相同。

第一条同样都是"惹人唾骂"，毛评本说是因为与赵范之兄有结拜之义而娶其嫂，嘉靖壬午本说是因为曾与赵范之兄有一面之交而娶其妻。仔细分析起来，嘉靖本的理由更有说服力，更符合赵云当时的心态。毛评本的理由不免隔了一层。因此，在这一点上，毛宗岗的改写是不可取的。

其实嘉靖本倒有一条理由，没有说服力，也不符合赵云当时的心态，毛宗岗却没有觉察到。这就是第二条："其妇再嫁，使失其大节。"毛评本仅仅删去第二个"其"字，依旧照录原文。

这一条理由，不大可能出于东汉和三国时代的人们（包括赵云在内）之口。它出现在元末明初时代的罗贯中的笔下，倒是可以理解的。

在东汉，在三国时代，寒妇再嫁是极其平常的事情，不会引起人们的大惊小怪。试举蜀、魏、吴的三个例子来说：

（1）据《三国志·蜀书·二主妃子传》，刘备的皇后吴氏，是吴壹之妹，曾嫁与刘焉之子刘瑁为妻。刘瑁死后，吴氏寡居。刘备既定益州，纳吴氏为夫人。刘备娶的是个再嫁的寡妇。

（2）据《魏书·后妃传》，曹丕的皇后甄氏，原为袁绍之子袁熙的妻子，冀州失陷后，为曹丕所纳。曹丕娶的是敌人之妻。

（3）又据《吴书·妃嫔传》，孙权、步夫人生二女，长女鲁班先嫁周瑜之子周循，后嫁全琮，次女鲁育先嫁朱据，后嫁刘纂。两个女儿都不是从一而终。

这说的是帝王家里的事。至于一般的平民百姓，那就更加如此了。

赵云虽然是个武将，当官的，他又怎么能够例外呢？

一般的说，对寡妇改嫁加以指责，那样的事是到了宋代提出"饿死事小，失节事大"之后，才可能出现的。

罗贯中下笔时，考虑得不够细致，一疏忽，遂把他那个时代才能有的思想强加到古人头上去了。

第二十九节 诸葛亮一家

在《三国志演义》中，对一些重要人物的家世都作了必要的介绍。介绍的方式却是多种多样的。有的做集中的介绍，有的则做分散的介绍，不一而足。例如对诸葛亮的一家的介绍，就采取了分散的、零星的方式。

它可以分为几个层次：

第一个层次，是在嘉靖本卷八第二则通过徐庶向刘备的推荐，向读者介绍了诸葛亮一家的这样几个人：

（1）诸葛亮本人。

（2）其父，名珪，字子贡，曾为泰山郡县丞，早卒。

（3）其叔，名玄，曾被袁术任命为豫章太守，后往依荆州刘表，已卒。

（4）其弟，名均。

毛评本第三十六回对上述内容做了两点改动。一，诸葛珪的官职，由"泰山郡县丞"改为"泰山郡丞"，删去了"县"字。这个删改无疑是正确的。因为郡丞和县丞存在着级别上的差异，不宜混为一谈。《三国志·蜀书·诸葛亮传》也说是"郡丞"。大概是罗贯中当初弄错了。二，诸葛玄的履历，删去曾任"豫章太守"之事，而在"往依刘表"之后增加了一句，"遂家于襄阳"。这也非常重要，因为它和下文所叙述的诸葛亮"躬耕于南阳"一事有着因果的关系。

据《三国志·蜀书·诸葛亮传》，诸葛珪的表字，是"君贡"，而不是"子贡"。我相信，"字君贡"之说是正确的。"子贡"乃是孔夫子的弟子，即端木赐。诸葛玄在当时恐怕还不至于给自己取这样的表字。

《三国志·蜀书·诸葛亮传》又称诸葛玄为诸葛亮的"从父"。在古时，从父是伯父或叔父的通称。《三国志演义》不说诸葛玄是伯父，而说他是叔父。这看来是可信的。因为诸葛珪早死，完全有可能年长于诸葛玄。但是"从父"却绝对不可以解释为父亲。像《辞源》"梁甫吟"的释词，竟以诸葛玄为诸葛亮之父[①]，便造成理解上的谬误了。

第二个层次，是在嘉靖壬午本卷八第四节（毛评本第三十七回），由诸葛均向刘备做了补充的介绍：

（5）其兄，名瑾，现为江东孙权幕宾。

（6）其岳父，姓黄，名承彦。

诸葛瑾为什么会跑到江东去？"幕宾"一词也很含糊，他究竟在孙权手下做什么事？嘉靖本和毛评本都不能给人以清晰的印象。幸好《三国志·吴书·诸葛瑾传》中有比较细致的介绍："汉末避乱江东，值孙策卒，孙权姊婿曲阿弘咨见而异之，荐之于权，与鲁肃等并见宾待，后为权长史，转中司马。"原来他赴江东的时间是在汉末；他赴江东的原因则是"避乱"。至于他所担任的"长史"和"中司马"，在当时，不过是将军府中掌管兵马之事的小小官吏而已。

黄承彦出场时，嘉靖壬午本有一段小注说：

> 黄承彦，乃河南名士，一见诸葛孔明而异之。后孔明要娶妻，承彦曰："闻君择妇，吾有一丑女，黄头而色黑，才堪相配，肯容纳否？"孔明忻然而娶之。时人乃笑孔明，为之谚曰："莫学孔明择妇，正得阿承丑女。"

这段故事十分生动，饶有趣味。后世戏曲中的《诸葛亮招亲》，即取材于此。可惜的是，这段注文，已被毛评本全部删去。

注文其实来源于《三国志·蜀书·诸葛亮传》裴松之注所援引的习凿齿《襄阳记》。但，《襄阳记》所说的黄承彦的籍贯，是"沔南"，而不是"河南"。沔南，指今陕西省勉县一带。两地相距甚远。"沔""河"二字，字形近似，显然是罗贯中看错了，或者写错了。再不然，便是刻错了。

到了第二个层次，诸葛亮的上一辈，以及他的平辈，算是介绍得清清楚楚、明明白白了。剩下的只有他的儿孙辈了。这个任务要留给第三个、第四个层次来解决。

第三个层次，是在嘉靖壬午本卷二十一第九节（毛评本第一百零五回）叙述诸葛亮灵柩返回成都之后，由其子守孝候葬：

（7）其子，名瞻。

只有一句简单的叙事，而没有讲述他的任何的事迹，仿佛要为第四个层次留下伏笔。

第四个层次，是在嘉靖壬午本卷二十四第四节（毛评本第一百十七回）叙述邓艾暗度阴平、取江油城后，进一步介绍了诸葛瞻的情况，字思远，娶后主刘禅之女为妻，为驸马都尉，袭武乡侯之爵，迁行军护卫将军。最后一个官衔，据《三国志·蜀书·诸葛亮传》，系"行都护卫将军"之误。他阵亡之时，还很年轻，只有三十七岁。

此外，还提到了诸葛亮的妻子和孙子：

（8）其妻，黄氏。

（9）其长孙，名尚。

关于黄氏，毛评本是这样说的：

其（按：指诸葛瞻）母黄氏，即黄承彦之女也。母貌甚陋，而有奇才。上通天文，下察地理。凡韬略、遁甲诸书，无所不晓。武侯在南阳时，闻其贤，求以为室。武侯之学，夫人多所赞助焉。及武侯死后，夫人寻逝，临终遗教，惟以忠孝勉其子瞻。

这一段的插入，用的是倒叙法。它基本上采纳了《襄阳记》的记载，又有所发挥和增饰。从诸葛亮出山，到诸葛亮之死，由于罗贯中的安排，它根本无法做正常的、自然的插入。而只有安插在这里，安插在诸葛瞻领兵出征之时，方始能够起到连贯上下文的作用，为诸葛瞻的尽忠报国、战死沙场作合理的铺垫。这一段的插入，是毛氏父子的得意之笔，作为"事不可阙"者的例证，毛评本《凡例》第一条还特别提到了它。

如上所述，诸葛亮一家，在《三国志演义》中所写到的，包括诸葛亮本人在内，共有九人。

对此，我们还可以根据史料作若干的补充。

首先，诸葛亮有两个姐姐，他的二姐夫叫庞山民。

庞山民是谁呢？

诸葛亮被称为"卧龙"，庞统被称为"凤雏"。这在我们今天恐怕已经是家喻户晓的了。当年首倡这一称呼的却是襄阳人庞德公。庞德公的姓名出现于《三国志演义》卷七第九节、毛评本第三十五回。牧童用十分肯定的语气向刘备介绍说，"庞德公字山民，长俺师父十岁"。嘉靖本在此句之下有一条小注，对这位庞德公的姓名作了如下的解释："庞姓，德名，字山民。公者，因其齿德皆尊，故称曰'庞德公'也。"

看来，庞山民即庞德公，是无疑的了。

其实不然。《三国志·蜀书·庞统传》裴松之注引习凿齿《襄阳记》说：

> 诸葛孔明为'卧龙'，庞士元为'凤雏'，司马德操为'水镜'，皆庞德公语也……德操年小德公十岁，兄事之，呼作'庞公'，故世人遂谓庞公是德公名，非也。德公子山民，亦有令名，娶诸葛孔明小姊，为魏黄门吏部郎，早卒。

可知庞山民实是庞德公之子。罗贯中一时粗心，把父子二人混淆成一个人了。

罗贯中看错了《襄阳记》的原文。明明是个"子"字，他却看成了有宝盖头的"字"字。于是，解释走了样，儿子变成表字，从而在儿子和父亲之间划上了等号。此外，他对"公"字的解释，虽然来自《襄阳记》，却领会错了习凿齿的原意。

庞山民是诸葛亮的姐夫，而庞统又是庞山民的堂兄弟[②]，想不到刘备的两个军师，卧龙和凤雏，他们二人居然有姻亲的关系。

既然《襄阳记》称庞山民之妻为诸葛亮的"小姊"，那就还应当在"小姊"之上另有一位"大姊"存在。惜乎在《三国志》和裴松之注中找不到她的踪影。但万历《襄阳府志》卷三十四却满足了我们的愿望。它记述晋人蒯钦的事迹，并说："钦从祖祺妇，即诸葛孔明之大姊也。"蒯钦是襄阳人，他的从祖蒯祺当然也是襄阳人。

以蒯祺为诸葛亮的大姐夫，看来是可信的。因为他和诸葛亮的二姐夫庞山民同是襄阳人，而诸葛亮出山之前，也就隐居在襄阳附近。

蒯祺曾任房陵（今属湖北）太守。他在建安二十四年（219）为孟达的兵卒所害，见《三国志·蜀书·刘封传》。

其次，除了诸葛瞻之外，诸葛亮还有另一个儿子；除了诸葛尚之外，诸葛亮还有另两个孙子。

另一个儿子叫诸葛乔。他本是诸葛瑾的次子，字仲慎。

后过继诸葛亮为嗣，表字也因之而改为伯松。二十五岁死去。其子名攀，当然也算是诸葛亮的孙子，最后却因诸葛瑾之子"诸葛恪见诛于吴，子孙皆尽"，而又重新恢复为诸葛瑾一支的后裔。

另一个孙子叫诸葛京。后为郿县令，官至江州刺史。

最后，要附带说到诸葛诞。他是曹魏的大臣，历任重职。他出现于《三国志演义》第一百一十回（嘉靖壬午本卷二十二第九节），参加了镇压毌丘位的战役。直到第一百十一回（嘉靖壬午本卷二十三第二节），他起兵声讨司马昭之时，书中方才透露他是诸葛亮的"族弟"。

后人曾把他和诸葛亮放在一起加以评论和比较。最有名的要数刘义庆《世说新语·品藻第九》。它把诸葛亮、诸葛瑾、诸葛诞三人分别比拟为龙、虎、狗："诸葛瑾，弟亮，及从弟诞，并有盛名，各在一国。于时以为蜀得其龙，吴得其虎，魏得其狗。"用不同的动物为比喻，来评价他们三个人的成就和地位，又形象，又适当。即使在今天，这个评价依然是十分中肯的。

注释

① 《辞源》（商务印书馆，1980 年），1576 页，

② 《三国志演义》第三十五回（嘉靖壬午本卷七第九节）说，庞统乃庞德公之侄。《三国志·蜀书·庞统传》裴松之注引习凿齿《襄阳记》："统，德公从子也。"

第三十节 "三顾茅庐" 与 "三顾草庐"

有很多成语是来源于三国故事。"三顾茅庐"是其中一例。

刘备求贤若渴。他曾前后三次虔诚地去拜访在隆中隐居的诸葛亮，邀请他出山帮助自己打天下。后来，人们就把这种诚心诚意的一再拜访或邀请叫做"三顾茅庐"，一直沿用到今天。

可是在通行的《三国志演义》毛评本上，第三十七回下半回的回目乃是"刘玄德三顾草庐"，而不是"刘玄德三顾茅庐"。"三顾"仍然是"三顾"，"茅庐"却变成了"草庐"。这是怎么一回事？

毛评本的"三顾草庐"是有根据的。最早的根据在于《三国志·蜀书·诸葛亮传》所引录的诸葛亮《出师表》。其中有：这样几句：

> 臣本布衣，躬耕于南阳，苟全性命于乱世，不求闻达于诸侯。先帝不以臣卑鄙，猥自枉屈，三顾臣于草庐之中，谘臣以当世之事，由是感激，遂许先帝以驱驰。

"三顾"、"草庐"四个字，赫然在内。其后，唐人李山甫《代孔明哭先主》七律的首句便是"忆昔南阳顾草庐"。明人杨士奇《武侯祠记》说："当汉之季，诸葛武侯隐于中……人莫知之也。惟司马德操知之，惟徐庶知之，以之荐于先主，遂枉驾三顾于草庐之中。"明人李东阳《重修诸葛武侯祠记》也说："南阳府城西五里，卧龙岗草庐旧址。"明人张时彻《新建诸葛忠武侯祠碑》同样用的是"草庐"："当是时，敢有言相辅以成大事者哉？而侯以草庐寒卧之夫，承三顾之勤，乃遽许以驰驱，非徒以堂堂帝室之胄，足以声大义于天下耶？"

　　明末的张瑶、万元吉还分别有《谒武侯草庐，南阳城八里》《谒草庐祠》五古。另外，有一部明代传奇，叫做《草庐记》，又名《刘玄德三顾草庐记》，现存万历年间富春堂刊本。它的内容是"以卧龙三顾始，以西川称帝终"。它们都引人注目地把"草庐"二字公然用进了标题。

　　那么，"三顾茅庐"有没有根据呢？

　　也有的。根据首先在于《三国志演义》嘉靖壬午本卷八第三节的标目，正作"刘玄德三顾茅庐"。同卷第五节的标目也作"定三分亮出茅庐"。显然，在罗贯中原本中，用的就是"茅"字，是毛氏父子把它改成了"草"字。

　　用"茅"而不用"草"，并不始于《三国志演义》的作者罗贯中。宋人宋京《诸葛孔明读书台》七古说："卧龙未起蜀天远，茅庐日日空南阳。"元人虞集《双调折桂令·席上偶谈蜀汉事，因赋短柱体》散曲："銮舆三顾茅庐，汉祚难扶，日暮桑榆。"更是"三顾茅庐"四字连用。这四个字的连用，也屡见于元人杂剧。例如，马致远《荐福碑》第一折的唱词："我住着半间儿草舍，再谁承望三顾茅庐。"

甚至元代话本《三国志平话》卷中"三谒诸葛"一节也说："话说先主，一年四季，三往茅庐谒卧龙，不得相见。"正作"茅庐"。这可能是罗氏《三国志演义》"茅庐"的出处。

在嘉靖壬午本中，有些叙述文字和诗句，都使用了"茅庐"二字。例如：

1. "岗前疏林内茅庐中，即孔明先生高卧之处也。"

2. "柴门半掩闭茅庐，中有高人睡未起。"

3. "乃嘱咐童子云：'如先生回，可言刘备专访。'遂上马别茅庐。"

4. "这一席话，乃孔明未出茅庐，已知三分天下，万古之人不及也！"

5. "次日，收拾同出茅庐。"

6. "今玄德三请孔明出茅庐，胡曾先生有诗曰：……"

7. "只因徐庶临行语，茅庐三顾心相知。"

而在毛评本中，1.2.4.7.未改，3.5.6.则已删。

此外，嘉靖壬午本原文说："遂乘马直至卧龙岗下马，入庄见孔明。"毛评本把"庄"字改为"草庐"二字。嘉靖壬午本原文说："比及到庄，离半里下马步行。"毛评本又改为："离草庐半里之外，玄德便下马步行。"

这说明了三点：

第一，毛氏父子在想方设法地删掉原文中出现的"茅庐"二字以及相关的词句。

第二，把原文标目的"茅庐"改为"草庐"，大概是毛氏父子的得意之笔，所以他们要处心积虑地把正文中的"庄"字更换为"草庐"，目的显然是为了同新改的回目取得呼应。

　　第三，正文中有四个"茅庐"成了漏网之鱼，这表明毛氏父子的修改工作有时还是不够细致的。

　　其实，"茅"是一种草名。"茅庐"和"草庐"，在声音上不同，在意义上并没有什么不同。那么，罗贯中为什么要用"茅庐"，而不用"草庐"呢？

　　照我看，他不是采取了"拣到篮里便是菜"的随意的态度。对字词的选择，他无疑有着细致的考虑。

　　一是为了避免重复。依据罗贯中关于诸葛亮的住处的描写，外面的叫"庄"，里面的叫"堂"；诸葛亮昼寝的地方，叫做"草堂"。"茅庐"则是对诸葛亮所居住的"庄"和"堂"的总称。这一切都区分得明明白白。如果把"茅庐"换成"草庐"，那么，又是"草庐"，又是"草堂"，都有一个"草"字，便显得重峦叠嶂了。

　　二是为了读起来不拗口。"三顾草庐"或"三顾茅庐"这几个字，"三""茅""庐"都是平声，"顾"是去声，"草"则是上声。"三顾茅庐"，平仄平平，听起来更顺耳。"顾"字之后，接读"茅"，也要比接读"草"更为省劲。

　　京剧、秦腔、同州梆子、河北梆子、汉剧、滇剧、豫剧的传统剧目都有《三顾茅庐》。尽管毛评本是在清代最流行的《三国志演义》版本，它们的定名却都依据嘉靖壬午本作"三顾茅庐"，而不依据毛评本作"三顾草庐"。这不是偶然的。

这样看来，毛氏父子改"三顾茅庐"为"三顾草庐"，完全是多余的。他们没有体察到罗贯中使用"茅庐"一词的苦心。

第三十一节　诸葛亮与《梁父吟》

　　王熙凤识字，还是不识字？《红楼梦》的读者们，常因这个问题引起热烈的辩论，而且往往是各执一词。争得面红耳赤。尽管双方在《红楼梦》现行的原文中都可以细心地为自己找到适当的根据，不过，王熙凤给人的难忘的印象，依然是一位不识字的妇女。照我看，这恐怕也符合曹雪芹创作的初意。

　　这位不识字的妇女，在大观园众姊妹联句的时候，竟起了一个很好的头儿。她随口念了一句她自称为"粗话"的诗："一夜北风紧"，当即获得在场的众人的赞誉："这句虽粗，不见底下的，这正是会作诗的起法。不但好，而且留了多少地步与后人。"（第五十回）

　　曹雪芹所创作的这个细节，显然为王熙凤的形象添加了一点光彩。

　　我猜测，曹雪芹下笔之时，一定是联想到《三国志演义》，从诸葛亮《梁父吟》获得了某种程度的启发。

　　《梁父吟》见于《三国志演义》毛评本第三十七回。刘备为了访求诸葛亮出山，不惜"三顾茅庐"。第三十七回描写了刘备的"二顾"。到备上了卧龙岗，进了草堂，差一点把诸葛亮之弟诸葛均当成了诸葛亮，只得自叹"缘分浅薄"，拜辞出门。方上马欲行，忽见童子招手篱外，说是"老先生来也"。害得刘备差一点又把诸葛亮之岳父黄承彦当成了诸葛亮。当时黄承彦骑驴携酒，踏雪而来，口中吟诗一首：

> 一夜北风寒，万里彤云厚。长空雪乱飘，改尽江山旧。仰面观太虚，疑是玉龙斗。纷纷鳞甲飞，顷刻遍宇宙。骑驴过小桥，独叹梅花瘦。

这是一首什么诗呢？黄承彦告诉刘备，是他在女婿家中所看到的《梁父吟》。

不难看出，《梁父吟》的首句（"一夜北风寒"），实即《红楼梦》中王熙凤那句"粗话"（"一夜北风紧"）的出处。

那么，这首以"一夜北风寒"起首的《梁父吟》是不是诸葛亮的作品呢？

《三国志演义》巧妙地没有给予正面的回答。试看嘉靖壬午本卷八第四节所写的刘备、黄承彦二人的对话：

> 刘　备："适间所诵之吟，极其高妙，乃何人所作？"
>
> 黄承彦："老夫在女婿家观《梁父吟》，记得这一篇。却才过桥，偶望篱落间梅花，感而诵之。"

黄承彦可以说是答非所问，人家问的是作者是谁。他老人家却糊里糊涂地说是在女婿家中看到的。究竟是女婿所作的，还是旁人所作的，模棱两可，那就只好让你自己去发挥打灯谜的本事了。毛评本删去了刘备的问语（"乃何人所作"），更使这个问题变得迷离惝恍了。

《三国志演义》做这样的处理，是有原因的。

诸葛亮和《梁父吟》发生关系，最早见于《三国志·蜀书·诸葛亮传》的记载："亮躬耕陇亩，好为梁父吟。"他十分喜爱《梁父吟》，难怪黄承彦会有机会在他的家中见到此诗，并且牢牢记住了诗句。

但是，《梁父吟》到底是不是诸葛亮的作品，在这个问题上，《三国志·蜀书·诸葛亮传》所发出的信息也是模糊的。

奥妙就出在"好为"的"为"字上。在原文中，"为"字可以有两种解释。一、撰写：《梁父吟》乃诸葛亮所撰写。二、吟诵，诸葛亮喜爱并时常吟诵他人或前人所撰写的《梁父吟》。因此，《梁父吟》究竟是不是诸葛亮的作品，实在很难说。

然而，有一点必须指出，《三国志演义》中的这首《梁父吟》并非出于历史上的诸葛亮的手笔。

这要从什么叫"梁父吟"说起。

《梁父吟》又名《泰山梁父吟》。"梁父"一作"梁甫"，乃地名也。它是一座小山，位于泰山之下，在山东新泰县之西。古时，"封泰山""禅梁父"作为盛事，常常相提并论，古人有死后葬于梁父山者。所以，《梁父吟》实际上是一首葬歌，歌词慷慨悲凉。相传诸葛亮所作的《梁父吟》，收录于郭茂倩《乐府诗集》卷四十一，全文如下：

步出齐城门，遥望荡阴里。里中有三墓，累累正相似。问是谁家墓，田强古冶子。力能排南山，文能绝地纪。一朝被谗言，二桃杀三士。谁能为此谋？国相齐晏子。

它的内容、风格和黄承彦所吟诵的那首诗迥然不同。一个古朴，一个精巧；一个是遥望古墓，怀念古人，发出了深沉的感叹，一个是描绘眼前的景色，歌咏了漫天飞舞的白雪以及挺立的寒梅。如果说"步出齐城门……"是诸葛亮的原作，那么，"一夜北风寒……"就无疑地属于罗贯中伪托的赝品了①。

请细数一下，《乐府诗集》的"步出齐城门……"共十二句，而《三国志演义》毛评本第三十七回的"一夜北风寒……"却只有十句。

这又是怎么一回事呢？

《三国志演义》嘉靖壬午本卷八第四节提供了答案。它保存的这首"一夜北风寒……"却是十二句。在"顷刻遍宇宙"之下、"骑驴过小桥"之上，它多出了这样两句：

白发银丝翁，岂惧皇天漏。

这两句显然是后来在毛氏父子对《三国志演义》大动手术之时遭到了被割弃的命运，

注释

① 以"一夜北风寒"为首句的《梁父吟》很可能是罗贯中本人的拟作。当然，也不排除这样的可能，它是他人或前人的拟作，而为罗贯中所借用。

第三十二节　诸葛亮与刘琦的亲戚关系

　　刘琦是刘表的长子。诸葛亮则是当时寄居刘表篱下的刘备的谋士。

　　在《三国志演义》中，他们二人之间的接触，始见于嘉靖壬午本卷八第七节、毛评本第三十九回。

　　刘琦本来是长子，却失爱于他的父亲，忍受着胞弟刘琮和继母蔡氏的排斥和打击。他不得不向刘备、诸葛亮求救："继母不肯兼容，性命只在旦夕矣。"谁知刘备却一口拒绝了："此是贤侄家务事，吾将如之奈何？"诸葛亮也接连三次予以拒绝，先是和刘备一个腔调，"此家务事，难以区画"；继而小心翼翼地指出，"客寄于此，不可言也。恐有泄漏不便，容当再叙"；最后更表示说："此非亮所敢谋者也。"诸葛亮的回答，完全是一副谨小慎微的样子。直到刘琦引他上楼，并撤去楼梯以后，他才开口向刘琦面授了一条"申生在内而亡，重耳在外而安"的计策。

　　从书中的描写看，诸葛亮的谨小慎微是有道理的。荆州刘氏父子，对他来说，都是生疏的。他需要处理好当时、当地的人际关系，以免误了刘备的大事。罗贯中在描绘诸葛亮的处境、心情时所掌握的分寸感，相当准确。

罗贯中的这一段描写，有着历史的依据。《后汉书·刘表传》说：

> 表初以琦貌类于己，甚爱之。后为琮娶其后妻蔡氏之侄，蔡氏遂爱琮而恶琦，毁誉之言日闻于表。表宠耽后妻，每信受焉。又，妻弟蔡瑁及外甥张允并得幸于表，又睦于琮。而琦不自宁，尝与琅邪人诸葛亮谋自安之术，亮初不对，后乃共升高楼，因令去梯，谓亮曰："今日上不至天，下不至地，言出子口，而入吾耳，可以言未？"亮曰："君不见申生在内而危，重耳居外而安乎？"琦意感悟，阴规出计。会表将黄祖为孙权所杀，琦遂求代其任。

在这里，一句"亮初不对"，寥寥四字，罗贯中加以采用、发展而推衍为刘琦、诸葛亮的三问三答，细致入微地刻画了诸葛亮的性格。罗贯中原定的标题为"孔明遗计救刘琦"，毛评本的回目改成"荆州城公子三求计"。后者显然胜于前者。尤其"三求计"三个字，更突出，也更精炼地概括了正文的情节。《三国志演义》的读者，一见到回目中的这三个字，就会立刻想起来：这是诸葛亮出山之后所设的第一计；诸葛亮之计，是经过了刘琦的"三求"，方才说出的。

对待历史素材，罗贯中既有取，也有舍。在诸葛亮、刘琦二人的关系上，他的所取，已引述如上；他的所舍，也不妨在此一说。

在历史上，诸葛亮、刘琦二人之间存在着非比寻常的关系。

有人说，诸葛亮当初不肯应允刘琦的请求，是格于"疏不间亲"的古训。殊不知，他们之间并不"疏"。相反的，他们倒是姻亲。这有《襄阳耆旧传》的文字为证：

> 蔡瑁，字德珪，襄阳人……汉末诸蔡最盛。蔡讽姊适太尉张温，长女为黄承彦妻，小女为刘景升（刘表）后妇，瑁之姊也。

蔡讽有两个女儿，大女儿嫁给黄承彦，小女儿嫁给了刘表。而刘表就是刘琦的父亲。黄承彦是谁呢？

此人在《三国志演义》嘉靖壬午本卷八第四节、毛评本第三十七回"三顾茅庐"中露过面。他骑驴携酒，吟诗踏雪而来。童子称他为"老先生"。刘备误认他是"真卧龙"。诸葛亮之弟诸葛均做了正式的介绍："此非卧龙家兄，乃家兄岳父黄承彦也。"

这样说来，蔡讽的大女婿就是诸葛亮的岳父。换言之，诸葛亮的岳父和刘琦之父刘表乃是连襟。所以，诸葛亮、刘琦二人之间有亲戚关系，而且二人的辈分相同。

嘉靖壬午本卷八第二节、毛评本第三十六回，徐庶曾对刘备说：

此人乃琅琊阳都人也，汉司隶校尉诸葛丰之后。其父名珪，字子贡，为泰山郡县丞，早卒。时从叔父玄为袁术所署豫章太守。后汉朝选朱皓代玄。玄素与荆州牧刘景升有旧，往依之。不幸玄卒，其人与弟均躬耕于南阳，好为《梁父吟》。覆姓诸葛，名亮，字孔明。

这里隐隐约约地谈到了诸葛、刘两家的关系，只不过故意避免了黄承彦的中介而已，如果说，诸葛亮的叔父诸葛玄与刘表有深厚的交谊，那么，再加上诸葛亮的岳父黄承彦又是刘表的襟兄，他们两家就有着双重的亲友关系了。

　　这后一重关系，被罗贯中完全舍弃了。这样做，从艺术效果看，无论是对人物思想、性格的刻画，或是对故事情节的展开，都没有产生任何消极的影响。

第三十三节　刘琦与刘琮的兄弟关系

　　刘琦是刘表的长子。刘琮是刘表的次子。他们兄弟二人的关系，在《三国志演义》嘉靖壬午本卷七第七节、毛评本第三十四回里有所描写。

　　关于他们二人的关系，存在着这样一个问题：他们是不是同父异母的兄弟？也就是说，刘琮是不是刘表之妻蔡氏所生？

　　根据罗贯中的安排，刘琮乃是蔡氏的亲生子。嘉靖壬午本卷七第七节，刘表曾向刘备介绍了自己的两个儿子：

　　　　前妻陈氏生子刘琦，虽贤，而懦不足立事。后妻蔡
　　　　氏生得刘琮，颇聪明。

　　毛评本第三十四回基本相同。

　　大儿子刘琦为刘表前妻陈氏所生，小儿子刘琮为刘表后妻蔡氏所生；他们二人是同父异母的兄弟——这叙述得一点儿也不含糊。

　　但在历史上，却不是这么一回事。

据《三国志·魏书·刘表传》说：

> 建安十三年（208），太祖（曹操）征表（刘表），未至，表病死。初，表及妻爱少子琮，欲以为后，而蔡瑁、张允为之支党。

这里只说刘琮是刘表的小儿子，并为刘表、蔡氏夫妇所钟爱；它没有涉及蔡氏和刘琮的血缘关系。而同书裴松之注却引干宝《搜神记》说：

> 建安初，荆州童谣曰："八九年间始欲衰，至十三年无孑遗。"言自中平（184—189）以来，荆州独全，及刘表为牧，民又丰乐，至建安八年、九年（203、204）当"始衰"。"始衰"者，谓刘表妻死，诸将并零落也。"十三年无孑遗"者，表当又死，因以丧破也。

既然刘表的前妻死于建安八年、九年间，那么，刘表续娶蔡氏的时间就不可能早于建安九年（204）。姑且假定他们在建安九年结婚，到建安十三年（208）刘表生病而逝世的时候，不过是四年的光景。如果刘琮的确为蔡氏所生，那么，刘表死时，他仅仅是个三岁的幼童而已。

要知道，远在刘表生前，刘琮就已经结了婚，他娶的是蔡氏的侄女（此说出于裴松之注所引的曹丕《典论》，详见下文）。因此，当刘表临终之时，他怎么会变成了一个两三岁的小孩子呢？这可以证明，刘琮断然不是刘表后妻蔡氏所生的。

刘琮虽然不是蔡氏的亲生子，但他和蔡氏的关系却非常亲密，蔡氏也非常宠爱他。曹丕《典论》这样说：

> 刘表长子曰琦，表始爱之，称其类己。久之，为少子琮纳后妻蔡氏之侄。至蔡氏有宠，其弟蔡瑁、表甥张允并幸于表，惮琦之长，欲图毁之。而琮日睦于蔡氏，允、瑁为之先后，琮之有善，虽小必闻；有过，虽大必蔽。蔡氏称美于内，瑁、允叹德于外，表日然之。而琦日疏矣，出为江夏太守，监兵于外。瑁、允阴司其过阙，随而毁之。美无显而不掩，阙无微而不露。于是表忿怒之色日发，诮让之书日至，而琮坚为嗣也。

他的妻子，是蔡氏的侄女。他的党羽，又是蔡氏的胞弟和蔡氏表姊妹的儿子。他终于仗凭着蔡氏势力的扶植，排挤开胞兄，轻而易举地登上了刘表的正式继承人的宝座。

关于蔡氏和刘琮的母子关系，上引三篇史料中的叙述文字，各有不同的倾向。陈寿《三国志·魏书·刘表传》似乎是在暗示刘琮乃蔡氏的亲生子，因为它没有指出刘表的妻子有前妻和后妻之分，又没有道出刘表的这位"爱少子琮"的妻子究竟是谁。干宝《搜神记》指出了刘表前妻的卒年，从而否定了刘琮为刘表后妻所生的可能性。曹丕《典论》提到了蔡氏，是刘表的"后妻"，并在字里行间流露出了刘琮非蔡氏所生的意思。

面对着这样的三篇史料，罗贯中怎样进行抉择呢？

看来，罗贯中在处理蔡氏和刘琮的母子关系时，没有理会《搜神记》和《典论》。他的安排，显然是受到了《三国志·魏书·刘表传》的影响。

第三十四节　空城计的来源

　　空城计是《三国志演义》中的重要关目。读过《三国志演义》的人，没有不记得这一故事情节的。根据它改编的京剧《失街亭·空城计·斩马谡》，家喻户晓。凡是喜爱京剧的人，几乎没有一个人不会哼上几句"我本是卧龙岗散淡的人……"的。

　　空城计见于嘉靖壬午本卷十九第十节"孔明智退司马懿"，也见于毛评本第九十五回"马谡拒谏失街亭，武侯弹琴退仲达"。但，在《三国志·蜀书》的《后主传》以及《诸葛亮传》的正文中却没有记载此事。

　　那么，罗贯中创作的依据是什么呢？

　　他的依据，主要是《三国志·蜀书·诸葛亮传》裴松之注所援引的王隐《蜀记》。《蜀记》转引了西晋初年金城郭冲向扶风王司马骏等人所条举的五件有关诸葛亮的"隐没不闻于世"的事迹。其中第三件说：

　　　　亮屯于阳平，遣魏延诸军并兵东下，亮惟留万人守城。晋宣帝率二十万众拒亮，而与延军错道，径至前，当亮六十里所，侦候白宣帝说亮在城中兵少力弱。亮亦知宣帝垂至，已与相逼，欲前赴延军，相去又远，回迹反追，势不相及。将士失色，莫知其计。亮意气自若，敕军中皆卧旗息鼓，不得妄出庵幔，又令大开四城门，扫地却洒。宣帝常谓亮持重，而猥见势弱，疑其有伏兵，于是引军北趣山。明日食时，亮谓参佐拊手大笑曰："司马懿必谓吾怯，将有强伏，循山走矣。"候逻还白，如亮所言。宣帝后知，深以为恨。

这段故事颇具传奇性，戏剧色彩相当浓厚。诸葛亮临危不惧，镇定自若，智谋过人，形象突出。它吸引了罗贯中的注意。罗贯中决定把它收入自己的笔下。但他的吸收并不是全盘的，而是有选择的。他在改编时，充分考虑了裴松之的意见。

裴松之虽然援引了郭冲的话，却觉得十分可疑，便在全文援引的同时，对它进行了种种的驳难。裴松之对此事的驳难，计有四点：

一、阳平（在今陕西勉县）地处关中。诸葛亮初屯阳平之时，司马懿还在荆州（今属湖北）都督任上，镇守于宛城。至曹真死后，司马懿始与诸葛亮在关中一带相抗御。司马懿曾自宛城发兵，出西城，伐蜀。但遇霖雨，不得已而退兵。在这之前，或在这之后，历史上没有发生过诸葛亮和司马懿在阳平交兵之事。

二、司马懿拥兵二十万，且已探知诸葛亮兵少力弱，即使怀疑有伏兵，也不妨设防持重，何至于循山而走呢？

三、《魏延传》说，"延每随亮出，辄欲请精兵万人，与亮异道会于潼关，亮制而不许；延常谓亮为怯，叹己才用之不尽也。"诸葛亮既然不愿意把一万人拨与魏延统率，又岂肯将重兵交魏延东下，而自己身边却只留下老弱残兵？

四、郭冲这番话是对扶风王司马骏说的，司马骏听后，"慨然善冲之言"。但司马骏系司马懿之子。在儿子面前，宣扬其父之短，儿子反而点头称是，这显然不合情理。

裴松之的意见给予罗贯中很大的启发。但裴松之是站在历史学家的立场上看问题的。罗贯中采取的却是小说家的眼光，他认为，"空城计"可以成为诸葛亮的重头戏。于是，他大胆地把"空城计"写进了《三国志演义》。改编时，他做了两点重要的改动：把地点由阳平搬到了西城；不让魏延参加到这个事件中来。事实证明，他是成功的。

和诸葛亮同时的人也有类似于"空城计"的事迹。这无疑增强了罗贯中改编和再创作诸葛亮空城计的信心和决心。例如，赵云也摆过空城计，这不妨看作是罗贯中创作的另一个依据。

赵云的"空城计"，见于《三国志·蜀书·赵云传》裴松之注所援引的《赵云别传》：

夏侯渊败，曹公争汉中地，运米北山下，数千万囊。黄忠以为可取，云兵随忠取米。忠过期不还，云将数十骑轻行出围，迎视忠等。值曹公扬兵大出，云为公前锋所击，方战，其大众至，势逼，遂前突其陈，且斗且却。公军败，已复合，云陷敌，还趣围。将张著被创，云复驰马还营迎著。公军追至围，此时沔阳长张翼在云围内，翼欲闭门拒守，而云入营，更大开门，偃旗息鼓。公军疑云有伏兵，引去。云雷鼓震天，惟以戎弩于后射公军，公军惊骇，自相蹂践，堕汉水中，死者甚多。先主明旦自来至云营围视昨战处，曰："子龙一身都是胆也！"作乐饮宴至暝，军中号云为虎威将军。

这个故事也很有趣。赵云兼勇、义、智于一身。他的形象虎虎有生气。

相传赵云"浑身是胆"。此语的出处原来就在这里。

第三十五节　被骂死的王朗

　　《三国志演义》中似乎有两个王朗。前一个出现于毛评本第十五回，是会稽太守。后一个就是在两军阵前被诸葛亮骂死的王朗。

　　古今同姓又同名的人很多。《三国志演义》中就不少。例如，曹节：一个是曹操的曾祖，另一个是宦官，"十常侍"之一；韩浩：一个是曹操部将，另一个是长沙太守韩玄之弟；张南：一个是袁熙部将，降曹，死于赤壁之战，另一个是蜀将领，死于彝陵之战；马忠：一个是蜀将领，另一个是吴将领；张温，一个是吴大臣；另一个是汉末大臣，为董卓所杀；等等。那么，这两个王朗是同一人，还是两个不相干的人呢？

　　那个会稽太守王朗曾经引兵援救被孙策打败的严白虎。他"拍马舞刀"，和太史慈交过战。给人的印象，是一员武将。后来，严白虎中计失败，"王朗听知前军已败，不敢入城，引部下奔逃海隅去了"。这些事，都发生在第十五回里。

　　到了第九十一回，曹睿继位，封王朗为司徒。他登场后，书中描写了他的一系列言行。例如，他曾劝告曹睿"早除"

司马懿，以免日后为祸；夏侯惇自请出征，他又进谏说，不可"付以大任"。第九十三回，他推荐曹真出任大都督，以抵御蜀军的进攻。曹睿即命他为军师，随曹真出征，"朗时年已七十六岁矣"。就在这一回中，诸葛亮阵前一番笑骂，"王朗听罢，气满胸膛，大叫一声，撞死于马下"。

这两个人，一个是武将，一个是文臣。其事迹，一在吴，一在魏。表面上看来，似乎是两个不相干的人。

但在实际上，他们却是同一个人。这有《三国志·魏书·王朗传》为证。传中说：汉末，他曾在徐州刺史陶谦手下做过事。他劝说陶谦遣使上表，受到皇帝的嘉奖，任会稽太守。后两次被孙策战败，居于曲阿。建安三年（198），受曹操表征，拜谏议大夫，参司空军事。曹丕当上皇帝以后，迁司空。最后，死于太和二年（228），谥成侯。传文可以证明，《三国志演义》第十五回中的会稽太守王朗即是第九十三回中的司徒、军师王朗。

从传文一点儿看不出王朗会武艺。而在嘉靖壬午本中，也没有把王朗作为武将处理。卷三第十节"孙策大战严白虎"中，只说"会稽太守王朗引兵救白虎"；又说："朗与白虎同陈兵于山阴之地。孙策、周瑜各引兵迎之，程普、黄盖各出奇兵应之，大破白虎于山阴。朗走海隅，白虎走余杭。"描写比较简单，王朗虽然引兵来救严白虎，但他本人并没有走马出阵，更没有"拍马舞刀"、与太史慈大战数合。

是毛评本增加了这些具体的、生动的内容。就在上述引文"朗与白虎同陈兵于山阴之地"与"朗走海隅"之间，毛评本添加了六百余字，详细地叙述了两军对阵，以及攻城、守城、定计、中伏的过程。王朗出入其间，俨然是一员武将。

在添加这些描写的时候，毛氏父子显然忘记去查核一下，这些描写与史传中的王朗的事迹是否一致，与《三国志演义》第九十一回、第九十三回的王朗的形象是否和谐。事实表明，改写别人的作品，总是难免要有疏失的。

至于王朗被骂而死，倒是罗贯中的神来之笔。从艺术效果上说，这个情节起到了双重的作用。一是毛评本业已指出的，"人但知讨贼者当诛其首，而不知讨贼者当先诛其从"，"骂曹丕、曹睿而不骂王朗，未足裭曹丕、曹睿之魂也"，"即以此当骂曹丕，即以此当布告之文可也"。二是为了衬托诸葛亮的高大的形象。诸葛亮义正辞严，师出有名，这不但突出了他的口才（读者不难联想到他在"舌战群儒"时的表现），而且还充分地反映了他的事业的正义性，以及他那不屈不挠的坚强的决心和信心。

当然，骂死王朗，这对诸葛亮有点儿神化的色彩。但这也恰恰是罗贯中塑造诸葛亮形象所运用的创作方法上的一个重要的艺术特色。诸葛亮形象之成功地深入人心，未尝不得力于此。

第三十六节　徐庶与诸葛亮

徐庶是《三国志演义》中一个很有光彩的人物。他一出场，就给刘备的军营里带来了活力，带来了胜利的希望。读者的喜爱于他，是不难想见的。

关于他，民间留下了一句歇后语，说是"徐庶进曹营，一言不发"。这可以窥出他的故事流传普遍的情况。

就在他大受读者喝彩的当口，作者突然安排他离开了刘备，投到了曹操的帐下。这像泼了一盆冷水一样，未免令读者感到扫兴。

作者为什么要这样做呢？

我想，恐怕是和诸葛亮有关。

在《三国志演义》里，诸葛亮是迟至嘉靖壬午本第七十三节"刘玄德三顾茅庐"，或毛评本第三十七回"司马徽再荐名士，刘玄德三顾草庐"，方始登场的。而在这之前，为了诸葛亮的登场，罗贯中安排了一系列的铺垫。徐庶在新野的出现，实际上就是诸葛亮登场的序曲。

徐庶的故事见于嘉靖壬午本的第七十节"玄德新野遇徐庶"、第七十一节"徐庶定计取樊城"、第七十二节"徐庶走荐诸葛亮",或毛评本的第三十五回"玄德南漳逢隐沦,单福新野遇英主"、第三十六回"玄德用计袭樊城,元直走马荐诸葛"。他隐瞒了自己的真名实姓,以"颍上人""单福"出现。一开始,无论是刘备,或是曹操,都不了解他的来历。直到程昱在曹操面前道破了他的底细,情况才发生了急转直下的变化。其后,有关的情节发展的顺序,罗贯中是这样安排的:

曹操拘禁徐庶之母—程昱伪造徐母家书—徐庶辞别刘备—"走马荐诸葛"—徐庶至卧龙岗见孔明—徐庶抵达许昌

在这之后,方上演了"三顾茅庐"的重头好戏。

但,这只是出于罗贯中的艺术创造和加工。而在历史上,事情发展的过程却不是这样的。

请看《三国志·蜀书·诸葛亮传》中的有关的记载:

时先主(刘备)屯新野。徐庶见先主,先主器之,谓先主曰:"诸葛孔明者,卧龙也,将军岂愿见之乎?"先主曰:"君与俱来。"庶曰:"此人可就见,不可屈致也。将军宜枉驾顾之。"由是先主遂诣葛,凡三往,乃见……于是(先主)与亮情好日密……俄而(刘)表卒,(刘)琮闻曹公(曹操)来征,遣使请降。先主在樊闻之,率其众南行,亮与徐庶并从,为曹公所追破,获庶母。庶辞先主,而指其心曰:"本欲与将军共图王霸之业者,以此方寸之地也。今已失老母,方寸乱矣,无益于事,请从此别。"遂诣曹公①。

历史情节发展的顺序可以表述如下：

徐庶见刘备—徐庶向刘备推荐诸葛亮—"三顾茅庐"—诸葛亮、徐庶随刘备南行—曹操俘获徐庶之母—徐庶辞别刘备—徐庶抵达曹营

不难看出，这两个情节发展顺序表有很多的不同。最大的歧异则在于，在历史记载中，"三顾茅庐"发生在徐庶辞刘归曹之前；而在小说中，"三顾茅庐"被列于徐庶辞刘归曹之后。

这便是历史与小说最大的不同之所在。

罗贯中为什么要把徐庶的辞刘归曹迁移到刘备三顾茅庐之前呢？

原来这是出于艺术上的考虑。

在赤壁之战以后，刘备的军营中坐着两位军师。一位是诸葛亮，一位是庞统。他们是刘备集团中的运筹帷幄、决胜千里的谋士的杰出代表。司马徽说过："伏龙、凤雏，两人得一，可安天下。"而刘备却两人兼得了。

如果在赤壁之战以前也让两位军师，一位是诸葛亮，一位是徐庶，也坐在刘备的军营中，岂不显得重复，使后来的庞统变成了多余的人？

还有更主要的两点可说。

第一，写徐庶，也就是为了写诸葛亮。一方面，用徐庶引出了诸葛亮；另一方面，通过徐庶，写人才之难得，使刘备认识到，访求人才有一定的难度，但这也增强了刘备三顾茅庐的决心。因此，诸葛亮一亮相，罗贯中笔下的徐庶也就

圆满地完成了任务。

第二，诸葛亮出场在即，而徐庶已接连打了几次胜仗，俨然给读者留下了常胜军师的印象，如果再让他继续坐在原先的座位上，岂不压抑住了刚出山的诸葛亮？岂不抢了诸葛亮的戏？因此，徐庶的退避是理所当然的。

而有了徐母的出现，罗贯中总算是给徐庶的下场找到了一个正当的、有说服力的理由。

我想，从作家的创作的角度看，这就是徐庶辞刘归曹的主要原因。

注释

① 为了说明问题的方便，引录《三国志·蜀书·诸葛亮传》这一段文字时，已省略了：诸葛亮"定三分隆中决策"；刘备得孔明后的关于鱼和水的比喻；"荆州城公子三求计"。

第三十七节　徐庶·单福

在新野县，刘备忽见市上一人，葛巾布袍，皂绦乌履，长歌而来。歌词是：

> 天地反覆兮，火欲狙；
>
> 大厦将崩兮，一木难扶。
>
> 山谷有贤兮，欲投明主；
>
> 明主求贤兮，却不知吾。

歌声深深地打动了刘备。一个想"投明主"，一个想"求贤"，于是一拍即合。刘备原来以为那个人就是水镜先生所推荐的"伏龙"或者"凤雏"。及至请入县衙以后，才知道此人"姓单，名福"。刘备求才若渴，当即拜单福为军师。这是《三国志演义》嘉靖本壬午卷七第十节（毛评本第三十五回）中的情节。

其后，单福为刘备出谋划策，连败曹仁两阵。曹操大吃一惊，急忙设法打听刘备的这位新军师的来历。程昱终于道破了单福的真情。曹操于是拘禁了徐庶的母亲。这时，他才向刘备说出了自己的真名实姓：徐庶。

在《三国志演义》嘉靖壬午本卷八第二节（毛评本第三十六回），他是这样对刘备说的："某本颍川徐庶，字元直，为因逃难，更名单福。"

看来，这番话似乎有着历史的依据。因为《三国志·蜀书·诸葛亮传》裴松之注引鱼豢《魏略》说过："庶先名福，本单家子。"

单，作为姓，其读音为"善"，去声（shan），而不读"丹"，阴平（dan）。京剧《锁五龙》的主角单雄信，他就姓单（善）。如果演员把他的姓名念成"单（丹）雄信"，我相信，这准会引起观众的哄堂大笑。

但是，从《魏略》原文，只能得出这样的结论：此人姓徐，原名福，后改名庶。他根本不姓单；"福"也根本不是他后来更改的名字。这样一来，《三国志演义》的"姓单"之说也就全部落了空。

说他姓单，那是罗贯中对《魏略》原文的一种误解。在《魏略》的原文中，那个"单"字，读"丹"，而不读"善"。"单"不是姓氏，"单家子"也不是人们一见就能猜想到的那种"姓单的人家的子孙"的意思。

且再举一个同样出自鱼豢《魏略》的例证来加以说明。《三国志·魏书·王肃传》裴松之注引《魏略》说：

> 薛夏，字宣声，天水人也。博学有才。天水旧有姜、阎、任、赵四姓，常推于郡中。而夏为单家，不为降屈。

请看，这里说薛夏为"单家"，而薛夏却明明姓薛，并不姓单。这雄辩地证明了"单家"不是"姓单的人家"的意思。

那么，"单家"的含义究竟是什么呢？

"单"有孤独、薄弱的含义。因而"单家"就是"孤寒人家"的意思。在汉代，人们还经常使用"单门"一词。它和"单家"的意义相近。赵壹《刺世疾邪赋》有这样两句："故法禁屈挠于势族，恩泽不逮于单门。"其中"单门"与"势族"并举，尤足以说明"单门"或"单家"指的就是孤寒门第、孤寒人家，有别于豪门大姓。

所以，《魏略》说徐庶"本单家子"，意思是指：徐庶出身微贱；并不是像罗贯中、毛宗岗父子等人所理解的那样：徐庶原先姓单，后来才改姓徐。

《魏略》接着说：

> ……少好任侠击剑。中平末，尝为人报仇，白垩突面，被发而走，为吏所得，问其姓字，闭口不言。吏乃于车上立柱维磔之，击鼓以令于市廛，莫敢识者，而其党伍共篡解之，得脱。于是感激，弃其刀戟，更疏巾单衣，折节学问。始诣精舍，诸生闻其前作贼，不肯与共止。福乃卑躬早起，常独扫除，动静先意，听习经业，义理精熟。

这一大段叙事，基本上都被《三国志演义》继承下来，转变成程昱向曹操所作的介绍。但，其中的"得脱"二字，经过罗贯中的改造，却被增改为"乃更名易姓，隐于他处"。后来的毛评本再修饰成"乃更姓名而逃"。他们始终不忘记要把改名换姓的事强加在徐庶的头上，以坐实他姓过单。

把"单家"理解为"姓单的人家"，这正是罗贯中等人所犯的错误。

第三十八节　兵出广陵取淮阳

　　地名中常用"阴""阳"二字，那大抵是因山、水而来的。在山之北，或水之南，就叫做"阴"。在山之南，或水之北，就叫做"阳"。例如山阳（今河南修武），因在太行山之南而得名；又如汤阴（今属河南），地处荡水之南，原名荡阴。

　　不过，"阴""阳"字形相近，一不小心就会写错或印错的。

　　《三国志演义》嘉靖壬午本卷二十一第三节、毛评本第一百零二回，诸葛亮六出祁山，命费祎持书信去见吴主孙权，约他"命将北征，共取中原，平分天下"。孙权接信后，大喜，当即兴兵三十万，分三路而进。第一路，孙权亲征，"入居巢门，取魏合肥、新城"；第二路，陆逊、诸葛瑾等"屯兵于江夏、沔口，取襄阳"；第三路，孙韶、张承等"兵出广陵，取淮阳等处"。

　　第一路的居巢、合肥、新城都在今安徽境内。第二路的江夏、沔口、襄阳都在今湖北境内。偏偏第三路有点儿特别，广陵在今江苏境内，淮阳却在今河南境内。"取淮阳"，为什么要"兵出广陵"？

　　毛评本第一百零二回这一段文字中的几个地名，和嘉靖本卷二十一第三则基本相同（仅无"合肥"）。罗贯中的创作以《三国志》为主要依据。而《三国志·吴书·吴主传》也说：嘉禾三年（234）夏五月，"权遣陆逊、诸葛瑾等屯江夏、沔口，孙韶、张承等向广陵、淮阳，权率大众围合肥、新城。"正作"淮阳"。

但《资治通鉴》卷七十二记述这桩史实说："吴主居巢湖口，向合肥新城，众号十万；又遣陆逊、诸葛瑾将万余人入江夏、沔口，向襄阳；将军孙韶、张承入淮，向广陵、淮阴。""淮阳"作"淮阴"。

仔细想来，在这一点上，《资治通鉴》是对的，《三国志》以及《三国志演义》却是错的。

按：沔口即夏口、汉口，江夏的治所在武昌（今湖北鄂城），两地相距很近。再看新城。《三国志·吴书·吴主传》曾说，黄龙二年（230）春正月，"魏作合肥新城"。可知新城即合肥新城。合肥、新城实际上是一个地方。

从这两个例子来看"广陵、淮阴"，在写法上也是类似或相同的。广陵国始置于西汉，治所在广陵（今江苏扬州）。到了三国魏时，移治淮阴。因此，广陵、淮阴并称，和前面两个例子相比，并无任何违悖之处。

何况打开地图一看，淮阳在建业（东吴的首都）的西北，广陵在建业的东北，如要攻打淮阳，何必绕那么大的弯儿"出兵广陵"？

所以，《三国志演义》和《三国志》中的"淮阳"的"阳"字是"阴"字的形讹。

第三十九节　九伐中原

蜀、魏两国交战，继"六出祁山"之后，又有"九伐中原"。这是《三国志演义》后半部的重要关目，主角由诸葛亮换成了姜维。

在《三国志演义》的回目中并没有出现过"一伐中原"以至"九伐中原"的字样。读者们之所以会广泛地熟悉"九伐中原"这四个字，并把它作为姜维事迹的代表，乃是由于毛评本的影响。

毛评本卷首的《读三国志法》，一再地提到了"九伐中原"之事。例如说：

> 《三国》一书，有横云断岭、横桥锁溪之妙。文有宜于连者，有宜于断者。如五关斩将、三顾草庐、七擒孟获，此文之妙于连者也。如三气周瑜、六出祁山、九伐中原，此文之妙于断者也。

又如说：

《三国》一书，有隔年下种、先时伏着之妙。善弈者下一闲着于数十着之前，而其应在数十着之后。文章叙事之法亦犹是已……姜维九伐中原在一百五回之后，而武侯之收姜维，早于初出祁山时伏下一笔。

这里特别说到第一百零五回，是以诸葛亮之死作为一条分界线（诸葛亮之死，见于第一百零四回）。实际上，姜维的"九伐中原"始于此后的第一百零七回。

第一百零七回：姜维领兵出西平，攻雍州，与郭淮、陈泰交战，"兵败牛头山"，折兵数万，退回汉中。但在阳平关下，曾用伏弩射中司马师。蜀将勾安降魏；李歆受重伤，回川养病。这是"一伐"。

《三国志演义》中说，"一伐"时间是在"是年秋八月"。所谓"是年"，是指曹爽被诛、司马懿受封丞相之年。据《三国志·魏书·三少帝纪》，其时为魏嘉平元年，即蜀延熙十二年（249）。

第一百零九回：延熙十六年（253）秋，姜维起兵二十万，出阳平关，取南安。困司马昭于铁笼山。射死郭淮。退回汉中。这是"二伐"。

第一百十回：姜维引兵五万，出枹罕，围狄道，胜雍州刺史王经，但为邓艾所败，退兵屯于钟提。这是"三伐"。

"三伐"发生在"司马师新亡、司马昭初握重权"之后。据《三国志演义》说，司马师死于魏正元二年二月，即蜀延熙十八年（255）二月。

第一百十一回：姜维离钟提，出祁山，屯武城山，为邓艾败于段谷。荡寇将军张嶷被射死。回汉中。这是"四伐"。

"四伐"紧接于"三伐"之后，《三国志演义》没有记明年月。但据《三国志·蜀书·张嶷传》，张嶷之封"荡寇将军"，"临阵陨身"，却都在延熙十七年（254）。

第一百十二回：姜维提兵出骆谷，度沈岭，取长城。邓艾固守不出。姜维因闻司马昭攻杀诸葛诞、班师回洛阳、欲引兵来救长城，遂退回汉中。本回回末，说是"已叹四番难奏绩，又嗟五度未成功"。这是"五伐"。

"五伐"的时间，被《三国志演义》定为："时蜀汉延熙二十年，改为景耀元年"。但在历史上，改元景耀的是延熙二十一年（258），而不是延熙二十年。

第一百十三回：景耀元年（258）冬，姜维起兵二十万，在祁山谷口"斗阵破邓艾"，邓艾用司马望"反间计"，派党均入蜀，结连黄皓，布散流言，后主遂召姜维回朝。这是"六伐"。

第一百十四回：姜维起兵十五万，分三路直取子午谷、骆谷、斜谷。王瓘诈降，为姜维识破。"虽然胜了邓艾，却折了许多粮草，又毁了栈道，乃引兵还汉中。"这是"七伐"。

"七伐"发生在"是年六月，司马昭立常道乡公曹璜为帝，改元景元元年"之后。而魏景元元年即蜀景耀三年（260）。

第一百十五回：景耀五年（262）冬十月，姜维提兵三十万，取洮阳。夏侯霸中计，死于乱箭之下。败邓艾于侯河。后主听信黄皓的谗言，连降三诏，召回姜维。发兵之初，姜维曾说："吾今八次伐魏，岂为一己之私哉！"这是"八伐"。

同回，姜维引兵八万，屯田沓中，以为避祸之计。这大约就是所谓"九伐"了。

在这九伐之中，实际上只有八伐。最后那次的"九伐"，无"伐"可言，是不能算数的。

毛评本的回目和正文中，并没有出现过"一伐中原"以至"九伐中原"的字样。但在嘉靖壬午本的分节标题之下，却有小注，标明此等字样：

卷	节	标　题	小　注
22	4	姜维大战牛头山	一犯中原
22	7	姜维计困司马昭	二犯中原
22	10	姜维洮西败魏兵	三犯中原
23	1	邓艾段谷破姜维	四犯中原
23	4	姜维长城战邓艾	五犯中原
23	6	姜维祁山战邓艾	六犯中原
23	8	姜伯约弃车大战	七犯中原
23	9	姜伯约洮阳大战	八犯中原
23	10	姜维避祸屯田计	九犯中原

闽刊本的分节标题之下，也有这些小注。标题和嘉靖壬午本基本相同①。小注中的"犯"字，均作"伐"字。这样看来，毛评本的"九伐中原"云云，其来源盖出于闽刊本，而不是嘉靖壬午本。

试看《三国志·蜀书·后主传》的记载，姜维之"伐中原"，共有八次：

（1）延熙十二年（249）秋，"卫将军姜维出攻雍州，不克而还。将军句安、李韶降魏"。

（2）延熙十三年（250），"姜维复出西平，不克而还"。

（3）延熙十六年（253）夏四月，"卫将军姜维复率众围南安，不克而还"。

（4）延熙十七年（254），"夏四月，维复率众出陇西。冬，拔狄道、河关、临洮三县民，居于绵竹、繁县。"

（5）延熙十八年（255）夏，姜维"复率诸军出狄道，与魏雍州刺史王经战于洮西，大破之。经退保狄道城，维却住钟提。"

（6）延熙十九年（256）"春，进姜维位为大将军，督戎马，与镇西将军胡济期会上邽，济失誓不至。秋八月，维为魏大将军邓艾所破于上邽。维退军还成都。"

（7）延熙二十年（257），"闻魏大将军诸葛诞据寿春以叛，姜维复率众出骆谷，至芒水"。

（8）景耀五年（262），"姜维复率众出侯和，为邓艾所破，还住沓中"。

把这八次和《三国志演义》上所写的九次加以比较，就可发现，互相重叠的只有六次。《三国志演义》的"六伐""七伐"和"九伐"为史书所无；史书上的（2）、（5）亦为《三国志演义》所无。

在这互相重叠的六次中，《三国志演义》添设了许多具体的、生动的细节描写。还对个别的情节作了更动。例如李歆的结局，由降魏改成了回川养病。

李歆的名字，在《三国志》中存在着两种写法。《三国志演义》以《魏书·陈泰传》为依据，写作"李歆"，而《蜀书·后主传》却另写作"李韶"。至于"八伐"中的地名"侯河"，史书上写作"侯和"。这都有形讹和音讹的问题。

《三国志》所有而为《三国志演义》所无的（5），实际上并没有被《三国志演义》删掉。《三国志演义》是把事件发生的时间提前了一年，与（4）一起，并入了"三伐"。而（2）介于"一伐"与"二伐"之间，确乎是被《三国志演义》割舍了。

《三国志》所无的"六伐"和"七伐"，则出于罗贯中的虚构。罗氏巧妙地改动了史实。从历史上看，姜维回成都在前，黄皓开始专政在后，尽管都是发生在景耀元年一年之内的事。罗氏把它们颠倒了过来，并且使这两件事具有因果的关系，增添了情节的曲折性，从面加深了读者的认识：姜维屡"伐中原"之所以没有获得成功，是由诸多方面的因素决定的。无论是"六伐"中的司马望的反间计，还是"七伐"中的王瓘的诈降计，都写得非常精彩，这既促成了故事的戏剧性，又有助于对主要人物姜维性格的刻画。

注释

① 闽刊本仅卷二十三第八节和第九节的"姜维"作"姜伯约"，余均同于嘉靖壬午本。

第四十节　夏侯霸降蜀的原因

　　夏侯渊是曹操手下的一员大将。他同曹操的关系非同一般。他的妻子是曹操妻子的妹妹，也就是说，他们二人是连襟。另外，夏侯渊的长子夏侯衡又娶曹操的侄女为妻。所以，他追随曹操，南征北战，立下不少汗马功劳。最后，据《三国志演义》嘉靖壬午本卷十五第一节、毛评本第七十一回的描写，在定军山死于黄忠的刀下。

　　夏侯渊共有七个儿子：衡、霸、称、威、荣、惠、和。

　　其中第二个儿子夏侯霸，在《三国志演义》的最后四卷或二十回中可算得上是个重要的人物。他先在卷二十一第三节或第一百零二回登场，在卷二十二第四节或第一百零七回降蜀。降蜀以后，辅佐姜维兴兵伐魏。最后在卷二十三第九节或第一百十五回阵亡于洮阳城下。

　　他和曹魏有着这样深厚的特殊的关系，为什么会作出降蜀的决定呢？

　　嘉靖壬午本卷二十二第三节、第四节写道，司马懿"诈病赚曹爽"之后，忽然想起："曹爽全家虽诛，尚有夏侯玄守备雍州等处，系爽亲族，倘思骨肉之情，骤然作乱，如何提备？必当处置。"于是，他下令取夏侯玄，霸赴洛阳议事，意在斩草除根。而夏侯霸乃夏侯玄之叔，知悉后，"大骇惊惧，心中忧疑"，便"引本部三千兵造反"。毛评本第一百零七回改夏侯玄为夏侯霸，其余的文字和情节基本相同。

这是《三国志演义》所描写的夏侯霸降蜀的唯一的原因。

其实，夏侯霸降蜀的因素并不是那么单纯。司马懿召回他或夏侯玄，企图加害，不过是个导火线而已。

据《三国志·魏书·夏侯渊传》裴松之注引鱼豢《魏略》说，夏侯霸、郭淮二人素有矛盾，长期不和。在曹爽被害之前，夏侯霸任征蜀护军，在征西将军的属下。那时的征西将军夏侯玄，是曹爽的表弟，也是夏侯霸的侄子。所以，上下级之间的关系相当融洽。不料曹爽一死，夏侯玄立刻被召回，而由郭淮接任征西将军之职。面临着要接受冤家对头管辖的现实，这使夏侯霸感到极大的恐惧和不安。这一点当然也是促成他弃魏而去的一个重要的原因。

然而，人们会问：他投奔的对象，为什么选择西蜀，而不选择东吴呢？这又牵涉到另外一个不可忽视的因素。

原来他和西蜀有亲。

这同张飞有关。张飞的妻子不是别人，恰恰是夏侯霸的堂妹。而张飞的两个女儿又先后都嫁给了后主刘禅。长女于章武元年（221）纳为太子妃，建兴元年（223）立为皇后，十五年后死去。这时，次女又入宫为贵人，并于延熙元年（238）晋封为皇后。夏侯霸降蜀之时，这位张皇后正在位。

夏侯霸入蜀，后主刘禅和他相见时，曾指着自己的儿子对他说，"此夏侯氏之甥也"。

　　由此可见，夏侯霸不仅和曹魏有深厚的特殊的关系，而且也和蜀汉方面沾亲带故。无怪乎他在性命受到威胁的时刻，毅然作出了降蜀的决定；又无怪乎他在入蜀以后，爵赏有加，受到重用，成为姜维的左右手。

第四十一节 "治世之能臣，乱世之奸雄"

　　对曹操的为人，可以从各种各样的角度，做出各种各样的评价。"治世之能臣，乱世之奸雄"——只是其中的一例。但它的确很典型，准确、深刻地反映了对曹操的一生作为的评价。尤为难得的是，这个评价并非作于曹操的身后，而是在他生前远远没有成什么气候的时刻出现的，带有预言的性质。提出这个评价的人真有知人之明。其鉴识不能不使我们佩服。

　　那么，这个人是谁呢？

　　嘉靖壬午本卷一第二节写道："汝南许劭有高名。操往见之，问曰：'我何如人耶？'劭不答。又问。劭曰：'子治世之能臣，乱世之奸雄也。'操喜而谢之。"毛评本第一回基本相同。可知此语乃许劭所说。

　　这段记载，又见于《三国志·魏书·武帝纪》裴松之注所援引的孙盛《异同杂语》。

　　然而，和这类似的话又出于桥玄之口。

　　刘义庆《世说新语》说："曹公少时见乔玄（即桥玄），玄谓曰：'天下方乱，群雄虎争，拨而理之，非君乎？然君实是乱世之英雄，治世之奸贼。恨吾老矣，不见君富贵，当以子孙相累。'"

以出处而论，《世说新语》早于《三国志》裴松之注。而桥玄所说的"乱世之英雄，治世之奸贼"，和许劭所说的"治世之能臣，乱世之奸雄"，语意仿佛。但，以词句的鲜明性、准确性而论，前者不如后者。在语词的使用上，"英雄""奸贼"不如"能臣""奸雄"。在语词的搭配上，"乱世之英雄"不如"乱世之奸雄"，"治世之奸贼"不如"治世之能臣"。还有一个先说"乱世"还是先说"治世"的问题，更是前者不如后者。

难怪许劭的话通过《三国志演义》这一媒介而获得了普遍的流传，桥玄的话却几乎在人们的记忆中被抹掉了。

不过，究竟是桥玄或许劭的确在当时说过这样的话而被作家记录下来呢，还是桥玄或许劭根本未曾说过这样的话而被后世的作家硬安在他们的头上？这却成为疑案。

桥玄和许劭二人，在评价曹操问题上，是有牵涉的。

毛评本第一回曾写道："时人有桥玄者，谓操曰：'天下将乱，非命世之才不能济。能安之者，其在君乎？'"下文隔了一段何颙的话，接着就是我已引述过的许劭的话。桥玄、何颙、许劭三人彼此不相及，只因都对曹操发表了比较中肯的评论，所以被罗贯中用衔接的方式组合在一起。

值得注意的是，在这里，嘉靖壬午本多出了一段注文：

桥玄尝曰："君未有名，可交许子将。"子将者，训

（许训）之从子劭也。好人伦，多所赏识，与从兄靖俱有高名，好共核论乡党人物，每月辄更其品题，故汝南俗有月旦评焉。曹操往造劭，而问之曰："我何如人？"劭鄙其为人，不答。操又劫之，劭曰："子，治世之能臣，乱世之奸雄。"操大喜而去。

原来曹操去见许劭，中间经过了桥玄的推荐。请看：桥玄—许劭—"治世之能臣，乱世之奸雄"，由于这一段注文，三者才得以串联在一起。

桥玄介绍曹操去见许劭的话，据《三国志·魏书·武帝纪》裴松之注所引，见于郭颁《世语》。但《世语》只点到"太祖（曹操）乃造子将，子将纳焉，由是知名"而止，并没有提到许劭那两句脍炙人口的话。那两句话出于裴松之注所引的另一部书《异同杂语》。而《异同杂语》又没有叙述桥玄介绍曹操去见许劭的情节。

试以符号标志如下：

A. 桥玄对曹操的评语。

B. 桥玄介绍曹操往见许劭。

C. 许劭接见曹操，但未发表评语。

D. 许劭对曹操的评语。

《世说新语》有A；《世语》有B、C；《异同杂语》有D。可以说，这三部书在这个问题上互不重复。另外，《三国志演义》嘉靖壬午本有D；嘉靖壬午本注文则有B、D。也就是说，罗贯中摈弃了《世说新语》（A）和《世语》（B、C）的说法，而采纳了《异同杂语》（D）的说法。

如果采用 A、B、D，那么，在故事布局上就呈现出这样的状态：

曹操—桥玄—曹操—许劭—曹操

但，《三国志演义》现在的故事布局却是：

桥玄—曹操

何颙—曹操

许劭—曹操

桥玄评论曹操和许劭评论曹操变成了两个各不相关的小故事。

推测起来，这样两句话很可能是桥玄最早说过的，经过后人的改头换面，移花接木，交给了许劭；另外一种可能性也不是没有：桥、许二人在互不知情的情况下，在不同的场合，各自说了这样两句雷同的话。

"治世之能臣，乱世之奸雄"一语的来龙去脉，大致如此。

第四十二节　曹德是曹操的叔叔，还是弟弟

曹操之父，叫做曹嵩。而曹嵩之弟，叫做曹德。这见于《三国志演义》嘉靖壬午本卷二第十节：

> 因是曹操势大，威镇山东。文有谋臣，武有猛将，翼卫左右，共图进取……曹操既领大军，屯扎兖州，营寨所掌，尽皆完备，乃遣泰山太守应劭，往琅琊郡取父曹嵩。嵩自陈留避难，隐居于此郡，与弟曹德一家老小四十余人，带从者百余人、车乘百余辆，驴骡马匹极多，径望兖州而来。

这也同样见于《三国志演义》毛评本第十回：

> 自是曹操部下文有谋臣，武有猛将，威镇山东。乃遣泰山太守应劭，往琅琊郡取父曹嵩。嵩自陈留避难，隐居琅琊；当日接了文书，便与弟曹德及一家老小四十余人，带从者百余人、车百余辆，径望兖州而来。

关于曹嵩与曹德关系的叙述，二者基本上一致。曹德既是曹嵩之弟，当然他也就是曹操的叔父了。他后来被张闿部下"捣死"于华县、费县之间的古寺中。在《三国志演义》中，他只不过是个昙花一现的人物。

然而在历史上，他原非曹操的叔叔，却是曹操的弟弟。这有《三国志·魏书·武帝纪》裴松之注引郭颁《世语》为证：

> 嵩在泰山华县。太祖（曹操）令泰山太守应劭送家诣兖州。劭兵未至，陶谦密遣数千骑掩捕。嵩家以为劭迎，不设备。谦兵至，杀太祖弟德于门中……

可知曹德实乃曹操（"太祖"）之弟。嘉靖壬午本和毛评本并误曹操之弟为曹操之叔，排乱了辈分。

看起来，仿佛是罗贯中出于无知，不熟悉曹操家族的谱系，毛纶、毛宗岗父子又没有看出罗贯中的错误，因而闹出了这样的笑话。

实际上，却又不然。其间，存在着版本问题。试以郑少垣刊本、郑世容刊本、余象斗刊"评林"本三种闽刊本为例，卷二第十节的这一段文字，与嘉靖壬午本、毛评本有所不同：

> 因此，曹操势大，威镇山东，又有谋臣武将左右，共图进取……曹操既领大军，屯扎兖州，营寨厅堂，尽皆完备。乃遣太山太守应劭往琅玡郡取父曹嵩。嵩自陈

留避难，隐居于此。劝领操言语，带从者百余人，取曹嵩等。操弟曹德一家老小四十余口，车乘百余辆，驴骡马匹极多，望兖州来。

其中最关键的字眼在于"操弟曹德"四字，它们明确地道出了曹操和曹德之间的血统关系。这就直接否定了他们之间的叔侄关系。

"操"字和"德"字，意义相近，都可以解释作"品行"。把兄弟二人分别取名为德、操，符合古人命名的规律，因而是可信的。《三国志演义》嘉靖壬午本卷七第九节、毛评本第三十五回，不是有一位水镜先生出场吗？他复姓司马，名徽，字德操。这正是一个在名字中"德""操"连用的例证。

既然郑少垣刊本、郑世容刊本、余象斗刊"评林"本等三种闽刊本所指出的曹操、曹德之间的兄弟关系，和历史记载保持着一致，那就表明了：曹操、曹德叔侄关系的出现，并不一定是罗贯中错误地捏合的结果。

从三种闽刊本可以清楚地看到，"劝领操言语，带从者百余人，取曹嵩等"三句，放在上下文之间，十分自然，而又非常融洽。没有理由认为它们不是罗贯中的原文。

嘉靖壬午本缺少这三句，再加上下一句句首的"操"字，共十六字。我推测，在嘉靖本所依据的底本上，这十六字左右恰好组成一行①。嘉靖壬午本抄缮或刊刻时，偶然遗漏了这一行。而底本的次行又以"弟曹德"三字开头，文字互不衔接。于是，有人就在"弟曹德"三字之前补上一个"与"字，遂造成了曹嵩与曹德的兄弟关系。

如果我的推测能够成立，则这个错误的产生不该由罗贯中负责。

曹操有弟弟，这是不成其为问题的。但，他到底有几个弟弟，这在历史上却缺乏明确的记载。

从一些零散的历史资料中，可以发现，除曹德之外，他至少有一个或两个胞弟——曹玉或曹疾；此外，还有一个堂弟——曹绍。

曹玉之名，见于《三国志·魏书·武文世王公传》：

> 东平灵王徽，奉叔父朗陵哀侯玉后。

东平灵王曹徽乃曹操之子，而朗陵哀侯曹玉又是他的"叔父"，可知曹玉乃曹操之弟。

值得注意的是，曹玉的这个"玉"字，在许多版本中，都作"王"。"王"字放在这里的上下文中，显然不通顺。又是"侯"，又是"王"，对同一人没有这样称呼的；"曹王"也不像是一个人的正式名字。它无疑是"玉"字的形讹。

《后汉书·宦者传》中则出现了曹疾的名字。它在曹腾传中，在谈到曹操之父曹嵩的时候，这样说：

> 及子操起兵，不肯相随，乃与少子疾避乱琅邪，为徐州刺史陶谦所杀。

其中，"子"和"少子"，两个人同时并提，说得十分清楚，他们当然是兄弟关系。

不过，这里却有两个问题，需要加以澄清。

第一，"疾"字是不是人名？

因为"疾"字也可以用来形容曹嵩等人的避乱行动的仓皇和迅速。再三细读原文，不难体会到，这样去理解其中的"疾"字，似乎不符合全书行文的习惯。"疾"字恐怕还是人名的意思。"子操"与"少子疾"，正好前后相对。

第二，曹疾和曹德是不是同一个人。

因为《后汉书·宦者传》这里所说的曹嵩"避乱琅邪，为徐州刺史所杀"，和《三国志·魏书·武帝纪》裴松之注引《世语》所说，《三国志演义》嘉靖壬午本卷二第十节、毛评本第十回所说，都属于同一回事。既然是同一回事，前者有曹疾而无曹德，后者有曹德而无曹疾，那么，曹疾、曹德就有可能为同一个人。然而，这并不能排除另外一种可能：曹疾是曹德的幼弟，曹德则为曹操之弟、曹疾之兄。这个推测，认为曹疾、曹德各有其人，他们的排行则以《后汉书·宦者传》中的"少子"二字为依据，也有一定的道理。

文学史上著名的作家曹植，乃是曹操之子。他在《释思赋序》中曾说，他有一个弟弟，过继给他的"族父"为子；而他的这位"族父"，曾担任过"郎中"的官职。恰好《三国志·魏书·武文世王公传》有曹操之子郿戴公子整的小传，说他"奉从叔父郎中绍后"。两者完全相符，从而使我们知道，曹操有一个堂弟，名叫曹绍。

注释

① 有个旁证，可供参考：嘉靖壬午本本身每行十七字。

第四十三节　曹操杀吕伯奢

曹操有令人难忘的名言，曰："宁使我负天下人，休教天下人负我！"

它集中地、深刻地道出了曹操的奸雄本质，陈宫骂他是"狼心狗行之徒"，骂得不错，一针见血。

这两句话是曹操杀吕伯奢之后所说的。

杀吕伯奢的情节则属于罗贯中的得意之笔。《三国志演义》成书后，这个故事流传颇广。而京剧《捉放曹》（包括"公堂"和"宿店"）出台后，它已近于家喻户晓。

罗贯中是怎样创作出这个重要情节的呢？

《三分事略》《三国志平话》没有描写到这个故事。

《三国志·魏书·武帝纪》只记载了这个故事的前奏曲：

卓（董卓）表太祖（曹操）为骁骑校尉，欲与计事。太祖乃变易姓名，间行东归，出关，过中牟，为亭长所疑，执诣县，邑中或窃识之，为请，得解。卓遂杀太后及弘农王。太祖至陈留，散家财，合义兵，将以诛卓。

它没有这个故事的主体。"关"，指虎牢关。曹操离开中牟（今属河南省）之后，直接回到了陈留（今属河南省开封市）。他根本没有路过成皋（吕伯奢的居住地，今河南省荥阳县汜水镇西）。因此，在这次行程中，他也就没有见到吕伯奢的机会。

　　《三国志·魏书·武帝纪》的正文中，无吕伯奢其人其事。他却在裴松之注中露了面。王沈的《魏书》、郭颁的《世语》和孙盛的《杂记》是裴松之注所援引的三部书，他们的或详或略的记载，都成了罗贯中创作曹操杀吕伯奢故事的依据。

　　王沈《魏书》说：

　　　　太祖以卓终必覆败，遂不就拜，逃归乡里。从数骑，过故人成皋吕伯奢，伯奢不在，其子与宾客共劫太祖，取马及物，太祖手刃击杀数人。

　　从这段记载，可以看出七点值得注意的地方：

　　第一，曹操不是孤身一人，同行者有"数骑"。

　　第二，吕伯奢是曹操的"故人"。他们之间仅仅属于一般的关系。

　　第三，曹操此行并未见到吕伯奢本人。吕伯奢业已外出，不在家中。所以，根本不存在曹操杀吕伯奢的问题（不管是误会的，或故意的）。

　　第四，吕伯奢有几个儿子，没有明确的交代。

第五，吕伯奢之子是怎样招待曹操一行人的，同样没有明确的交代。

第六，吕伯奢之子主动地对曹操采取了恶意的攻击行动，而且已经获得了初步的战果："马"和"物"。

第七，曹操杀了人。但，他杀人，不是故意的，而是被迫的，出于自卫；至于他究竟杀了谁，到底杀了几个人，以及被杀者是不是包括吕伯奢之子在内，这都含糊不清，缺乏明确的交代。

再看郭颁《世语》是怎样叙述这同一件事的：

> 太祖过伯奢。伯奢出行，五子皆在，备宾主礼。太祖自以背卓命，疑其图己，手剑夜杀八人而去。

这里，和《魏书》相同的情节是：吕伯奢出行在外，曹操没见到吕伯奢本人；曹操杀了人，但读者并不知道他杀的是谁（当然，他并没有杀吕伯奢）。与《魏书》不同的情节则是：

第一，曹操似乎没有同行者。

第二，曹操和吕伯奢的关系，没有明确的交代。

第三，吕伯奢有五个儿子。

第四，吕伯奢之子殷勤地、礼貌地、善意地招待了曹操。

第五，曹操无端地起了疑心，怀疑吕伯奢之子对自己有不良的企图。

第六，曹操杀了八个人。但，被杀者是不是包括吕伯奢之子在内，仍然没有直截了当的说法。猜想起来，这被杀的八人之中，应有吕伯奢的五个儿子。他们恐怕逃不脱这个厄运。

让我们继续看看孙盛《杂记》是怎样说的：

> 太祖闻其食器声，以为图己，遂夜杀之。既而凄怆曰："宁我负人，毋人负我！"遂行。

这实际上是对以上两书有关记载的补充。吕伯奢是否在家？吕伯奢之子对待曹操，是善意，还是恶意？这些都没有正面的叙述。它仅仅从曹操的视角写他的生疑，写他的凄怆的感情。尤其是最后的两句话，起了画龙点睛的作用，把曹操的内心深处的思想集中地、突出地暴露在广大读者的面前。

比较起来，以《杂记》写得最好，简练、尖锐，而又深刻，《世语》次之。以《魏书》为最差。它替曹操文过饰非，恶意中伤吕氏父子。难怪前人对王沈有这样的评语："多为时讳，未若陈寿之实录也。"

罗贯中充分地利用以上三处的记载，进行了创造性的改编。在改编过程中，他既有继承，又有扬弃。他的创造性，具体表现为下列三点：

第一，罗贯中增加了一个有名有姓的角色：陈宫。在罗贯中的笔下，陈宫拥有双重的身份。他是被擒的曹操的援救者。没有他的帮助，曹操不可能逃出中牟县的监狱。他又是逃亡的曹操的同行者。一路同行，就有了交谈的机会。由陈宫提问，曹操应答，作者因之得以借此剖析曹操的内心。从这个意义上说，他无疑成为曹操隐秘的思想的揭露者。

第二，罗贯中改变了曹操和吕伯奢的关系。吕伯奢已不再是曹操的"故人"，而变成了曹操父亲的"结义弟兄"。二人关系的趋向亲密，一方面，表明吕伯奢不可能对义侄怀有恶意、敌意；另一方面，表明曹操更不应该对老人家产生戒心、疑心，并狠下毒手，连杀一家八口。再说，二人关系的趋向亲密，也让吕伯奢出门沽酒的行动有了充分的、必然的理由。

第三，罗贯中增添了两个非常重要的细节：一、杀死吕伯奢一家八口之后，陈宫、曹操"搜至厨下，却见缚一猪欲杀"。这就让读者知道了真相：吕伯奢的确是在准备真心实意地款待曹操。二、出庄之后，见吕伯奢携带瓶酒、果菜归来，曹操反而用话诱骗吕伯奢回头去看"此来者何人"，然后"挥剑砍伯奢于驴下"。错杀了八口人，还不感到后悔，仍然不惜一错到底，砍死了一位毫无防备的、好心的老头儿——他父亲的结拜兄弟。这使得曹操多疑、自私、奸险、狠毒、残忍的性格暴露无遗。

总之，曹操杀吕伯奢的情节是罗贯中的神来之笔。这也是他刻画曹操性格的全局棋中的一步要着。

他安排陈宫充当曹操此行的援救者、同行者、揭露者，显然是成功的。但也对书中此后述写陈宫和曹操的关系带来了一些微妙的问题。关于这一点，请参阅本书的下一篇《陈宫与曹操》。

第四十四节　陈宫与曹操

曹操这个人，还是很爱惜人才的。

读了《三国志演义》，不免会留下这样的初步的印象。

一个例子，就是曹操的对待陈宫之死。

请看《三国志演义》毛评本第十九回的描写①：

　　徐晃解陈宫至。操曰："公台别来无恙！"宫曰："汝心术不正，吾故弃汝！"操曰："吾心不正，公又奈何独事吕布？"宫曰："布虽无谋，不似你诡诈奸险。"操曰："公自谓足智多谋，今竟何如？"宫顾吕布曰："恨此人不从吾言！若从吾言，未必被擒也。"操曰："今日之事当如何？"宫大声曰："今日有死而已！"操曰："公如是，奈公之老母、妻子何！"宫曰："吾闻以孝治天下者，不害人之亲；施仁政于天下者，不绝人之祀。老母、妻子之存亡，亦在于明公耳。吾身既被擒，请即就戮，并无挂念。"操有留恋之意。宫径步下楼，左右牵之不住。操起身泣而送之。宫并不回顾。操谓从者曰："即送公台老母、妻子回许都养老。怠慢者斩。"宫闻言，亦不开口，伸颈就刑。众皆下泪。操以棺椁盛其尸，葬于许都。

始而不愿杀他，继而又把他的老母、妻子接回许都恩养，曹操对待陈宫，算得上不薄了。

一方面，陈宫说："汝心术不正，吾故弃汝。"另一方面，曹操说："吾心不正，公又奈何独事吕布？"从二人的对话中，可以推测出两点：第一，陈宫曾弃曹操而去；第二，陈宫离开曹操之后，转而投奔了吕布。

那么，这些情节，在《三国志演义》中能否找到它们的踪影呢？

陈宫在毛评本中的出场，始于第四回，终于第十九回。有关他的故事，可分为前后两个阶段。在前一阶段，他以中牟县令的身份出现，演出了极富戏剧性的"捉放曹"的情节。在后一阶段，他变成了东郡从事的身份，他劝说曹操罢息"洗荡徐州"之兵，未见成效，遂去投奔张邈、吕布，终于兵败被杀。

这两个阶段，衔接得不够紧密。陈宫是怎样由中牟县令改任东郡从事的？罗贯中避口不谈。而且放着堂堂县令不做，却跑到太守手下去当一个属员，也很奇怪。

前后两个阶段的故事情节，分别讲述了两件事：当初，陈宫有"旧恩"于曹操；最后，曹操杀死了陈宫。这两件事存在着矛盾，是明摆着的。

有人认为，曹操后来不忍杀死陈宫，并愿赡养他的老母、妻子，就是为了报答当年的恩情。真的是这样吗？

不管怎样替曹操粉饰，陈宫毕竟是他下令处死的。

问题恰恰出在这里。

曹操厚葬陈宫，并愿赡养陈宫的老母、妻子，是以处死陈宫为前提的。

那么，他为何要处死陈宫呢？

毛评本第十九回，曹操兵临下邳城下，陈宫在城上一箭射中曹操的麾盖，曹操指着陈宫大骂："吾誓杀汝！"曹操对陈宫究竟有什么刻骨的仇恨呢？难道仅仅因为麾盖上挨了一箭，就要口吐如此恶毒的语言？

再追问一句：曹操如果真心爱惜人才，那他何必非杀死陈宫不可呢？陈宫果真有那么大的、必死的罪名吗？

要知道，两军交战，兵败被擒，罪不至死。更何况，第一，陈宫并非敌方的主帅，他只是吕布手下的一个谋士；第二，陈宫昔年曾是曹操的救命恩人。

这样想下来，曹操事后的厚葬、赡养云云，岂不是有了沽名钓誉的嫌疑？或许，罗贯中的本意无非就是想要给读者们留下这样的印象吧？

其实，陈宫的弃曹操而去，并不是指的毛评本第四回、第五回所写到的那档子事。"捉放曹"（包括"公堂""宿店"）的故事，纯粹是小说家言。曹操的被捉，以及杀吕伯奢之事，都与陈宫无关。关于这一点，我已在《曹操杀吕伯奢》一篇中说过了。

如果撇开第四回、第五回不算，陈宫的首次登场是在第十回：

> 时陈宫为东郡从事，亦与陶谦交厚，闻曹操起兵报仇，欲尽杀百姓，星夜前来见操。操知是为陶谦作说客，欲待不见，又灭不过旧恩，只得请入帐中相见。宫曰："今闻明公以大兵临徐州，报尊父之仇，所到欲尽杀百姓，某因此特来进言。陶谦乃仁人君子，非好利忘义之辈。尊父遇害，乃张闿之恶，非谦罪也。且州县之民，与明公何仇？杀之不祥。望三思而行。"操怒曰："公昔弃我而去，今有何面目复来相见？陶谦杀吾一家，誓当摘胆剜心，以雪吾恨！公虽为陶谦游说，其如吾不听何？"陈宫辞出，叹曰："吾亦无面目见陶谦也！"遂驰马投陈留太守张邈去了。

在这一大段叙述中，值得注意的有两点：第一，陈宫是以远道而来的宾客的身份进见曹操的，而曹操呢，他也以宾客之礼接待陈宫。第二，陈宫当时的官职是"东郡从事"。这两点同样也是互相矛盾的。

如果陈宫是曹操的宾客，他就不可能是东郡从事；如果陈宫是东郡从事，他就不可能是曹操的宾客。

何以见得呢？

这需要了解"东郡从事"是什么样的官职。

所谓"从事"，是州郡长官的僚属；东郡从事也就是东郡太守的僚属。那么，当时的东郡太守又是谁呢？

请看《三国志演义》毛评本第十回的叙述：

> 不想青州黄巾又起，聚众数十万，头目不等，劫掠良民。太仆朱俊保举一人，可破群贼。李傕、郭汜问是何人。朱俊曰："要破山东群贼，非曹孟德不可。"李傕曰："孟德今在何处？"俊曰："见为东郡太守，广有军兵。若命此人讨贼，贼可克日而破也。"

可知当时的东郡太守不是别人，正是曹操。

这和《三国志》的记载也是一致的。据《三国志·魏书·武帝纪》，当时担任东郡太守的官员，依次为桥瑁、王肱、曹操。初平元年（190）时，东郡太守为桥瑁；后兖州刺史刘岱与桥瑁交恶，刘岱杀桥瑁，以王肱领东郡太守；初平二年（191），"黑山贼"于毒、白绕、眭固等十余万众，掠魏郡，王肱不能御，曹操引兵入东郡，击白绕于濮阳，破之，袁绍因表曹操为东郡太守。

初平三年（192）发生了一件事，兖州刺史刘岱为"黄巾"所杀，兖州刺史的职位出现了空缺，由谁来补缺呢？《三国志·魏书·武帝纪》裴松之注引郭颁《世语》说：

> 岱既死，陈宫谓太祖（曹操）曰："州今无主，而王命断绝，宫请说州中，明府寻往牧之，资之以收天下，此霸王之业也。"宫说别驾治中曰："天下分裂，而州无主。曹东郡，命世之才也。若迎以收州，必宁生民。"

鲍信等亦谓之然。

《武帝纪》正文也接着说："（鲍）信乃与州吏万潜等至东郡，迎太祖（曹操）领兖州牧。"由此可知，曹操之任兖州刺史，陈宫、鲍信等人有很大的功劳。

陈宫何时任东郡从事，史无明文。这有两个可能：曹操任兖州刺史之前，或曹操任兖州刺史之后，若在之前，则曹操是东郡太守，他是东郡从事，他们恰好是上下级的关系。在这种情况下，他是以曹操下级属员的身份拥立曹操出任兖州刺史的。所以，《武帝纪》迎请曹操的名单中没有他。这种可能性最大。若在之后，则可能是因拥立有功，曹操任命他为东郡从事的。在这种情况下，他是以曹操治下的乡民的名义（陈宫乃东郡人）拥立曹操出任兖州刺史的。这种可能性比较小。

不管是哪一种可能，陈宫与曹操都是互相认识的，而且是彼此熟稔的。

陈宫和曹操二人，一个是下级，一个是上级，他们之间怎么会变成了东道主和来宾的关系呢？他们照理应当是"抬头不见低头见"的，怎么陈宫反倒变成了风尘仆仆的远道而来的不速之客？

矛盾产生的原因在于，罗贯中改动了历史上的陈宫的事迹。

在历史上，陈宫原是曹操的部下。后来，他叛离曹操而去。《三国志·魏书·吕布传》裴松之注引鱼豢《典略》说：

> 陈宫，字公台，东郡人也。刚直壮烈，少与海内知名之士皆相连结。及天下乱，始随太祖，后自疑，乃从吕布，为布画策，布每不从其计……

这里只说到他离曹操而去，没有说出他离去之时究竟做了一些什么事。《三国志·魏书·吕布传》却有比较详细的记载：

> 兴平元年，太祖（曹操）复征（陶）谦，（张）邈弟（张）超，与太祖将陈宫、从事中郎许汜、王楷共谋叛太祖。宫说邈曰："今雄杰并起，天下分崩，君以千里之众，当四战之地，抚剑顾眄，亦足以为人豪，而反制于人，不以鄙乎！今州军东征，其处空虚，吕布壮士，善战无前，若权迎之，共牧兖州，观天下形势，俟时事之变通，此亦纵横之一时也。"邈从之。太祖初使宫将兵留屯东郡，遂以其众东迎布为兖州牧，据濮阳。郡县皆应，唯鄄城、东阿、范为太祖守。

《后汉书·吕布传》的记载大致上与此相同。可以作为补充说明的，计有三点。第一，陈宫的叛变不是孤立的行动。他联络了张邈、张超、许汜、王楷等人。第二，他的叛变明显地带有主动的色彩，看上去他实是主谋者。第三，他的这次叛变，给曹操造成了严重的威胁和巨大的打击。他占领了曹操的一个重要的根据地——东郡的治所濮阳。除鄄城、东阿、范县外，兖州的其他地方都纷纷响应他的起事，先后宣布脱离曹操的统治，归顺了他所拥立的吕布。甚至濮阳的守将夏侯惇（曹操任兖州刺史后，由他继任东郡太守）一度被叛军扣留，作为人质，向曹操索要巨大数额的赎金（包括珠宝）[2]。

这就难怪曹操要对陈宫恨之入骨，并在擒获他以后要按军法处死他了。

总之，曹操确实是爱惜人才的。他在不得已的情况下处死了陈宫，然而却答应照拂他的老母和妻子。这仍然反映出，在他的内心深处，对陈宫的才能还是非常欣赏的。

注释

① 请参阅文末的〔附记〕。
② 见《三国志·魏书·夏侯惇传》。

附　记

关于陈宫之死的描写，系据《三国志演义》毛评本第十九回引。以嘉靖壬午本卷四第八节，以及郑少垣刊本、郑世容刊本等闽刊本卷四第二节相校，其异文值得注意者约有以下十处：

一、"不似你诡诈奸险"，嘉靖壬午本、闽刊本均作"不似你谄诈奸雄也"。以文字而言，"诡诈"胜于"谄诈"，"奸雄"逊于"奸险"。"谄"字用在曹操身上，似欠准确。用"奸险"形容曹操的性格，它所包含的贬意远远超过"奸雄"二字。

二、曹操对陈宫的称谓，毛评本作"公"字，如：

例1."公又奈何独事吕布"

例2."公自谓足智多谋"

例3."公如是，奈公之老母、妻子何"

但例1.嘉靖壬午本作"尔"，闽刊本作"汝"；例2.嘉靖本、闽刊本均作"公台"；例3.嘉靖壬午本、闽刊本均作"卿"（例2与例3《典略》均作"卿"）。三个不同的字词，出自三种不同的语言环境，关系着曹操口中的语气和藏于心底的对陈宫的看法。一概不加区别，而统一为一个"公"字，读来反而索然乏味了。

三、"公自谓足智多谋"，嘉靖本作"公台自谓智谋有余"，闽刊本作"公台平昔自为智谋有余"（《典略》作"公合，卿平常自谓智计有余"）。"智谋有余"四字，出自曹操之口，隐有调侃的意味，还带有一点儿嘲讽的色彩。把它改成"足智多谋"，显得过于平实了，闽刊本的"平昔"二字似不可少，它们恰恰与下文的"今"字构成了对比。"自为"即"自谓"，古典小说中常用，甚至到了清代曹雪芹的笔下，还在不断地出现着。

四、"今日有死而已"一句，嘉靖壬午本作"为臣不忠，为子不孝，死自甘心也"；闽刊本则同于嘉靖本，唯"甘心"二字作"分"（《典略》作"为臣不忠，为子不孝，死自分也"）。毛评本删去"为臣不忠，为子不孝"两句，是可取的，这自责之语，有损于陈宫的形象。而且《三国志演义》中既已删弃或减弱了陈宫叛曹操而去的事迹的叙述，又何必保留这样两句露出痕迹的话语？

五、在毛评本中，关于"老母、妻子"的问答，是合并在一处来讲述的，而在嘉靖壬午本、闽刊本中，"老母"和"妻子"却分割开来，处理为两问两答（《典略》的处理，同于嘉靖壬午本、闽刊本）。显然，前者文字的简洁略优于后者。

六、"吾闻以孝治天下者，不害人之亲"两句，嘉靖壬午本在"以孝治天下"之前有一"将"字，闽刊本有"将"字而无"以孝"二字（《典略》作"宫闻将以孝治天下者，不害人之亲"）。若无"以孝"二字，便与下句"不害人之亲"失却照应。从这一点，可以看出两个问题：第一，如果闽刊本所依据的底本有"以孝"二字，则是闽刊本此处出了脱夺的差错；第二，如果闽刊本所依据的底本同样没有"以孝"二字，则表明闽刊本及其底本不可能直接出于罗贯中的原本。在我想来，在罗贯中的原文中，是应该有这"以孝"二字的。

七、"亦在于明公耳"一句，嘉靖壬午本、闽刊本均分为重复的两句。但，嘉靖壬午本基本上同于毛评本，作"在于明公也""亦在于明公也"（《典略》作"在明公也""亦在明公也"）。闽刊本则不同于此，作"不在宫也""亦不在宫也"。两者的歧异在于，前者从对方曹操的角度说，后者却改从陈宫自己的角度说。

八、"宫径步下楼，左右牵之不住"两句，嘉靖壬午本作"宫曰：'请出就戮，以明军法。'遂步下楼，牵之不住"。闽刊本同于嘉靖壬午本，唯"步"字作"自"（《典略》作"宫曰：'请出就戮，以明军法。'遂趋出，不可止"）。自以毛评本的改文略高一筹。"请出就戮，以明军法"八字实属蛇足。这也同上文所举第四点一样，既有损于陈宫的形象，又保留了陈宫因叛离曹操而自责、自愧的痕迹。

九、"回许都养老"一句，嘉靖壬午本、闽刊本作"回许都吾府中恩养"。"吾府中"三字，表明了曹操爱惜人才的诚意，增添了曹操形象的光彩。毛评本删去这三个字，揣其用意，恐怕还是不愿意把曹操写得这样的好。

十、在这一大段文字之后，嘉靖壬午本有一条小注，说："后曹公养其母，嫁其女，待之甚厚，此乃曹公之德也。"闽刊本"母"下有"妻"字，"乃"作"是"，无"之"字。在这里，闽刊本和嘉靖壬午本最大的不同，在于它这四句排列为正文，而不是小注。在闽刊本中，把嘉靖壬午本的小注变成正文的例子，不止一见。对于《三国志演义》版本演变的研究，这是一个不容忽视的现象。

第四十五节　陈宫打猎

叶逢春刊本第三十六节"夏侯惇拔箭啖睛"云：

却说陈宫说吕布曰："时常设宴待陈珪父子，面谀将军，心欲害之，不可不防也。"

布叱宫曰："汝是献谗言，害忠良。谁为佞也？吾不看旧日之面皮，立斩汝辈。"宫叹曰："吾忠义之心不能明，久必受殃矣。"待弃之，又恐天下人笑。宫闷闷不已，带十数骑，于沛县地面围场，引从骑抄小路赶来，赶上使命，问曰："汝何人使命也？"使命知是吕布人，慌不答。宫搜得身边刘备回书，径拿来徐州见吕布。

这段文字当中，有两个地方，叙述不够顺畅，显然是有脱漏。

陈宫所说的第一句和第二句，就分别省略了两个主语。"时常设宴"者是吕布，"面谀"者则是陈珪父子。

问题不仅在这里。

问题还在于：陈宫怎么知道那个人是"使命"的身份？

他为什么要"抄小路""赶上使命"？难道不能在大道上迎面堵住吗？难道他预先算准了此人此时此刻必定经过此处？他怎么知道此人走的是大路，于是他就"抄小路赶来"？

读者读到这里，遇上一连串的问题，感到莫名其妙。

幸亏有嘉靖壬午本在。嘉靖壬午本这一节是这样说的：

却说吕布在徐州常设宴待陈珪，珪父子夸奖其德。陈宫不悦，乘闲时便告吕布曰："陈珪父子面谀将军，恐欲害之，不可不防也。"布叱之曰："汝献谗言，害及忠良。谁为佞也？吾不看旧日之面，立斩汝辈。"宫叹曰："吾忠义之心不能明，不久必受殃矣。"欲待弃之，又恐天下人笑。宫闷闷无言，带领数骑，于小沛地面围猎。忽见官道上使飞走驿马，宫疑之，乃弃围场，引从骑，往小路赶上，问使命曰："汝何人使命？"使命知是吕布之人，慌不能答。宫搜使命，乃有刘备回书，径捉来见吕布。

除去微疵（头一个"使命"，丢掉了那个"命"字）外，句通语顺。

第四十六节　吉平·吉本·吉丕

　　在《三国志演义》中，曹操有两次患头风之症，头脑疼痛而不可忍。其中，一次是真的犯了病，另一次则是假装的。他分别请了两个医生来看病。一是神医华佗，另一个是吉平。这两个医生在治疗时都遭到曹操的怀疑，因而下场都很悲惨：华佗是被拷打，下狱而死；吉平也是受到了残酷的拷打，最后被分割肢体而死。

　　两个名医，在历史上都实有其人，但他们之死，却出于罗贯中的虚构。虚构的目的，在于对曹操的暴虐的性格进行生动而深入的描绘。

　　现在只说说吉平。

　　吉平的名字，先后出现在《三国志演义》嘉靖壬午本的卷五第六节和卷十四第八节，毛评本的第二十三回和第六十九回。卷十四第八节、第六十九回仅仅叙述吉平之子吉邈、吉穆和耿纪、韦晃、金祎等五人于建安二十三年（218）密谋擒杀曹操的事迹，吉平本人并没有登场。卷五第六节、第二十三回才是吉平的正戏。他参预了董承、王子服等人的密谋，企图下毒杀死曹操。

其人其事，有四点可说。

首先，是他的名字。据《三国志演义》嘉靖壬午本说，他"姓吉，名太，字称平，人皆呼为吉平"。在这一点上，毛评本和嘉靖壬午本相同，但闽刊本却说他"姓吉，名泰"。"太""泰"二字，形不同而义同，在古时是相通的。"字称平"则可以有两种解释：一、其字为"称平"；二、其字，人称为"平"。

问题不在这里。问题在于，陈寿《三国志》、裴松之注都说，此人姓吉，名"本"。《后汉书》则说他姓吉而名"丕"。这都和《三国志演义》不同。

看来，《三国志演义》的"吉平"是错误的。因为这个"平"字在史书上找不到根据。"吉本"虽有根据，却不见得对。倒是"吉丕"可能正确。"平"或"本"显然都是"丕"字的形讹。"丕"错成"本"，要比起"本"错成"丕"来，可能性更大。

"𠀓"即"丕"。"丕"错成"本"，是有例可援的。《后汉书·循吏传》为刘宠立传，传末说："父丕，博学，号为通儒。""丕"，一作"本"。司马彪《续汉书》提及此人，也作"刘本"。

"丕"变成"本"，除了字形相近之外，还有另一个原因。那就是魏文帝名丕，魏臣为了避讳，就把"吉丕"改成了"吉本"。后来，《三国志》作者陈寿等人沿用此名，而没有再改回去。

其次，是吉平的籍贯。《三国志演义》嘉靖壬午本卷五

第六节、第二十三回说，"此医乃洛阳人也"。《三国志·魏书·武帝纪》载有他的姓名，却没有提到他的籍贯。

但《三国志·魏书·常林传》的裴松之注提供了吉平籍贯的线索。裴松之注说，鱼豢《魏略》以常林、吉茂等四人为《清分传》；又说："吉茂字叔畅，冯翊池阳人也，世为著姓。"后"坐其宗人吉本等起事被收"。既然吉平与吉茂同宗，则他们二人的籍贯应当是相同的：冯翊池阳。

冯翊为汉代三辅之一，称为左冯翊。治所原在长安，东汉移治高陵。三国魏去"左"字，改其辖区为冯翊郡，移治临晋（今陕西大荔）。池阳是冯翊郡的属县（今陕西泾阳西北），俗名迎冬城。

洛阳和池阳，一字之差。大约是《三国志演义》因为字形近似而把池阳错成了洛阳。当然，也不排除洛阳纯粹是向壁虚造的可能。

再次，是吉平的官职。《三国志演义》嘉靖壬午本、毛评本称吉平为"当时之名医"。他的身份仅仅是"随朝太医"。曹操拷问吉平时，曾说："量汝是个医人，托身于吾门（毛评本无此句），安敢下毒害我？必是有人唆使你来。"据此可知，他虽有名望，不过是个普通的医生而已。

但《三国志·魏书·武帝纪》在他的姓名之前加了一个"太医令"的头衔。《三国志·魏书·邓艾传》裴松之注引郭颁《世语》又称他为"少府吉本"。太医令和少府并不矛盾，所指实为一事。

少府为九卿之一，掌管宫中御衣、宝货珍膳等事务，为皇帝的私府。下设太医令一人，掌诸医，为宫廷、百官治病。属于太医令管辖的，有员医二百九十三人，员吏十九人。

不难看出，在《三国志》中，和在《三国志演义》中，吉平的身份、地位是大不相侔的。据前者，他是管辖着二百九十三个医生的一位官员。而据后者，他只是受一位官员管辖着的那二百九十三人中的一个。

吉平身份、地位的降低，或许是罗贯中不了解东汉末年的太医和太医令的区别而造成的。

最后，还有吉平起事的时间问题。吉平参预董承、王子服等人的起事，其时在建安五年。这在《三国志演义》嘉靖壬午本卷五第七节、毛评本第二十三回写得明明白白：吉平"撞阶而死"，"时建安五年正月也"。而《三国志·魏书·武帝纪》却记载着："（建安）二十三年正月，汉太医令吉本与少府耿纪、司直韦晃等反，攻许，烧丞相长史王必营，必与颍川典农中郎将严匡讨斩之。"比《三国志演义》晚了十八年。

《后汉书·耿秉传》说："曾孙纪，少有美名，辟公府，曹操甚敬异之。稍迁少府。纪以操将篡汉，建安二十三年与太医令吉丕，丞相司直韦况、晃、晔谋起兵诛操，不克，夷三族。"《后汉书·献帝纪》也有着相同的记载："（建安）二十三年春正月甲子，少府耿纪、丞相司直韦晃起兵诛曹操，不克，夷三族。"

他们的说法，同于《三国志·魏书·武帝纪》，而异于《三国志演义》。

两种不同的叙述，不但起事的时间不同，连参预起事的人员也不同。

一种是：建安五年，吉平、董承、王子服、吴子兰、种辑、吴硕。

另一种是：建安二十三年，吉平、耿纪、韦晃。

结局是相同的：起事者遇害，曹操平安地躲过了暗算。

吉平当然不可能死两次。是罗贯中施展了移花接木的手段。他分别在卷五第六节（第二十三回）和卷十四第八节（第六十九回）写了建安五年和建安二十三年的事。但他在卷十四第八节中摒除了吉平的事迹（只提到了他的两个儿子）并把它提前加入到卷五第六节中去描述。吉平本来和董承、王子服等人没有什么瓜葛，到了罗贯中笔下，他们却变成了一道殉难的同党。

推测起来，罗贯中这样做的原因之一，是吉平和华佗的事迹有近似之处，而华佗之死已被安排在建安二十五年（卷十六第五节、第七十八回）。这和历史上的吉平之死（建安二十三年）相隔未免太近。为了避免雷同的情节接连地重复出现在读者眼前，作者对素材进行适当的剪裁和移挪，应该说是必要的。而从艺术效果来看，罗贯中对吉平之死的处理也可以说是成功的。

第四十七节　曹操的戎马生涯

嘉靖壬午本第一百五十六节"魏太子曹丕秉政":

至晓,操召群臣入,曰:"孤在戎马之中三十余年,未尝信怪异之事。今日如此为何?"群臣奏曰:"王上当命道士设醮荐扬。"操叹曰:"圣人有云:获罪于天,无所祷也。孤天命将尽,虽日用万金,安能救也?"遂不允设醮。

叶逢春刊本第一百五十六节:

操唤群臣曰:"吾在戈马之上行二十余年,未尝信怪事。今日如此为何?"群臣曰:"当命道士设醮以禳祈祷。"操叹曰:"圣人云:获罪于天,无所祷也。吾天命若尽,虽日费万金,安能救之?"遂不肯设醮。

一个说是"在戎马之中三十余年",一个说是"在戈马之上行二十余年"。

到底是三十余年，还是二十余年？

哪一个是原文，哪一个是改文？

我认为，原文是"三十余年"，"二十余年"则是改文。

这是因为，嘉靖壬午本"三十余年"之前的"戎马之中"四个字是通顺的，而叶逢春刊本"二十余年"之前的"戈马之上"四个字的搭配显然生硬得很，露出了后改的痕迹。

当然，任何结论的成立都要以证据为基础。

嘉靖壬午本下文有云：

> 操召前将军曹洪、侍中陈群、中大夫贾诩、主簿司马懿心腹四人至卧榻前，嘱以后事。操曰："纵横天下三十余年矣，群凶皆灭，止有江东孙权、西川刘备，未曾收复。孤今病危，必然难逃，今以大事嘱汝四人。"

叶逢春刊本下文也说：

> 操交唤前将军曹洪、侍中陈群、中大夫贾诩、主簿司马懿四人近卧榻前，嘱付后事。操曰："吾纵横天下三十有余年矣，群凶皆灭，止有江东孙权、西蜀刘备，未曾收伏。吾今病势沉困，料已难逃。今以大事嘱汝四人。"

前者说是"纵横天下三十余年"，后者说是"纵横天下三十有余年"。看来，在此处，在"三十余年"这一点上，嘉靖壬午本和叶逢春刊本是一致的。

嘉靖壬午本既说"在戎马之中三十余年",又说"纵横天下三十余年",前后呼应,这应是罗贯中笔下的原文。

叶逢春刊本一会儿说"在戈马之上行二十余年",一会儿说"纵横天下三十有余年",前后矛盾,这表明,它的"二"字是后改的:把曹操的戎马生涯减少了整整十年。

还可以举出两个证据。

其一见于本节下文援引的"史官拟曹操行状"。其中也提到了"三十余年"。引嘉靖壬午本于下:

> 雅性节俭,不好华丽。故能芟刈群雄,削平海内。三十余年,手不舍书,昼则讲武,夜则思经,登高必赋,对景必诗。深明音乐,善能骑射,曾在南皮一日射雉六十三头。及造宫室器械,无不曲尽其妙。是以遂成大业,开阐洪基也。

叶逢春刊本的文字基本上是一样的:

> 雅性节俭,不好华严。故能芟刈群雄,削平海内。三十余年,手不释卷,昼则书讲武策,夜则思经传。登高必赋,对景必诗。深明音乐,善于骑射,曾在南坡一日射雉六十三头。及造宫室器械,无不曲尽其妙。是以遂成大业,开创洪基也。

行状中的这一段文字,其实是袭自《三国志》裴松之注引王沈《魏书》："是以创造大业，文武并施，御军三十余年，手不舍书，昼则讲武策，夜则思经传，登高必赋，及造新诗，被之管弦，皆成乐章。才力绝人，手射飞鸟，躬禽猛兽，尝于南皮一日射雉获六十三头。及造作宫室，缮治器械，无不为之法则，皆尽其意。雅性节俭，不好华丽，后宫衣不锦绣，侍御履不二采，帷帐屏风，坏则补纳，茵蓐取温，无有缘饰。"可知"三十余年"四字是有来历的。

其二见于《三国志》裴松之注引孙盛《魏氏春秋》。其中有夏侯惇几句劝曹操即帝位的颂扬话："今殿下即戎三十余年，功德著于黎庶，为天下所依归，应天顺民，复何疑哉！"也同样有"三十余年"之说。

第四十八节　曹操之墓

曹操之墓在哪里呢？

据《三国志·魏书·武帝纪》，以及《三国志演义》嘉靖壬午本第一百五十七节"曹子建七步成章"、毛评本第七十九回"兄逼弟曹植赋诗，侄陷叔刘封伏法"说，曹操葬于高陵。高陵在今河北省临漳县西。《读史方舆纪要》卷四十九"彰德府临漳县讲武城"说，曹操有疑冢凡七十二处，在漳水上，自讲武城外，森然弥望，高者如小山布列，直至磁州而北。可知曹操之墓不止一处，竟有七十二座之多。

宋人俞应符为此写了一首诗，说：

> 生前欺天绝汉统，死后欺人设疑冢。
> 人生用智死即休，何有余机到丘垄？
> 人言疑冢我不疑，我有一法君未知。
> 直须尽发疑冢七十二，必有一冢藏君尸。

对这种见解，前人有不同的评论。有人誉之为"涛之斧钺"。

有人则认为，这不过是堕入了曹操所设下的"云雾"。其后，又有人反其意，写了另一首诗：

人言疑冢我不疑，我有一法君莫知。
七十二冢埋一冢，更于何处觅君尸？

曹操之墓究竟在何处，它到底最后有没有被人们发现呢？

据近人邓之诚《骨董琐记》卷三"曹操冢"说，壬戌年正月三日，乡民崔老荣发现了曹操之墓，乃是"真冢"。地点在今河北省磁县彭城镇西十五里。发现的经过是这样的：

崔老荣在一块丛葬地上开井为坟，结果掘出一个大黑穴，穴下有一个又深又广的石室，同伴们进入石室后，都丢了性命。崔老荣遂向县令禀报。县令前往查看，命将硫磺投入石室，隔了较长的时间之后，再派人进入石室观察。发现石室四壁涂饰如新，室中放置石棺一口，棺前有刻石志文，说明此棺所葬之人乃是魏武帝曹操。

这项记载的依据和出处不明，叙事比较含混。棺中是否有曹操的尸体？如果有，后来又怎么样了？这些都没有给予清楚的交代。纪时也比较模糊，不知其事究竟发生在明代，还是发生在清代。如果是发生在清代，则"壬戌"年至少有四个之多：康熙二十一年（1682），乾隆七年（1742），嘉庆七年（1802），同治元年（1862）。到底是其中的哪一年呢？

倒是清初褚人获《坚瓠续集》卷二"漳河曹操墓"记载

的另一件事，有着明晰的纪时：明清易代之际。它也说到了曹操尸体的悲惨的下场。

褚人获所记的事情则是这样的：

当时，漳河水已枯涸，有一位捕鱼的人，看见河中有块大石板，板旁有一缝隙。他向前窥视，发现其中很昏暗。他怀疑其中可能有许多条鱼积聚着。于是，他就从缝隙中钻入，走了几十步，遇上一座石门。他感到奇怪，就出来召唤诸同伴一同进入。把石门打开后，只见满眼都是美女，有的坐着，有的躺卧着，有的倚立着，分列为两行。顷刻之间，她们全都栽倒在地上，化为灰尘。又看到有个石床，床上卧着一个人，穿戴着帝王的冠服。床前立着一道碑。渔人中有识字的人，就近前去细读碑文，方知床上之人乃是曹操。众人因此跪在床边，用刀砍剁曹操之尸，直到斩碎为止。诸美女都是生前殉葬的，由于地气凝结，所以和生人一样，等到石门一打开，地气泄漏，所以都化为灰尘了。至于曹操，由于是用水银殡敛，因而他的肌肤一直没有腐烂。

这两件事，是真是假？谁真，谁假？也许都是假的？这都很难说。

此外，蒲松龄《聊斋志异》中有一篇《曹操冢》，也写到了曹操之墓：

> 许城外，有河水汹涌，近崖深暗。盛夏时，有人入浴，忽然若被刀斧，尸断浮出。后一人亦如之。转相惊怪。邑宰闻之，遣多人间断上流，竭其水。见崖下有深

洞，中置转轮，轮上排利刃如霜。去轮攻入，有小碑，字皆汉篆。细视之，则曹孟德墓也。破棺散骨，所殉金宝尽取之。

曹操的结局同样也非常悲惨：棺破骨散，殉葬的财物被人取光。蒲松龄在篇末借"异史氏"之口大发感慨："后贤诗云：'尽掘七十二疑冢，必有一冢葬君尸。'宁知在七十二冢之外乎！奸哉，瞒也！然千余年而朽骨不保，变诈亦复何益！呜呼瞒之智，正瞒之愚耳！"

三个不同的故事，不论是否真实可信，全都毫无例外地寄托着人民群众对曹操的奸诈的憎恶。

尽管当年曹操在河北临漳建立"高陵"，设下了七十二座疑冢，他的"真冢"或者在漳河之中被"捕鱼者"发现，或者在河北磁县彭城镇被"乡民"发现了。真可以说：枉费心机！

第四十九节　阳陵陂

关羽擒于禁、斩庞德之后，威震华夏。曹操本想迁都以避其锋，后接受司马懿、蒋济的劝谏，方作罢论，并改派徐晃起兵，以挡关羽之锐。《三国志演义》毛评本第七十五回写道：曹操"大喜，遂拨精兵五万，令徐晃为将，吕建副之，克日起兵，前到阳陵陂驻扎，看东南有应，然后征进"。

但在第七十六回，又有这样的文字：曹操听从董昭的计谋，"一面差人催徐晃急战，一面亲统大兵，径往雒阳之南阳陆坡驻扎，以救曹仁。"

这里的"阳陆坡"和上文的"阳陵陂"是不是一个地方呢？

从情节和地理看，它们应该是同一个地方。"阳"字相同；"陆坡"与"陵陂"二字相似，其中必有一误。

查嘉靖壬午本，卷十五第九节作"阳陵坡"；卷十六第一节作"阳陵陂"，并有小注说："阳陵陂，地名也。"可知确是同一个地名。"陂"、"坡"，字形相似，字义相同。这可以证明，毛评本第七十五回的"阳陵陂"是正确的，第七十六回的"阳陆坡"则是错误的。

《三国演义辞典》根据毛评本第七十五回收录了"阳陵坡"一词，并有注释说："东汉三国时无此地名。"其实，在东汉或三国时期，不是"无此地名"，而是既有阳陵陂，又有阳陵县。

　　据《三国志·魏节·徐晃传》："太祖（曹操）……复遣晃助曹仁讨关羽，屯宛。会汉水暴溢，于禁等没。羽围仁于樊，又围将军吕常于襄阳。晃所将多新卒，以羽难与争锋，遂前至阳陵陂屯。"这里所记载的史实，与《三国志演义》毛评本第七十五回、第七十六回所叙述的情节基本上相同。可知阳陵陂确是当时的地名。

　　阳陵陂在什么地方呢？

　　毛评本第七十六回指明了阳陵陂的地理位置：它在"雒阳之南"。雒阳即洛阳。位于洛阳之南，这在概念上稍微具体了一点儿。

　　当时还有一个阳陵县。《三国志·魏书·钟繇传》说，钟繇"举孝廉，除尚书郎、阳陵令，以疾去"。这个阳陵县，据《后汉书·郡国志》，原属左冯翊，后改属京兆尹。它的原名叫弋阳县。汉景帝前元五年（前 152），在此预先建陵，称为阳陵，并改弋阳县为阳陵县。其治所在今陕西高陵西南。

　　这个阳陵县和阳陵陂不知道有没有关系？

第五十节 "臣"与"人"

嘉靖壬午本第一百五十九节"废献帝曹丕篡汉":

> 臣丕顿首受诏，伏惟陛下以垂世之诏，禅无功之臣，使臣闻知，肝胆摧裂，不知所措。

叶逢春刊本第一百五十九节：

> 臣丕昨奉受诏，伏惟陛下以垂世之诏，禅无功之臣，使人闻之，肝摧胆裂，不知所措。

其中值得注意的异文，是嘉靖壬午本"使臣闻知"一句中的"臣"字，和叶逢春刊本"使人闻之"一句中的"人"字。

这两个字，哪一个正确呢？

当然是"臣"对，"人"不对。

"臣"是还没有做上皇帝的曹丕的自称。"人"则是曹丕称他本身之外的其他人。在这里，显然应当是"臣"，而不应当是"人"。也就是说，所谓"肝摧胆裂，不知所措"的是曹丕自己，而不是别人。

我认为，"臣"是罗贯中的原文，"人"只能是后人的改文。

那么，后人为什么要改"臣"为"人"呢？

讹误的形成不外是形误和音误。而"臣"与"人"字形迥然不同，形误的原因可以排除。剩下一个可能，那就是音误。在北方人的嘴里，"臣"和"人"绝对不会混淆。吴语的发音也不会把"臣"读成"人"。

我怀疑，"臣""人"发音相同或相近，恰恰是福建人的特点。

叶逢春刊本刊行于福建建阳。它的刻工大约也是福建本地人。讹误的产生大约有两种情况：

（一）雕刻的时候，这位刻工一边看着书稿（钞本或刊本），一边刻字。"使臣闻知"这一句四个字，他看到以后，记在心里，然后再由嘴里传到手上。就在这个转换的过程中，把眼睛里看到的"臣"的形，先读成"人"的音，再刻成"人"的形。

（二）雕刻的时候，有两个人合作，一人读，一人刻。读者的嘴里读的是"臣"，刻者的耳朵里听到的是"人"。

这是叶逢春刊本晚于嘉靖壬午本的一个例子，也是使我们看到因读音而造成个别字词讹误的一个例子。

第五十一节　袁绍的出身

有一句话，常常伴随着袁绍，或是人家称他，或是他自称："四世三公"。

《三国志演义》嘉靖壬午本卷一第七节、毛评本第四回，周毖对董卓说："袁氏树恩四世，门生故吏遍于天下。"嘉靖壬午本卷一第九节、毛评本第五回，十八路诸侯商议进兵之策，并推举盟主时，曹操头一个表态说："袁本初四世三公，门多故吏，汉朝名将之裔，可为盟主。"嘉靖壬午本卷四第三节、毛评本第十七回，袁术准备僭称帝号，在召集部下商议时，特别指出："吾家四世公卿，百姓所归。"（"四世公卿"，毛评本作"四世三公"。）嘉靖壬午本卷五第一节、毛评本第二十一回，青梅煮酒论英雄，刘备向曹操提出："河北袁绍，四世三公，门多故吏，今虎踞冀州之地，手下能事者极多，可为英雄。"凭着这块"四世三公"的招牌，袁绍在当时的政坛上占据着明显的优势的地位。

在这方面，嘉靖壬午本更多出了几句。卷一第四节，袁绍刚一出场，作者就介绍说："四世居三公位，门多故吏。"同卷第九节，作者列举十八路诸侯名单时，在袁绍名上，特意添上八个字："四世三公，门多故吏"。这两处，在毛评本中，都已经被删掉了。

"门多故吏"，这好理解。什么叫做"四世三公"，却需要作一番解释。是哪"四世"，又是哪"三公"呢？

关于"三公"的称呼，在不同的时代，有不同的特指的内容。大体上说来，是这样的：在周代，三公指太师、太傅、太保；在西汉初年，以丞相、御史大夫、太尉为三公；到了哀帝元寿二年（公元前1年），三公变成了大司马、大司徒、大司空；在东汉时，则以太尉、司徒、司空为三公。到了献帝建安十三年（208），罢三公官，复置丞相、御史大夫。

袁绍先世，从他的高祖袁安算起，四世三公，确有其事。袁安：司空、司徒；其子袁敞：司空；其孙袁汤：司空、司徒、太尉；其曾孙袁逢：司空；另一曾孙袁隗：司徒、太傅。四世共有五人，担任了九个列入"三公"范围之内的显赫的官职。除袁隗的"太傅"外，其他四人的官职，包括袁隗的"司徒"，都属于东汉的"三公"。袁隗的太傅，当然也能列入周代的"三公"。

据《三国志·魏书·臧洪传》，臧洪在被擒以后，曾对袁绍说："诸袁事汉，四世五公，可谓受恩。"这个"四世五公"和'上文所说的"四世三公"有什么区别呢？

依照我的理解，二者并不矛盾。"四世三公"是指：在袁家四代人中，每代都有出任"三公"之职的人。而"四世五公"则是指：在袁家四代人中，共有五人曾出任"三公"之职。袁安、袁敞、袁汤、袁逢，再加上袁隗，不正是五个人吗？

为了说明袁绍和"四世三公"的血亲关系，现根据《后汉书·袁安传》以及《三国志·魏书·二袁传》，将袁氏世系列表如下：

嘉靖壬午本卷一第四节说，袁绍乃"孙徒袁安之孙，袁逢之子"。毛评本把这两句改为："乃司徒袁逢之子，袁隗之侄"。嘉靖壬午本犯了一个错误。袁安是袁绍的高祖，它却说成是袁绍的祖父，辈分差了两代。毛评本改正了这个错误，但它又犯了另一个错误。袁逢只做过司空，它却凭空给他添封了"司徒"的官职。这显然是在删改的过程中，把袁安的司徒嫁接到袁逢头上去了。

无论嘉靖壬午本，或是毛评本，他们都说袁绍是袁逢之子。这和我在上文所列的世系表不一致，又是怎么一回事呢？

据《三国志·魏书·袁术传》介绍说："袁术，字公路，司空逢子，绍之从弟也。"《后汉书·袁安传》说："成（袁成）子绍，逢子术，自有传。"又，《后汉书·袁绍传》说："父成，五官中郎将。"《后汉书·袁术传》也有"术从兄绍"之语。以上的记载告诉我们：袁绍是袁成之子，袁术是袁逢之子，两人是堂兄弟关系。由此可见，世系表以袁绍为袁成之子，是有充分根据的，同时也是正确的。

但，《三国志演义》关于袁绍是袁逢之子的说法，并非空穴来风。《三国志·魏书·袁绍传》裴松之注引王沈《魏书》说，"绍即逢之庶子，术异母兄也，出后成（袁成）为子。"《后汉书·袁绍传》李贤注引袁山松《后汉书》同样也说："绍，司空逢之孽子，出后伯父成。"庶子和孽子是同一个意思，表明袁绍非袁逢嫡妻所生。这就是说，袁绍和袁术同父而异母，他出继伯父袁逢为子。

《后汉书·袁术传》还说："术结公孙瓒，而绍连刘表。豪杰多附于绍。术怒曰：'群竖不吾从，而从吾家奴乎？'又与公孙瓒书云：'绍非袁氏子。'绍闻，大怒。"据《三国志·魏书·公孙瓒传》裴松之注引鱼豢《典略》，公孙瓒上疏，列举袁绍十大罪状，其中说："春秋之义，子以母贵。绍母亲为婢使，绍实微贱，不可以为人后，以义不宜。乃据丰隆之重任，忝污王爵，损辱袁宗，绍罪九也。"合而观之，可知袁绍乃婢侍所生，出身微贱。难怪他会被袁术辱骂为"家奴""非袁氏子"。这和"庶子""孽子"之说也是可以相互参证的。

然而《三国志·魏书·袁绍传》裴松之注引《英雄记》又说："绍生而父死，二公爱之，幼使为郎。弱冠除濮阳长，有清名，遭母丧，服竟，又追行父服，凡在冢庐六年。礼毕。隐居洛阳。"《后汉书·袁绍传》也说："绍少为郎，除濮阳长，遭母忧去官。三年礼竟，追感幼孤，又行父服。服阕，徙居洛阳。"这表明，袁绍出生之时，其父已死。

查《后汉书·袁安传》，袁逢"后为司空，卒于执金吾。"可知他死在执金吾的任上。《后汉书·灵帝纪》记载着，光和二年（179）三月，"司空袁逢罢"。则袁逢的去世当在光和二年三月之后。

现暂定袁逢卒于光和二年（179）。如果袁绍确为袁逢之子，那么，他最早也不过是生于此一年。

可是，《后汉书·袁绍传》却说中平五年（188）初，"置西园八校尉，以绍为佐军校尉"。同书《灵帝纪》也指出，西园八校尉初置于中平五年八月。袁绍如生于光和二年，则此时他仅仅是个十龄的幼童。请问，当时怎么会让一个小孩子去做佐军校尉呢？曹操是西园八校尉之一，当年他已三十四岁。袁绍当时的真正年龄，应和曹操相去不远。

更何况，《英雄记》说袁绍在"弱冠"之年"除濮阳长"。弱冠，指男子二十成人之时。不难断定，他出任县令，必在二十岁左右。此后，他为母服丧三年，又追补为父服丧三年。假定他二十岁丧母，"凡在冢庐六年"，则"服阕，徙居洛阳"之年，他至少也要有二十六岁。其时，他还没有成为西园八校尉之一。

这就清楚地表明，袁绍不可能是袁逢之子。

所以，《三国志演义》关于这个问题的说法，是以讹传讹，不足为据的。

另外，世系表上的"袁汤"，有的书上写作"袁阳"，例如裴松之注所援引的华峤《汉书》。这也是错误的。首先，因为袁汤字仲河，名、字正可关合。其次，因为袁汤的长子袁逢字周阳，次子袁隗字次阳；如果袁汤之名为"阳"，那么，他的两个儿子就不可能再以"阳"为字，不言而喻，"阳"字应是"汤"字的形讹。

第五十二节　郑玄与袁绍

郑玄是东汉著名的学者。想不到他竟也成为《三国志演义》中的人物。他的大名初次出现于毛评本第一回。然而，他的登场却在嘉靖壬午本卷五第三节、毛评本第二十二回。关羽斩车胄之后，陈登献计，建议刘备去请"郑康成先生"写信向袁绍求教，以退曹兵。毛评本在此处有一段关于"郑康成先生"的介绍性叙述：

> 原来郑康成名玄，好学多才，尝受业于马融。融每当讲学，必设绛帐，前聚生徒，后陈声妓，侍女环列左右。玄听讲三年，目不邪视，融甚奇之。及学成而归，融叹曰："得我学之秘者，惟郑玄一人耳。"玄家中侍婢，俱通《毛诗》。一婢尝忤玄意，玄命长跪阶前。一婢戏谓之曰："'胡为乎泥中？'"此婢应声曰："'薄言往愬，逢彼之怒。'"其风雅如此。桓帝朝，玄官至尚书。后因十常侍之乱，弃官归田，居于徐州。玄德在涿郡时，已曾师事之。及为徐州牧，时时造庐请教，敬礼特甚。

这一大段文字为嘉靖壬午本、闽刊本所无，显然系毛氏父子所加。

这一段文字，在情节结构上，起了转折的作用。在这之前，写的是刘、曹两方的对阵；在这之后，笔触转入袁绍方面，并且揭开了刘、曹、袁三家错综复杂的斗争的序幕，最后则以袁绍之死和曹操的平定北方，暂时告一结束。郑玄的书信，正好把袁绍拉进了这场斗争的漩涡。

这段文字中，有两个著名的典故：马融"设绛帐"讲学（典出《后汉书·马融传》，后世文人常常在诗文中提到的"马帐""绛帐"，即指此事）；郑玄"家中侍婢俱通《毛诗》"（典出《世说新语·文学》）。毛氏父子插进这两个小故事，既增加了作品的知识性和趣味性，又使得读者在读过一些金戈铁马的厮杀场面之后，得以有一个舒展紧张情绪的机会。

毛氏父子在插进这一大段文字的时候，对罗氏原文有增，有删，也有改。增的当然就是上述引文，其中交代了郑玄为什么会在徐州居住，以及刘备和郑玄之间的交往史。对情节线索铺衍的完整、清晰，这都是不可或缺的，毛氏父子所删去的主要有两点。

第一，郑玄的籍贯。在罗氏原文中，陈登向刘备介绍说："此间有一养老官人，桓帝朝为尚书，乃康城高密人也，姓郑，名玄。"[①]高密，属青州北海国。康城或康成则是郑玄的表字，而非地名。罗氏原文以人名为地名的常识性错误，在毛氏父子笔下得到了纠正。

第二，郑玄致袁绍书。以"伏闻汉道雕零，奸臣强暴"

始，以"区区之志，愿听察焉"结，百字左右。嘉靖壬午本、闽刊本全文加以引录，毛评本则全部删去。

毛评本删去郑玄致袁绍书，是不是嫌它词不达意，或者嫌它文字粗劣、不堪卒读呢？都不是的。这封书信写得语气通畅，意思表达得相当清楚，铸词造句也颇为精心。毛评本删而不用，另有原因。

本回下文，袁绍召集众谋士，商议兴兵，由郭图的一个建议，而引起陈琳的登场，并且全文引录了陈琳所起草的讨伐曹操的檄文。而这都是毛评本新增，为罗氏原文所无。檄文篇幅之长，长于郑玄致袁绍书十数倍。添写陈琳草檄以及檄文治愈曹操头风症等事，乃毛氏父子得意之笔②。有增必须有删，为增而删，先删后增，一是为了腾挪篇幅，二是为了避免书、檄的重复。这就是毛评本删去郑玄致袁绍书的真实原因。

在嘉靖壬午本中，陈登还说了一句：郑玄"与袁绍三世通家"。对此，毛评本沿而未改。闽刊本则变成了："与袁绍世之通家"。显然，"之"字是"三"字的形说，而又误作钩乙。

那么，郑玄是否和袁绍有"三世通家"之谊呢？这在历史记载上找不到充分的根据。《后汉书·郑玄传》说，"后将军袁隗表为侍中，以父丧不行"。袁隗乃袁绍的叔父。如此而已。想来，或许郑玄曾与袁绍的父、祖辈同朝为臣，所以《三国志演义》说是"三世通家"。

至于袁绍本人，倒是和郑玄打过不少的交道。《后汉书·郑玄传》说：

时大将军袁绍总兵冀州，遣使要玄，大会宾客。玄最后至，乃延升上座。身长八尺，饮酒一斛。秀眉明目，容仪温伟。绍客多豪俊，并有才说，见玄儒者，未以通人许之，竞设异端，百家互起，玄依方辩对，咸出问表，皆得所未闻，莫不嗟服。时汝南应劭亦归于绍，因自赞曰："故泰山太守应中远，北面称弟子，何如？"玄笑曰："仲尼之门，考以四科。回、赐之徒，不称官阀。"劭有惭色。绍乃举玄茂才，表为左中郎将，皆不就。

这里说到郑玄善饮，其酒量为"一斛"。《郑玄别传》还有一段记载，叙述了袁绍、郑玄初次会面的情况，又特别提到郑玄的酒量：

　　绍一见玄，叹曰："吾本谓郑君东州名儒，今乃是天下长者。夫以布衣雄世，斯岂徒然哉。"及去，饯之城东，必欲玄醉。会者三百余人皆离席奉觞，自旦及暮，玄饮三百余杯，而温克之容，终日无怠。

一人一杯，一共三百余杯，不能不令人惊叹。这酒又引起了郑玄之死的不同的说法。据《三国志·魏书·袁绍传》裴松之注说：

　　《英雄记》载太祖作《董卓歌》，辞云："德行不亏缺，变故自难常。郑康成行酒，伏地气绝，郭景固命尽于园桑。"如此之文，则玄无病而卒。

余书不见，故载录之。

"伏地气绝"，当然是写郑玄临终的景况。这是说，他因饮酒而死。说法相当奇特，所以引起了裴松之的注意。但是，《后汉书·郑玄传》却说：

> 有顷，寝疾。时袁绍与曹操相拒于官渡，令其子谭遣使逼玄随军。不得已，载病到元城县，疾笃不进。其年六月卒，年七十四。

可见是因病而卒，与饮酒无关。

后人大多对饮酒过量而死的说法采取怀疑的态度。他们认为，这是曹操为了诋毁袁绍而罗织的罪名；况且，这也和《三国志·魏书·袁绍传》中所说的袁绍"能折节下士，士多附之"有相当的大距离。

然而，"逼玄随军"，强迫一个七十多岁的患病的老头儿随军队行进，这种行为能说是"折节下士"的表现吗？所以，当年袁绍对待郑玄，究竟是有礼还是无礼，恐怕不是我们在一千八百年之后用三言两语所能说得明白的。试看《三国志·魏书·袁绍传》裴松之注引司马彪《九州春秋》说：

> 绍延征北海郑玄而不礼，赵融闻之曰："贤人者，君子之望也。不礼贤，是失君子之望也。夫有为之君，不

敢失万民之欢心，况于君子乎？失君子之望，难乎以有
为也。"

　　对待郑玄这样著名的学者，采取无礼的举动，这确如赵
融所批评的，非"有为之君"也。这样的事，放在刘备或曹
操、孙权的身上，断乎不会发生。此袁绍之所以为袁绍也。

注释

① 引文据嘉靖壬午本。闽刊本无"养老"二字，"康城"作"康成"。
② 毛评本《凡例》特意提及此事，并盛称此檄文"文字之佳"，"实可与前、
　后《出师表》并传"。

第五十三节　袁绍退军的方向

　　《三国志演义》毛评本第二十六回，关羽诛文丑后，袁绍退兵。"绍令退军武阳，连营数十里，按兵不动。操乃使夏侯惇领兵守住官渡隘口。"

　　我已指出，关羽斩颜良，其地在白马县的白马津，白马县的治所则在今河南滑县附近①。关羽诛文丑的地点，则在延津。嘉靖本卷六第一则的标目正作"云长延津诛文丑"。延津，古津渡名。古黄河流经今河南延津至滑县一段，总称为延津，是行军所经的要地。

　　袁绍居于冀州，其治所为邺县，在今河北临漳县附近。

　　邺县位于延津之北。因此，袁绍进军白马的路线是由北向南。与此相应，袁绍退军武阳的路线也该是由南向北才对。

　　武阳是什么地方？它的方位符合不符合这条退军的路线呢？

　　据李兆洛《历代地理志韵编今释》，汉代以后有七个武阳县，分别属于今江苏、山东、湖北、云南、河南、河北、广东等省。它们的设置都在东汉以后，所以不可能是袁绍退军的"武阳"。在东汉，只有一个武阳县，属益州犍为郡，即今四川彭山县。袁绍退军，当然不会从河南退到四川。在西汉，还有一个武阳，是侯国，属东海郡，即今山东郯城县。它到了东汉已被废除，所以也不可能是袁绍退军的"武阳"。

另外，在东汉，还有一个东武阳，和一个南武阳。前者是县，属兖州东郡，在今山东阳谷县、范县。后者是侯国，属兖州泰山郡，在今山东费县。它们虽说也叫"武阳"，但它们的正式名称却包括着不容分割的"东""南"二字。何况它们都在白马、延津之东，袁绍没有理由要朝这个方向撤退。

既然几个"武阳"都方枘圆凿，格格不入，我们不得不怀疑这个地名有无讹误的可能。

一查嘉靖壬午本卷六第一节，这段文字果然为："绍令退军于阳武结营，连络数十里，按兵不动。操亦令夏侯惇总兵守官渡隘口。"它和毛评本的主要差异在于，"武阳"作"阳武"。

阳武又是什么地方呢？

阳武县始置于西汉，东汉时属司隶河南尹，在今河南原和县。

这个"阳武"显然就是袁绍退军的所在。其方位正处于袁绍退军的路线上。这有两点佐证。第一，《三国志·魏书·武帝纪》说，曹操"还军官渡"，袁绍"进保阳武"。可知是阳武而不是武阳。第二，《三国志演义》嘉靖壬午本卷六第九则、毛评本第三十回续写袁、曹官渡之战，有这样几句：袁绍"催军进发，旌旗蔽野，刀剑如林，行至阳武下寨"。

不言而喻，这个阳武和卷六第一节、第二十六回写到的阳武或武阳是同一个地方。

从嘉靖壬午本的"阳武"到毛评本的"武阳"，只不过把两个字颠倒了一下，却造成了地理位置上的错乱。

其实，和武阳比较起来，阳武在历史上更为著名。它的境内，东南有博浪城，又名博浪沙亭，相传是张良遣力士操铁锥狙击秦始皇的地方。

注释

① 请参阅本书的另一篇《白马不是坡》。

第五十四节　袁术致吕布书

《三国志演义》第三十一节有袁术致吕布书。有意思的是，这封信在嘉靖壬午本和叶逢春刊本中却是完全不同的文字。

在嘉靖壬午本第三十一节"吕奉先辕门射戟"中，这封信是这样的：

> 昔董卓作乱，破坏王室，祸害术门户，术举兵关东，未能屠裂卓。将军诛卓，送其头首，为术扫灭仇耻，使术明目于当世，死生不愧，其功一也。昔金尚向兖州，甫诣封部，为曹操逆所拒破，流离逋走，几至灭亡。将军破兖州，术复明目于遐迩，其功二也。术生年以来，不闻天下有刘备，备乃举兵与术对战。术凭将军威灵，得以破备，其功三也。将军有三大功在术，术虽不敏，奉以生死。将军连年攻战，军粮若少，今送米二十万斛，迎逢道路，非直此止，当络绎复致。苦兵器战具，他所乏少，大小唯命。

而在叶逢春刊本第三十一节"吕布辕门射戟"中，这封信变成了：

> 自董卓作乱，汉代倾危，将军立盖世之功勋，有擎天之筹策。涿郡刘备面施谄佞，心怀不仁，今早晚兴兵图之，将军切勿救援。日前所许，未及如数，先纳军粮二十万斛，铠甲三百副，黄金酒器，西蜀异锦，聊表寸心，幸恕照察。

两封信，文字不同，内容不同，侧重点也不同。

嘉靖壬午本的书信，写的是袁术对吕布的"三大功"表示感谢，因而送米二十万斛。

叶逢春刊本的书信内容则是：一、袁术准备攻打刘备，嘱咐吕布不要救援刘备；二、补足早先许诺而未如数交付的军粮等物。

若要判断它们孰先孰后，有两点可供参考。一点是，信的内容是否和上下文的叙述契合？另一点是，信的文字是否和史籍有关联？

先看第一点。

此信写于袁术攻打刘备的前夕。而此事在嘉靖壬午本的信中了无反映。相反的，叶逢春刊本的信中却突出地强调了"今早晚兴兵图之，将军切勿救援"。

袁术派纪灵等率兵进攻小沛，刘备接受孙乾的意见，写信向吕布求救。吕布看了信说："两下都发书到，一边求救援，一边言休要救，叫我无奈何。"

吕布所说的"一边言休要救"的话，仅见于叶逢春刊本的信，为嘉靖壬午本的信所无。

这也就是说，和上下文的叙述契合的是叶逢春刊本的信，不是嘉靖壬午本的信。

再看第二点。

嘉靖壬午本的信有来历。其出处在《三国志·魏书·吕布传》的裴松之注。裴松之注援引《英雄记》说：

> 布初入徐州，书与袁术。术报书曰："昔董卓作乱，破坏王室，祸害术门户，术举兵关东，未能屠裂卓。将军诛卓，送其头首，为术扫灭仇耻，使术明目于当世，死生不愧，其功一也。昔将金元休向兖州，甫诣封部，为曹操逆所拒破，流离迸走，几至灭亡。将军破兖州，术复明目于迸迹，其功二也。术生年已来，不闻天下有刘备，备乃举兵与术对战。术凭将军威灵，得以破备，其功三也。将军有三大功在术，术虽不敏，奉以生死。将军连年攻战，军粮苦少，今送米二十万斛，迎逢道路，非直此止，当骆驿复致。若兵器战具，它所乏少，大小唯命。"布得书大喜，遂造下邳。

《英雄记》的信和嘉靖壬午本的信基本上是一样的，只有五个小小的不同。前三个，算不上是异文，"已"和"以"，"骆驿"和"络绎"，"它"和"他"，其实都是意义相通的字或词。第四个，"若"则是"苦"的形讹。第五个，"金元休"和"金尚"，指的是同一个人，即兖州太守金尚，可引《三国志·魏书·吕布传》的裴松之注为证。裴松之注援引鱼豢《典略》说：

元休名尚，京兆人也。

谈完了这两点，能够得出什么结论呢？

应该说，嘉靖壬午本的信是罗贯中的原文，这是因为：

第一，罗贯中创作《三国志演义》小说时，是以《三国志》等史籍为依据的。书中大量的赞、表、疏、诏、信等基本上都是以史籍为依据的。第三十一节中的袁术致吕布书，当不是例外。

第二，由于罗贯中笔下的这封信是从《三国志》上抄下来的，当时没有考虑到信的内容和上下文的叙述会有不够严丝合缝的缺点。这一点恰恰被叶逢春刊本（或其底本）的整理者发现了，于是他提笔做了修改。这个后出的修改当然就弥补了嘉靖壬午本的信的缺欠。

我的这个推测不知道能不能成立？

第五十五节　他是文官，
为什么名叫"大将"

袁术手下有个长史，叫做杨大将。

此人出场于《三国志演义》嘉靖壬午本第三十节至第三十四节。

第三十节"孙策大战严白虎"结尾，孙策一面结交曹操，一面写信给袁术，索取玉玺。袁术暗有称帝之心，回信推托不还——

> 术聚长史杨大将，都督张勋、纪灵、桥蕤，上将雷薄、陈兰等三十余人商议。术曰："策借我军马起事，今日尽得江南地面，兵甲有十余万，吾欲并吞之，若何？"长史杨大将曰："孙策拒长江之险，兵精粮广，未可图也。"术又曰："吾恨刘备无故以兵伐我，我欲报之。"杨大将曰："欲擒刘备，某献一计，未知尊意若何？"且听下回分解。

从名单上看，"长史"和"都督""上将"划分得非常清楚，前面一个是文官，后面两个是武将。

紧接着，第三十一节"吕奉先辕门射戟"开端写道：

> 杨大将曰："今刘备屯小沛，虽然易取，奈吕布虎踞徐州，前次许他金帛、粮马，至今未与，即可令人付粮食、金帛，以利其心，使他按兵不动，刘备立可擒之。先擒刘备，后图吕布。此先除一患之计。"

第三十三节"袁术七路下徐州"，使者带了孙策的书信，回见袁术——

> 术看毕，怒曰："黄口孺子，敢以文字讥我！吾先伐之，以取江东！"长史杨大将苦谏方住。

第三十四节"曹操会兵击袁术"，袁术军大败，奔走回城。这时得到消息，孙策发船攻打江边西面，吕布引兵攻打东面，刘备引兵攻打南面，曹操引兵三十万攻打北面——

> 袁术大惊，聚众文武商议。杨大将曰："目今寿春水旱，连年田禾不熟，人皆缺食。今又动兵，必扰于民，民既生怨，四下兵至，难以迎敌。不如留下军马在寿春休战，待彼兵粮尽，必生变矣。陛下统御林军渡淮，一者就熟，二者且避其锐。"

其中的"杨大将"三字，有的建阳刊本（例如叶逢春刊本、余象斗刊本、熊成冶刊本等）改为"诸将"。它们的整理者（出版者、编辑者）不知道罗贯中笔下的杨大将乃是文官，竟擅自把此人的身份改为武将。殊不知，上述几句话实是文官的口吻，与武将不合。

这些建阳刊本的整理者为什么要作这样的修改呢？

他们可能以为，文官而以"大将"为名，岂非怪事一桩？

他们的怀疑确有一定的道理。

什么叫做"长史"？

长史，官名，秦置。在东汉，太尉、司徒、司空三公府以及将军府各设长史，职任较重，号为"三公辅佐"，大致相当于今日所说的秘书长之类的角色。

可知长史乃是文官，而非武将。

那么，既是文官，为什么要叫"杨大将"？

《三国志演义》众版本在"杨大将"问题上的一致，证明这三个字确实出于作者罗贯中的手笔。

然而，罗贯中却在这个问题上犯了错误。

让我们到《三国志》上去查找"杨大将"的出处。

《三国志·吴书·孙破虏讨逆传》说：

> 时袁术僭号，策以书责而绝之。曹公表策为讨逆将军，封为吴侯。后术死，长史杨弘、大将张勋等将其众欲就策，庐江太守刘勋要击，悉虏之，收其珍宝以归。

在这段文字中，"长史杨弘、大将张勋"八个字连写。

这告诉我们，长史姓"杨"名弘，而"大将"则是表明张勋的身份。

古书不施标点。"长史杨弘大将张勋"八字连读。一时眼花，偶尔看漏了那个"弘"字，八个字变成七个字，再把"杨大将"三字连读，让"张勋"和"大将"脱离了关系，终于在文官身上制造出"大将"这样一个奇怪的名字。

——这就是罗贯中犯错误的由来。

第五十六节　张角与董卓

同样一件事，不同的版本却做了不同的叙述。这见于《三国志演义》的第三节。

嘉靖壬午本第三节"安喜张飞鞭督邮"说：

> 这一阵，杀贼三万余众，降者不计其数。朱隽引军围住阳城，月余不下，差人体探皇甫嵩信息。人回报说："皇甫嵩大获胜捷。张角连败数阵，朝廷差皇甫嵩伐之。时张角已死，弟张梁用王者衣冠葬之。皇甫嵩连赢七阵，斩张梁于曲阳之下，发掘张角棺椁，枭首送往京师。降者十五万人，杀戮者不可胜数。朝廷加皇甫嵩车骑将军，领冀州牧。一时人皆得官爵，将骑都尉曹操除济南相，已皆赴任去讫。"

而叶逢春刊本第三节"安喜县张飞鞭督邮"则说：

> 这一阵，杀贼三万余众，降者不知其数。朱隽引军围住阳城，月余不下，差人体探皇甫嵩消息。人回报说：

"皇甫嵩大获胜捷。董卓连败数阵，差皇甫嵩代之。嵩到时，张角已死，弟张梁用王者衣冠葬之。皇甫嵩连赢七阵，斩张梁于曲阳之下，差人掘张角棺椁，枭首送往京师。降者十五万，杀戮者不计其数。朝廷加皇甫嵩为车骑将军，领冀州牧。应干人皆得官爵，武骑校尉曹操除济南相，已皆赴任去讫。"

异文主要表现在"人回报说"的第二句和第三句上。第二句，嘉靖壬午本作"张角连败数阵"，叶逢春刊本作"董卓连败数阵"。第三句，嘉靖壬午本作"朝廷差皇甫嵩伐之"，叶逢春刊本作"差皇甫嵩代之"。

因此，产生了两个问题：

（1）连败数阵的人，是张角，还是董卓？

（2）朝廷指派给皇甫嵩的任务，是讨伐张角，还是去代替董卓？

我们首先需要了解当时战场上的形势。

当时兵分三路。第一路，董卓征伐张角。第二路，朱隽率领刘备、关羽、张飞征伐张宝；第三路，皇甫嵩率领曹操等征伐张梁。

作者对这三路军兵的描写有先写后写、详写略写、明写暗写的不同。

他先在第二节简略地叙述了第一路失败的过程。董卓代替卢植，征伐张角，大败，恰值刘、关、张路过，救下了董卓。董卓轻视白衣出身的三人。于是三人转而投奔朱隽的军营。

接着，作者正面地、直接地描写了第二路的战况——张宝令副将高升出马，被张飞刺死。张宝披发伏剑作法，风雨大作，黑气冲天，无限人马自天而降。朱隽军兵大乱，被张宝杀败。后用猪羊血和秽物齐泼，破了张宝的妖法。张宝大败，退入阳城，坚守不出。

这时，作者对第三路的战况只简单地提了一句——皇甫嵩和张梁大战于曲阳。

其后，第三路的战况是作者通过探马之口转述的，这已见于前面的引文。

通过以上对情节内容的介绍，我们不难判断出，嘉靖壬午本的文字中有人名的讹误，它把"董卓"错成了"张角"；也有字形的讹误，把"代"字多加了一撇，变成了"伐"字。

连遭败绩者乃是董卓，而不是他的对手张角。如果张角已经连败，那么，朝廷就没有必要另派大将伐之，完全是多此一举。只有在董卓连败的情况下，才有必要采取临阵换将的手段。

事后，胜利者得到了升赏。朱隽官拜车骑将军、河南尹。皇甫嵩加封车骑将军，领冀州牧。当然，没有失败者董卓的份。

这是一个嘉靖壬午本错误、叶逢春刊本正确的例子。

第五十七节　丁原的表字及官职

丁原是《三国志演义》中的一个有名的人物。他的登场次数并不多。他能给读者留下难忘的印象，是和吕布分不开的：他是吕布的义父，后来又丧命于吕布的刀下。张飞曾骂吕布为"三姓家奴"。其中一姓，指的就是丁原。

在嘉靖壬午本中，他正式出场于卷一第五节之末，写董卓在温明园宴请百官，席间提出要废少帝刘辩为弘农王，另册立陈留王刘协为天子——

> 诸臣听罢，默默无言，各各低头觑地。座上一人推桌几直出，立于筵上，大叫："不可，不可！汝乃何等之人，敢发此语？欺俺汉朝无人物耶？天子乃汉灵帝嫡子，又无过恶，安可废耶？吾知汝怀篡逆之心久矣，吾岂能容耶？"众人大惊。毕竟是谁？

此时戛然而止。待到第六节的开端，才写道：

> 董卓视之，此人官拜荆州刺史，姓丁，名原，字建阳。

闽刊本与此大体相同。这种处理方式，给了丁原一个难得的定格亮相的机会，使读者对他产生了好感，留下了难忘的印象。

遗憾的是，毛评本合并两节为一回，删割了"众人大惊""毕竟是谁"两句，使原第五节之末和原第六节之首的文字连接而不停顿，不中断。这样一来，抹去了原有的精彩，丁原的出场因之而平淡化。

毛评本把原第六节开端数句压缩为："卓视之，乃荆州刺史丁原也。"这更造成了一点瑕疵。因为被压缩掉的带关键性的文字是"字建阳"。这里是丁原首次正式露面的场合。如果不在这里介绍丁原的表字，下文就再也没有机会加以补叙了。毛评本本回下文有云："次日，人报丁原引军城外搦战……只见吕布顶束发金冠……纵马挺戟，随丁建阳出到阵前。建阳指卓骂曰：……董卓慌走，建阳率军掩杀。"一连串突如其来的"建阳"，读者不免纳闷：这人到底是谁呀？即使猜得出是丁原，在缺乏明文交代的情况下，也不敢说有绝对的把握。而对嘉靖壬午本或闽刊本读者来说，这却不成其为问题。

丁原官拜"荆州刺史"，见于《三国志演义》毛评本第三回。

在读者的记忆中，荆州刺史应当是刘表，怎么会变成丁原呢？

刘表首见于《三国志演义》第六回，一出场，就已经当上了荆州刺史。他是什么时候担任这个职务的？《三国演义》没有一字一句提到。有的读者也许会以为刘表是丁原的后任。查《三国志·魏书·刘表传》，其中有这样两句："灵帝崩，代王睿为荆州刺史。"《后汉书·刘表传》也说："初平元年，长沙太守孙坚杀荆州刺史王睿，诏书以表为荆州刺史。"这就告诉我们两点。第一，汉灵帝崩于中平六年（189）四月；次年即初平元年。刘表任荆州刺史始于这一年。第二，刘表的前任是王睿。而温明园之会，即在灵帝之子刘辩即位后。这就排除了丁原在历史上曾出任荆州刺史的可能。

那么，丁原的"荆州刺史"是怎么来的呢？原来他不是荆州刺史，而是并州刺史。

在嘉靖壬午本或闽刊本卷一第五节的开端，何进接受了袁绍的意见，暗差使命，星夜往各镇去召外兵进京。此处正文有将近百字的叙述，为毛评本所无：

> 先发四道诏书，急诏四路军马。第一路，东郡太守桥瑁。第二路，河内太守王匡。第三路，武猛都尉、并州刺史丁原。第四路，身长八尺，腰大十围，肌肥肉重，面阔口方，手绰飞燕，走及奔马，见任前将军、鳌乡侯，领西凉刺史，陇西临洮人也，姓董名卓，字仲颖。[①]

这里点出了丁原的两个官衔：武猛都尉，并州刺史。

这两个官衔，有着历史的依据。《三国志·魏书·吕布传》说："（吕布）以骁武给并州，刺史丁原为骑都尉，屯河内，以布为主薄，大见亲待。"《张杨传》说："（张杨）以武勇给并州，为武猛从事……并州刺史丁原遣杨将兵诣（塞）硕，为假司马。"此外，《张辽传》也说："汉末，并州刺史丁原以辽武力过人，召为从事，使将兵诣京都。"可见丁原的官职是并州刺史。

并州的治所在晋阳（今山西太原市西南），荆州的辖境则在今湖北、湖南一带。一北一南，两地相距甚远，岂容混淆。

但"并"字与"荆"字的左半部近似。一走眼，就可能把"并州"看成"荆州"。丁原从并州刺史变成荆州刺史，原因当即在此。不是罗贯中当初落笔时的疏忽，就是后来的抄写者或刊刻者的粗心大意。

嘉靖壬午本、闽刊本并州与荆州并存，一正一误，相隔甚近，而相互矛盾，细心的读者或许还能察觉出问题的端倪。毛评本则不然，它仅仅保存着错误的荆州，反而消失了正确的并州，若非有人加以指摘，一般读者匆遽之间根本无法明了其中的究竟。

关于丁原，还有几个问题：他既然是并州刺史，为什么不待在晋阳，却跑到洛阳来做什么？他是以什么身份参加温明园之会的？《三国志演义》第三回，在温明园之会的"次日"，"人报丁原引军城外搦战"。难道他竟可以把并州的军队带到洛阳城外？

对这几个模糊不清的问题，《三国志演义》或者语焉不详，或者压根儿就不作任何交代。

嘉靖壬午本和闽刊本虽然在卷一第五节写到何进"召外

兵进京"，四路军马之中就有丁原，并且还在第六节写到丁原"引军至洛阳"，"倚恃兵权"，敢于在温明园抗拒董卓，但对丁原为什么有"兵权"，以及有什么"兵权"，仍然若明若暗，没有向读者交底。毛评本甚至把这些内容也全部删弃，就更使读者如坠五里雾中了。

因此，我们只有到《三国志》和裴松之注，《后汉书》和李贤注中去寻找解释。

温明园之会，见于《三国志演义》第三回，从上下文来判断，其时在中平六年（189）六月之后，九月之前。我们需要知道，在这个时期内，丁原担任着什么官职。

首先，他此时已不是并州刺史。据《后汉书·灵帝纪》，中平五年（188）三月，"休屠各胡攻杀并州刺史张懿"。《后汉书·刘焉传》说，"时灵帝政化衰缺，四方兵寇，焉以为刺史威轻，既不能禁，且用非其人，辄增暴乱，乃建议改置牧伯……会益州刺史郤俭在政烦扰，谣言远闻，而并州刺史张懿、凉州刺史耿鄙并为寇贼所害，故焉议得用。"可知这时的并州刺史是张懿[②]。丁原出任并州刺史当在张懿之前。

张懿之后的并州刺史又是谁呢？《三国志·魏书·董卓传》裴松之注引刘艾《灵帝纪》："中平五年，征卓为少府……六年，以卓为并州牧。"可知董卓之任并州刺史，正在张懿之后。

其次，丁原此时仍保留着武猛都尉的官衔。他接受何进的召命，率兵向洛阳行进。《后汉书·何进传》说："使武猛都尉丁原烧孟津，火照城中。皆以诛宦官为言。"这桩纵火焚烧孟津的事件，在当时颇为有名。连公孙瓒上疏之时，都把它列为袁绍的十大罪状的首位，见于《三国志·魏书·公孙瓒传》裴松之注引鱼豢《典略》、《后汉书·公孙瓒传》。至于《后汉书·公孙瓒传》李贤注引司马彪《续汉书》的说法，则稍有差异："何进欲诛中常侍赵忠等，进乃诈令武猛都尉丁原放兵数千人，为贼于河内，称黑山伯，上事以诛忠等为辞，烧平阴、河津莫府人舍，以怖动太后。"何进、丁原这样做的目的，是想对太后施加压力。

再次，丁原进入洛阳后，被任命为执金吾。《三国志·魏书·吕布传》说："灵帝崩，原将兵诣洛阳，与何进谋诛诸黄门，拜执金吾。"《后汉书·吕布传》的说法与此相同，但在"将兵诣洛阳"之前，添加一句"受何进召"，点明了丁原进洛阳的原因。

执金吾，官名。原称中尉，西汉武帝太初元年改名执金吾。金吾的意义有不同的解释：（1）棒。崔豹《古今注》："汉朝执金吾，金吾亦棒也，以铜为之，黄金涂两末，谓为金吾。"（2）鸟名。《汉书》颜师古注："金吾，鸟名也，主辟不祥。天子出行，职主先导，以御非常，故执次鸟之象，因以名官。"（3）"吾"是"御"的意思。《汉书》注引应劭《汉书集解音义》："吾者，御也。掌执金革，以御非常。"不管怎样说，执金吾的职责是掌管京师的治安，大约相当于今天的首都卫戍司令。其地位在非常时期相当重要。

最后，丁原死于执金吾任上。《后汉书·灵帝纪》说：中平六年八月，"并州牧董卓杀执金吾丁原"。《后汉书·董卓传》也说："卓又使吕布杀执金吾丁原而并其众。"

这样，上文提出的几个问题就不解自明了。丁原来洛阳之时早已不是并州刺史；他来洛阳的原因，是应何进之召，以诛除宦官为目的；他以执金吾的身份参加温明园之会；他任执金吾，自然能调动和指挥一部分军队。

由于罗贯中的原本和毛宗岗父子的改本在丁原问题上忽略了这几件带有关键意义的史实，在叙事行文时出现了若干模糊不清之处，致使读者滋生疑窦，造成了阅读上的隔阂。

注释

① 引文据嘉靖壬午本。闽刊本基本相同（唯第二个"诏"字作"召"，"桥"作"乔"，"肉"误"内"，"绰"作"掉"，"及奔"作"如飞"，"乡侯"误"卿"，"西凉"二字之下有"州"字）。

② 张懿之名，在《三国志·蜀书·刘焉传》作"张益"，想必是晋臣为了避司马懿之讳而改动的缘故。

第五十八节　温明园与温民园

嘉靖壬午本第五节"董卓议立陈留王":

> 卓召李儒曰:"吾欲废帝、立陈留王,如何?"李儒曰:"今朝廷无主,不就此时行事,迟则有变矣。来日于温明园中,聚会百官,若有不从者立斩之,则指鹿之谋,宜在今日。"卓喜,便教大排筵会于温明园中,来日请百官饮酒。

其中"温明园"三字,毛评本等同。

叶逢春刊本第五节与此有异:

> 卓召李儒曰:"吾欲废帝、立陈留王,如何?"李儒曰:"今朝廷无主,不就此时行事,迟则有变矣。来日于温民园中,聚会百官,若有不从者立斩之,则昔指鹿之谋,宜在今日。"卓甚加喜,便交大排筵会于温民园中,来日请百官饮宴。

它作"温民园"。

温明园与温民园，一字之差。

这是怎么一回事？难道一园而二名？

也许有人以为，"明"与"民"音近，因此致误。其实不然。"温明"也好，"温民"也好，看不出它们命名的意义。致误的原因，另在别处。

此园之名，见于史书。据《三国志·魏书·吕布传》裴松之注引袁晔《献帝春秋》说：

> 布问太祖："明公何瘦？"太祖曰："君何以识孤？"布曰："昔在洛，会温氏园。"太祖曰："然。孤忘之矣。所以瘦，恨不早相得故也。"

吕布和曹操初次的相会，应该就是当年董卓大宴百官的场合。其地点，《献帝春秋》却说，既不是嘉靖壬午本所说的"温明园"，也不是叶逢春刊本所说的"温民园"，而是"温氏园"。

看来，嘉靖壬午本和叶逢春刊本都错了，只有《献帝春秋》是对的："温民"是"温氏"之形讹，"温明"则是"温民"之音讹。

第五十九节　吕布为什么被称为温侯

　　《水浒传》中，征战之时，宋江的身边，总有两位头领护卫着。一位是小温侯吕方，另一位是赛仁贵郭盛。请听吕方初次出场时的自白："小人姓吕名方，祖贯潭州人氏。平昔爱学吕布为人，因此习学这枝方天画戟，人都唤小人做小温侯吕方。"他刚好也姓吕，手中的武器也使用的是方天画戟，所以绰号叫做小温侯。

　　这个描写告诉我们，在那个时代，吕布的知名度很高；温侯等于吕布，以及温侯成为吕布的代称，这已是许多人所熟知的常识了。

　　对吕布的事迹描写得最生动、最充分的文学作品，首推《三国志演义》。但《三国志演义》却忽略了一个重要的细节：吕布为什么被称为温侯？

　　"温侯"之称首见于《三国志演义》嘉靖壬午本卷一第九节、毛评本第五回。各镇诸侯会盟以后，孙坚率领本部人马，杀奔汜水关而来——

　　李儒接得告急文字，迳来禀覆丞相。董卓大惊，急聚诸将商议。卓曰："今袁绍、曹操聚各路太守军马直抵关前，众将有何妙计？"温侯吕布挺身出曰："父亲勿虑。吾觑关外众多诸侯如草芥。亲提虎狼之师，尽斩其首，悬于都门，吕布之愿也。"卓大喜，曰："吾有奉先，高枕无忧矣。"言未绝，吕布背后一人高声而出曰，"割鸡焉用牛刀？不必温侯有劳虎威。吾观斩众诸侯首级，如探囊取物。"卓视之，其人……姓华名雄。

在作者的叙述中，"温侯"二字冠于"吕布"之上。在书中人物华雄的对白中，更是直接称吕布为"温侯"。遗憾的是，不知出于有意还是无意，作者偏偏忘记了向读者交代这个称呼的由来。

其实，"温侯"是个爵位的封号。它和王允有关。吕布封为温侯，我想，你一定是知道的。而王允也曾被封为温侯，对你来说，也许还算是一桩新闻。

据《后汉书·王允传》说：

二年（初平二年，191），卓（董卓）还长安，录入关之功，封允为温侯，食邑五千户。固让不受。士孙瑞说允曰：'夫执谦受约，存乎其时。公与董太师并位俱封，而独崇高节，岂和光之道邪？'允纳其言，乃受二千户。

又，《后汉书·吕布传》说，刺杀董卓之后，"允以布为奋威将军，假节仪同三司，封温侯"。

王允以入关之功，被董卓封为温侯。吕布则以刺杀董卓之功，被王允封为温侯。温侯的封地在河内郡的温县（今属河南省）。显而易见，王允是把自己没有接受的那三千户赐给了吕布。二人同封于一邑，这足以表明他们之间的关系已经到了何等亲密的地步。

和吕布相比，王允不算是《三国志演义》中的主要角色。罗贯中因而省略他受封温侯之事，是完全可以理解的。

吕布受封温侯，发生在刺杀董卓之后。而董卓死于汉献帝初平三年（192）。可知吕布的受封仅仅比王允的受封晚了一年。罗贯中如果要严格地按照史实叙述此事，则应该在《三国志演义》嘉靖壬午本卷二第七节、毛评本第九回中进行。现在他却让吕布的温侯之称提前在卷一第九节、第五回中出现，不能不说是《三国志演义》的一个小小的疵病。

试想，吕布的温侯之封，是由于刺杀董卓所立下的大功。而现在的《三国志演义》中出现了这样的场面：董卓还活着，在那里发号施令，华雄却当着董卓的面，口口声声，称吕布为"温侯"。岂不有点儿滑稽？

第六十节　貂蝉的姓名

　　"貂"和"蝉"是我们熟悉的两种动物。前者属于哺乳动物，它的皮毛十分轻暖，是一种珍贵的裘料。常游逛时装商店的人，一见到紫貂大衣，就会联想到它。后者属于昆虫类，俗称"知了"。夏天走在树荫下，耳朵里会经常收听到它发出的那种连续不断的尖锐的声音。阅读《三国志演义》小说之前，或观看三国戏之前，真没有想到，这两种动物加在一起，竟会变成一个美女的名字。

　　她初次亮相于《三国志演义》嘉靖壬午本卷二第五节、毛评本第八回，原是司徒王允府中的一名歌伎。王允巧使连环计，先将她许配吕布为妾，又将她献与董卓，酿成吕、董之间的矛盾和冲突。吕布终于一戟刺死了董卓，并将貂蝉取来。直至嘉靖壬午本卷四第八节、毛评本第十九回，吕布下邳被围之时，她还在吕布身边，陪着饮酒解闷。吕布白门楼殒命后，她的下落和结局如何，《三国志演义》使用了模糊法，没有向读者做出明白的交代。

　　她的名字很怪。说她姓"貂"吧，古人似乎没有这个姓，除非是姓"刁"。说"貂蝉"仅仅是名字吧，那她总应该有个姓，姓什么呢？

在这些地方，《三国志演义》写得不清不楚，经不起人们寻根究底的追问。

其实，社会上也曾有过貂蝉姓"刁"的传说。据梁章钜《浪迹续谈》卷六"貂蝉"说：

> 黄右原告余曰：《开元占经》卷三十三"荧惑犯须女占"，注云："《汉书通志》：'曹操未得志，先诱董卓，进刁蝉，以惑其君。'"此事异同不可考，而刁蝉之即貂蝉，则确有其人矣。

平步青《霞外捃屑》卷九"斩貂蝉"也引述了同一条材料，并说："是蝉（貂蝉）固实有其人，特非布传（《后汉书·吕布传》）所通之傅婢，亦未为圣帝（关羽）斩。《汉书通志》不知何人所撰，《隋书·经籍志》无之，盖《七录》所未收。罗氏演义易'刁'为'貂'，则不知何本。"其后，鲁迅《小说旧闻钞》又转引了梁章钜的记载，加按语说："案今检《开元占经》卷三十三，注中未尝有引《汉书通志》之文。"

这种"刁蝉"即貂蝉的说法不知起于何时，它毕竟仅仅是一种在文人之间流传的、来历不明的臆说，难以作为信史。

在正史上实无貂蝉其人。无论是《三国志》的正文，或是裴松之的注文，都没有出现过貂蝉。《三国志·魏书·吕布传》曾说："卓（董卓）常使布（吕布）守中阁，布与卓侍婢私通，恐事发觉，心不自安。"这个侍婢有点儿像是貂蝉的影子，无奈传中没有点出她的姓名，因此也就无法坐实。

《三分事略》或《三国志平话》卷上却有貂蝉登场。它们说，貂蝉"本姓任，小字貂蝉"。为什么说她姓"任"？这个来历还有待于进一步的考查。

但在元杂剧《连环计》里，也说她姓任。可见这个说法在元代业已流传得相当广泛。该剧还说，她"是忻州木耳村人氏，任昂之女，小字红昌"，"因汉灵帝刷选宫女……取入宫中，掌貂蝉冠来，因此唤做貂蝉"。说得真是活灵活现，她不但有了姓（"任"），还有了名字（"红昌"），她的故乡不但有了州县（"忻州"），还有了乡里（"木耳村"），这很有意思。

它们都说她姓任。不知道是平话影响了杂剧呢，还是杂剧影响了平话？

杂剧说她是忻州人。忻州在今山西省。为什么不说她是别的地方人，而偏偏说她是山西人？看来，这和王允的籍贯有关。王允的家乡在太原郡祁县，自然也是山西人。所以，他们是同乡。一个山西官员的家中，拥有一个山西籍的歌伎，这是顺理成章的事。

杂剧还补叙了貂貂得名的由来：她曾在宫中掌貂蝉冠，因而唤做貂蝉。这自然算初步满足了读者或观众的好奇心。

那么，貂蝉冠又是什么东西呢？

这在《宋史·舆服志》上有介绍：

> 貂蝉冠，一名笼巾，织藤漆之，形正方，如平巾帻。

饰以银，前有银花，上缀玳瑁蝉，左右为三小蝉，衔玉鼻。左插貂尾。三公、亲王侍祠大朝会，则加于进贤冠而服之。

玳瑁蝉大概是指一种玳瑁花斑（褐色与淡黄色相间）的蝉。当然不会是真的蝉。

貂和蝉是两种东西。它们都是古代显贵人物或侍从官员（例如宦官）冠上的饰物。貂，并不是指整个的貂。因为貂的体形要比蝉大得多，用作饰物的通常只是貂尾。貂尾和蝉两种饰物，有时单用其中一种，有时则两种合用。最早用貂尾和蝉做冠上饰物的，是汉代的武官。《后汉书·舆服志》说：

> 武冠，一曰武弁大冠，诸武官冠之。侍中、中常侍加黄金珰，附蝉为文，貂尾为饰，谓之"赵惠文冠"。

后世诗文中，因之常用"貂蝉"或"蝉冠""蝉冕""貂寺""貂珥"等等名词作为显贵人物或侍从官员的别称。

第六十一节　貂蝉的年龄

　　貂蝉出场时的年龄，到底是多少岁，这在《三国志演义》各版本中，说法不一。有的说是十八岁，有的说是二十岁，有的说是不到二十岁，有的则说是十六岁。

　　《三国志演义》第十五节"司徒王允说貂蝉"，或第八回"王司徒巧使连环计，董太师大闹凤仪亭"，其中有两次提到貂蝉的年龄。一次在貂蝉于后园牡丹亭畔长吁短叹、王允潜步窥察之时，出于作者的介绍。为了说明问题方便，我把这一段引文称为"A"。另一次在貂蝉轻歌一曲、董卓询问之际，出于貂蝉的答话。同样，为了说明问题方便，可称这一段引文为"B"。

　　兹引毛评本、嘉靖壬午本和叶逢春刊本三本作为对比。

　　先看毛评本：

【A】

　　允潜步窥之，乃府中歌伎貂蝉也。其女自幼进入府中，教以歌舞，年方二八，色伎俱佳，允以亲女待之。

【B】

　　允命貂蝉把盏。卓擎杯问曰："青春几何？"貂蝉曰："贱妾年方二八。"卓笑曰："真神仙中人也！"

两处都说"年方二八"。"二八"是指十六岁。
再看嘉靖壬午本：
【A】

　　允潜步窥之，乃府中歌舞美人貂蝉女也。其女自幼选入充乐女，允见其聪明，教以歌舞吹弹，一通百达，九流三教，无所不知。颜色倾城，年当十八，允以亲女待之。

【B】

　　歌罢，允命貂蝉把盏。卓乃擎盏殢曰："春色几何？"蝉曰："贱妾年未二旬。"卓笑曰："真神仙中人也。"

一曰"年当十八"，一曰"年未二旬"。"十八"包含在"二旬"的范围之内。二者并无矛盾可言。嘉靖壬午本的说法（十八）比毛评本的说法（十六）大两岁。
最后看叶逢春刊本：

【A】

允潜步窥之，乃府中歌舞美人貂蝉也。其女自幼选入允家，见其聪明，教以歌舞吹弹，一通百达，九流三教，无所不知。颜色倾城，年当二十，允自亲女待之。

【B】

歌罢，允命貂蝉把盏。卓擎盏邀曰："青春几何？"貂蝉答曰："贱妾整年二旬。"卓叹曰："真神仙中人也。"

一个是"年当二十"，一个是"整年二旬"，均为不多不少的一致的整数。叶逢春刊本又比毛评本大四岁，比嘉靖壬午本大两岁。

不难看出，不论是毛评本，还是嘉靖壬午本，或叶逢春刊本，在貂蝉的年龄上，它们本身无冲突可言。冲突发生在三本之间。

三本为什么会在貂蝉的年龄问题上发生冲突呢？

我想，异文的由来大概是这样的——

叶逢春刊本的出版者或整理者，在看到"贱妾年未二旬"一句的时候，可能觉得"年未二旬"回答得太含糊（十九岁？十八岁？还是十七岁？），便改成了整整的"二旬"（明确的二十岁）；也可能是嫌"年未二旬"太小，不懂风情，故而加大了貂蝉的年龄。

而毛氏父子呢？在他们的心目中，可能觉得越年轻就越漂亮，就越能吸引吕布、董卓之类的好色之徒。结果在《三国志演义》的版本中，"A"和"B"这两段文字中的貂蝉年龄问题呈现出错综复杂的局面。

试列表介绍如下：

嘉靖壬午本	A	年当十八	B	年未二旬
周曰校刊本	A	年当十八	B	年整二旬
李卓吾评本	A	年当十八	B	年整二旬
钟伯敬评本	A	年当十八	B	年整二旬
李笠翁评本	A	年当十八	B	年整二旬
毛宗岗评本	A	年方二八	B	年方二八
叶逢春刊本	A	年当二十	B	整年二旬
余象斗刊本	A	年当二十	B	年二旬
"评林"本	A	年当二十	B	整年二旬
郑世容刊本	A	年当二十	B	整年二旬
郑少垣刊本	A	年当二十	B	整年二旬
汤宾尹校正本	A	年当二十	B	整年二旬
刘龙田刊本	A	（无）	B	整年二旬
朱鼎臣辑本	A	年方十八	B	年二旬
黄正甫刊本	A	（无）	B	年当十八
刘荣吾刊本	A	年当十八	B	年当十八

第六十二节　吕布有几个妻子

吕布的妻子是谁?

在历史记载中,只说他有妻子,而没有说出他的妻子的姓名。《三国志·魏书·吕布、张邈传》裴松之注引《英雄记》,有四处提到了吕布的妻子。

第一处:

> 布见备(刘备),甚敬之,谓备曰:"我与卿,同边地人也。布见关东起兵,欲诛董卓。布杀卓东出,关东诸将无安布者,皆欲杀布耳。"请备于帐中坐妇床上,令妇向拜,酌酒饮食,名备为弟。备见布语言无常,外然之而内不说。

其妻曾拜见刘备,并设宴招待刘备。

第二处:

> 建安元年六月夜半时,布将河内郝萌反,将兵入布所治下邳府,诣厅事阁外,同声大呼攻阁,阁坚不得入。

布不知反者为谁，直牵妇，科头袒衣，相将从溷上排壁出，诣都督高顺营，直排顺门入。顺问："将军有所隐不？"布言"河内儿声"。顺言"此郝萌也"。

在匆遽慌乱之中，其妻又曾尴尬地随着吕布，头发散乱，衣衫不整，从厕所中破壁逃出。

第三处：

布欲令陈宫、高顺守城，自将骑断太祖（曹操）粮道。布妻谓曰："将军自出断曹公粮道是也。宫、顺素不和，将军一出，宫、顺必不同心共城守也。如有蹉跌，将军当于何自立乎？愿将军计之，无为宫等所误也。妾昔在长安，已为将军所弃，赖得庞舒私藏妾身耳，今不须顾妾也。"布得妻言，愁闷不能自决。

从这番话看来，其妻还是颇有政治头脑的。当年她在长安时，曾为吕布所"弃"。至于"弃"的原因是什么，"弃"的具体情况又如何，则不详。

第四处：

布谓太祖曰："布待诸将厚也，诸将临急皆叛布耳。"太祖曰："卿背妻，爱诸将妇，何以为'厚'？"布默然。

可知吕布是个拈花惹草的风流人物，他和妻子的关系不会很融洽。

另外，《三国志·魏书·吕布张邈传》裴松之注援引的孙盛《魏氏春秋》，也提到了吕布的妻子：

> 陈宫谓布曰："曹公远来，势不能久。若将军以步骑出屯，为势于外，宫将余众闭守于内，若向将军，宫引兵而攻其背，若来攻城，将军为救于外。不过旬日，军食必尽，击之可破。"布然之。布妻曰："昔曹氏待公台（陈宫）如赤子，犹舍而来。今将军厚公台不过于曹公，而欲委全城，捐妻子，孤军远出，若一旦有变，妾岂得为将军妻哉！"布乃止。

由于她的干扰，吕布没有接受陈宫的建议，终于导致了失败和丧命。

这位妻子是谁，无论《英雄记》或《魏氏春秋》，都没有交代。

而《三国志演义》的读者，却不难发现，吕布一共有三个妻子。

哪三个呢？

首先令人难忘的，是貂蝉。

据《三国志演义》嘉靖壬午本卷二第五、六、七节说：貂蝉是王允府中的"歌舞美人"，"自幼选入充乐女，允见其聪明，教以歌舞吹弹，一通百达，九流三教，无所不知。颜色倾城，年当十八，允以亲女待之"。王允设下连环计，一边将她嫁给吕布，一边又将她献给了董卓。吕布刺死董卓后，到董卓住处，"先取了貂蝉"。（毛评本第八、九回的叙事基本上相同，但无"一通百达，九流三教，无所不知"三句，"年当十八"也变成了"年方二八"。）

然而在《三国志演义》的这一段故事中，作者并没有直接地、明确地写出吕布和貂蝉是一对夫妻。严格地说，"先'取'了貂蝉"，并不等于是"先'娶'了貂蝉"。

早于《三国志演义》的《三国志平话》，却和《三国志演义》不同。它肯定了吕布、貂蝉的夫妻关系。貂蝉在后花园烧香，被王允撞见。王允询问原故，貂蝉回答说："家长是吕布，自临洮府相失，至今不曾见面，因此烧香。"她所说的"家长"，就是丈夫的意思。后来，王允请吕布赴宴，"使貂蝉上筵讴曲"，"吕布视之，自思：'昔日丁建阳临洮作乱，吾妻貂蝉不知所在。今日在此！'"王允察知的心思后，便对他说，"不知是温侯之妻，天下喜事，不如夫妻团圆。"接着，又说，"老汉亦亲女看待。选吉日良时，送貂蝉于太师府去，与温侯完聚。"这些地方直接写出了一个"妻"字，确定了貂蝉的身份。

元人杂剧《连环计》《隔江斗智》的情节同于《三国志平话》，也说貂蝉原先就是吕布的妻子。

那么，《英雄记》《魏氏春秋》中所说的吕布妻子是不是貂蝉呢？

对此，《三国志平话》作了肯定的回答，《三国志演义》的作者则持否定的态度。

《三国志平话》卷上说：吕布失了徐州，东走下邳，数日不出。有人报告，曹军又至。吕布遂与部下商议迎敌之策——

　　有陈宫言曰："温侯分军两队。西北八十里有羊头山，据险之地。温侯在下邳，陈宫在羊头山。倘若曹兵打下邳，陈宫可保。倘若曹公打羊头山，温侯可保。"陈宫曰："孙武子曾言。张飞之势，吾亦不可敌。"吕布曰："陈宫言者当也。"吕布在于后堂见貂蝉。吕布说与，貂蝉哭而告曰："奉先不记丁建阳临洮造反，马腾军来，咱家两口儿失散，前后三年不能相见。为杀了董卓，无所可归，走于关东，徐州失离。曹操兵困下邳，倘分军两路，兵力来续，若又失散，何日再睹其面？"貂蝉又言："生则同居，死则同穴，至死不分离。"吕布甚喜："此言是也。"温侯每日与貂蝉作乐。

陈宫之言，源于《魏氏春秋》。貂蝉之言，显然是择取自《英雄记》的第三处。它正以貂蝉充当了那位没有点破姓名的妻子。

《三国志演义》嘉靖壬午本卷四第八节、毛评本第十九回，同样敷演上述的情节，同样也以《英雄记》第三处和《魏氏春秋》的记载为创作的素材，却给吕布的妻子增添了姓氏：严。嘉靖壬午本称之为"妻严氏"，毛评本则称之为"布妻严氏"。

而和严氏同时出现的，居然还有貂蝉。书中的叙述文字，在"貂蝉"二字之上，光头秃脑，没有任何称呼。给读者的印象，她似乎是吕布的妻子。但，吕布之妻，这一正式的身份，书中已经给予了在本节或本回早于她出场的严氏。因此，只剩下两种可能：她要么是吕布的另一位妻子（假设吕布同时拥有两个妻子），要么是吕布之妾。作者不肯写明她究竟是妻，还是妾，这个难题只能留给读者们去猜想了。

读者们发现，除了貂蝉、严氏之外，吕布还有第三位妻子：曹氏。

其实，曹氏本人并没有出场。出场的是她的父亲曹豹。这见于《三国志演义》卷三第八节。刘备奉命征讨袁术，留张飞守城，并令他少饮酒。一日，张飞设宴，请部下将官赴席，要"尽此一醉"，次日禁酒。结果，曹豹再三不饮，张飞以违抗将令为由，要打曹豹一百背花：

> 曹豹曰："看我女婿之面，且以饶恕曹豹。"飞曰："谁是你的女婿？"豹曰："吕布是也。"飞大怒曰："我本不打你，你故说吕布唬我，我打你，借你打吕布！"诸人劝不住，将曹豹打至五十，众人苦告饶了。

毛评本的文字基本上相同。嘉靖本还有一条小注说："吕布前妻是豹之女。"这就使曹氏和严氏有了区别，她们一个是前妻，一个是后妻。大约是曹氏死后，才娶的严氏。

曹豹之名，见于《三国志·魏书·武帝纪》，说他是陶谦的部将。再见于《三国志·魏书·吕布、张邈传》裴松之注引《英雄记》，说他任"下邳相"，为张飞所杀。又见于《三国志·魏书·先主传》，说他先为刘备部将，后降吕布。它们都没有提到曹豹有女儿嫁给了吕布。

那么，《三国志演义》中规定的曹豹和吕布的翁婿关系，又是从何而来呢？

我来提供一个猜测。

在《三国志平话》卷上，有这样一段情节：曹豹受张飞鞭挞之后，写了一封书信，派遣"女婿张本"到小沛去见吕布，吕布以酒食款待张本，并赠予金珠，张本遂回报曹豹，曹豹终于设计献了徐州西门，引吕布入城。

估计是这段情节触发了罗贯中的灵感。他舍弃了张本这个人物，又运用捏合的创作手段，把张本的身份转嫁到吕布的头上，使吕布变成了曹豹的女婿。这样，张飞、曹豹的交恶就有了深刻的、政治的原因。

在这里，还可以附带说到一件事。就是关羽和吕布妻子的关系。

元明之际的无名氏杂剧有《关大王月下斩貂蝉》。京剧亦有《月下斩貂蝉》。剧中的内容是：曹操遣貂蝉去见关羽，欲以美色诱之，关羽不为所动，斩之。可知当时确实有把关羽和貂蝉联系在一起的传说。

这个传说似乎有着历史的根据。

《三国志·蜀书·关羽传》裴松之注引王隐《蜀记》

曾说：

> 曹公与刘备围吕布于下邳。关羽启公，布使秦宜禄
> 行求救，乞娶其妻。公许之。临破，又屡启于公。公疑
> 其有异色，先遣迎看，因自留之。羽心不自安。

这是两个男子汉争抢一个美色妇女的故事。男主角，一个是
关羽，一个是曹操。这是确定无疑的。女主角是谁呢？首先，
有人断定是吕布之妻。其次，有人进一步把她说成是貂蝉。

我想，关羽斩貂蝉的传说恐怕就是由此产生的。

其实，这是一种误会，也是一种附会。

这牵涉到对原文"乞娶其妻"的"其"字的理解。仔细
玩味上下文意，应该承认，"其"指的是秦宜禄，而不是吕布。
此事系因秦宜禄前来求救引起，和秦宜禄其人当然直接有关
连。如果关羽乞娶的是吕布之妻，则无必要在此时此刻向曹
操提出这个要求。

更重要的，这样去理解"其"字，还有确凿可靠的证据。
《三国志·魏书·明帝纪》裴松之注引《献帝传》：

> 朗（秦朗）父名宜禄，为吕布使诣袁术，术妻以汉
> 宗室女。其前妻杜氏留下邳。布之被围，关羽屡请于太
> 祖，求以杜氏为妻。太祖疑其有色。及城陷，太祖见之，
> 乃自纳之。宜禄归降，以为铚长。及刘备走小沛，张飞
> 随之，过谓宜禄曰："人娶汝妻，而为之长，乃蚩蚩若

是邪！随我去乎？"宜禄从之。数里，悔欲还。飞杀之。

关羽乞娶的对象，上述引文不但明确地说是秦宜禄之妻，而且还点出了她是秦宜禄的前妻，姓杜。这就排除了她是吕布之妻的可能。至于貂蝉，那就更说不上了。

第六十三节　二虎竞食之计

有人说，《三国志演义》是一部计谋书。这话有一定的道理。书中确实写下了众多的大大小小的计谋，不仅故事饶有趣味，也给后世的读者以不少的启迪。

嘉靖壬午本卷三第八节、毛评本第十四回接连写了荀彧提出的"二虎竞餐之计""驱虎吞狼之计"。嘉靖本卷四第一则、毛评本第十六回又写了纪灵所献的"疏不间亲之计"。"二虎竞餐之计"，毛评本作"二虎竞食之计"。这三条计都以离间刘备和吕布的关系为目标。

现在只谈"二虎竞食之计"。据毛评本，荀彧是这样向曹操建议的：

> 彧有一计，名曰"二虎竞食之计"。今刘备虽领徐州，未得诏命。明公可奏请诏命，实授刘备为徐州牧，因密与一书，教杀吕布。事成，则备无猛士为辅，亦渐可图；事不成，则吕布必杀备矣。此乃二虎竞食之计也。

这条计策，为何要起名为"二虎竞食"？毛评本说得不够明白。其实，在罗贯中原文中，荀彧对这一点有非常具体的解释。引嘉靖壬午本文字于下：

> 荀彧曰："……彧有一计，名曰'二虎竞餐之计'。"
> 操曰："何谓也？"彧曰："譬如岩下一对饿虎，往来寻食，山上以食投下，二虎必竞其餐。二虎争牛，必有一伤。止存一虎，此虎亦可诛矣。今刘备虽领徐州……"

闽刊本文字与此大体相同。显然，这段文字是被毛评本删弃了。两相比较，以嘉靖壬午本、闽刊本的文字为胜。从文意或结构上说，被删弃的一段，实际上，是上下两段之间的桥梁，它起着衔接和过渡的作用。如果没有这一段，荀彧提出的这个计谋，就将不得其解：叫做"两虎相斗，必有一伤"也可，叫做"坐山观虎斗"也可，为什么非要叫做"二虎竞食"不可呢？不言而喻，毛评本删弃了这一段扣题的文字，破坏了文意和结构的完整性，使文字失去了必要的醒豁和生动。

所谓"二虎竞食"，这个"食"字指的就是"封刘备为征东将军、宜城侯，领徐州牧"。

其中的"征东将军"，见于毛评本，嘉靖壬午本、闽刊本却作"镇东将军"。

征东将军和镇东将军都是东汉末年和三国时期所设置的将军名称。当时有征东（南、西、北）将军、镇东（南、西、北）将军、安东（南、西、北）将军、平东（南、西、北）

将军之称。前二者的官位为第二品，后二者的官位则为第三品。例如，在《三国志演义》中，曹操曾为镇东将军（嘉靖本卷二第十则、毛评本第十回），孙桓曾为安东将军（嘉靖本卷十七第六则、毛评本第八十三回），吕布曾为平东将军（嘉靖本卷四第二则、毛评本第十六回）。

征东将军和镇东将军的官位虽都是第二品，但征东高于镇东。

据《三国志·蜀书·先主传》，"曹公表先主为镇东将军，封宜城亭侯，是岁建安元年也。"刘备受封的是镇东将军，而不是征东将军。在这一点上，罗贯中原本和《三国志》是一致的。

为什么毛评本要把罗贯中原本中的"镇东将军"改为"征东将军"呢？推测起来，其原因约有两点。第一，为了避免此一名称在叙述中重复出现。嘉靖壬午本卷二第十节、毛评本第十回，曹操破黄巾后，建立青州兵，"操自此威名日重，捷书报到长安，朝廷加曹操为镇东将军"。才相隔六则或三回，刘备继曹操之后，又封为镇东将军，的确有山重水复之嫌。第二，按照规定，任镇东将军者仅一人，不得同时有二人。

殊不知，刘备之封，诏命虽则出自皇帝，幕后的策划者却是曹操。然而，据《三国志·魏书·武帝纪》所载，建安元年"天子拜太祖（曹操）建德将军。夏六月，迁镇东将军，封费亭侯"。曹操自己也不过是个镇东将军，他怎么会让刘备去出任官位比他更高的征东将军呢？况且，曹操之为镇东将军，是出于杨奉与韩暹、董承等人的表请，见于《三国志·魏书·董昭传》；刘备之为镇东将军，则是出于曹操的表请。东汉末年，群雄并起，皇帝的地位和权力受到了极大的削弱。一些将帅拥兵自重，不时地企图挟天子以令诸侯。于是，先后举荐、表请，而各不相谋。两个镇东将军同时并存的局面，正是这种混乱时世的特殊反映。

所以，毛评本的这一改动，表面看来含有些须合乎情理之处，按其实际却与历史上的情况不符，反而显得是弄巧成拙，多此一举了。

第六十四节　夜月夺徐州

《三国志演义》嘉靖壬午本卷三第八节，相当于毛评本第十四回的下半回。

毛评本第十四回下半回的回目是"吕奉先乘夜袭徐郡"，而嘉靖壬午本卷三第八节的标目却叫做"吕布夜月夺徐州"，显然，前者是原文，后者是改文。

嘉靖壬午本的正文中写道：

> 吕布到城下时，恰才四更，月色澄澄，城上并不知觉。

毛评本的正文和这基本上相同，只不过作了两点小小的改动：将"澄澄"改为"澄清"，将"并不"改为"更不"。

这就是嘉靖本标目上的"夜月"（或毛评本回目上的"乘夜"）二字的由来。

"吕布"等于"吕奉先"，"夺徐州"也等于"袭徐郡"。但，"夜月"则只能说是大体上接近于"乘夜"，而语法结构却颇不相同。

比较地说，我更喜欢"夜月"。我觉得，从意境看，"夜月"似乎比"乘夜"好得多。

这"夜月"二字，还使我联想起另一部小说《水浒传》。

在百回本《水浒传》中，天都外臣序本、容与堂刊本第六十四回回目的上联叫做"呼延灼夜月赚关胜"。也有"夜月"二字。可以说，它使用了《三国志演义》标目中的现成的词汇。这一回的正文中，它叙述了发生在两个夜晚的事。头一夜，呼延灼假降关胜，"月色满天，霜华遍地"；次夜，关胜偷营，中计被擒，"月光如昼"。和《三国志演义》一样，它也着意于月色的刻画。

二者都把这相同的富有诗意的"夜月"二字纳入了回目或标目，而且二者都在正文中使用了类似的简洁而富有诗意的文句来描写月色——这难道是偶然的吗？

更令人感兴趣的是，《水浒传》这一回的回首有一篇古风：

古来豪杰称三国，西蜀东吴魏之北。
卧龙才智谁能如？吕蒙英锐真奇特。
中间虎将无人比，勇力超群独关羽。
蔡阳斩首付一笑，芳声千古传青史。
……

正文中还插进了一首描写关羽的《西江月》词：

汉国功臣苗裔，三分良将玄孙。

绣旗飘挂动天兵，金甲绿袍相称。

赤兔马腾腾紫雾，青龙刀凛凛寒冰。

蒲东郡内产英雄，义勇大刀关胜。

它们提到了三国人物和三国故事，提到了关羽的穿戴、坐骑、兵器、事迹等等，无不一一和《三国志演义》发生了联系。

《水浒传》为什么会和《三国志演义》发生了这种联系呢？

罗贯中是《三国志演义》的作者——这一点是肯定无疑的。另一方面，罗贯中是不是《水浒传》的作者——这一点却众说纷纭了。有人说不是，有人说是；有人则说他只是《水浒传》的作者之一。我相信最后一种说法。因为在目前所能见到的最早的刊本和书目记载上，都题写着："施耐庵集撰"，"罗贯中纂修"。有了这"纂修"二字，便剥夺不了罗贯中的著作权。

如果肯定了罗贯中的著作权，那么，《三国志演义》与《水浒传》二者的上述种种相同、类似、联系之处，便容易理解的了。

第六十五节　十常侍是几个人

在东汉末年，宦官和外戚交替为乱。而一部《三国志演义》，实际上就是从"十常侍"之乱开始的。

"常侍"即"中常侍"的简称，官名。他们出入宫廷，侍随于皇帝左右。他们的任务，是传达诏令和掌理文书。而在东汉，中常侍由宦官专任。所以，在当时，"中常侍"和"宦官"这两个名词是相等的。

宦官也就是明代以后常说的太监。

十常侍，顾名思义，当然是十个太监了。嘉靖壬午本卷一第一节说：

> 后张让、赵忠、封谞、段圭、曹节、侯览、蹇硕、程旷、夏辉、郭胜这十人执掌朝纲。自此，天下桃李皆出于十常侍门下。

毛评本说得更加清楚：

> 后张让、赵忠、封谞、段圭、曹节、侯览、蹇硕、

程旷、夏恽、郭胜十人朋比为奸，号为"十常侍"。

嘉靖壬午本的名单和毛评本相同；只有夏恽，它误写作"夏辉"。

小说这样写，有着罗贯中自己的考虑。其中包含着理解上的错误，以及运用史料上的错误。

据《后汉书·宦者传》，当时有中常侍十二人，封侯贵宠，侵掠百姓。张钧上书，有"宜斩十常侍，悬头南郊，以谢百姓"之语，指的就是这十二人：张让、赵忠、夏恽、郭胜、孙璋、毕岚、栗嵩、段圭、高望、张恭、韩悝、宋典。

把《三国志演义》和《后汉书》的两个名单加以比较，可以发现，有五人是共有的：张让、赵忠、段圭、夏恽、郭胜；《三国志演义》独有者五人：封谞、曹节、侯览、蹇硕，程旷；《后汉书》独有者七人：孙璋、毕岚、栗嵩、高望、张恭、韩悝、宋典。

罗贯中的变动名单，有不合理的地方。例如侯览、曹节二人，据《后汉书·宦者传》，分别卒于熹平元年（172）、光和四年（181）。而《三国志演义》嘉靖壬午本卷一第五节、毛评本第三回写道：在献帝驾崩（中平六年，189）以后，"张让、段圭、曹节、侯览将太后及太子并陈留王劫出"。竟让死人复活了。这显然是剪裁史料时的疏忽造成的。

然而罗贯中为什么要改动史书上的名单呢？

这有三点可说。

封谞等五人，也是东汉末年的中常侍。在历史上，他们比孙璋等七人更有名气，此其一也。

罗贯中把曹节和蹇硕二人加进名单中去，恐怕包藏着特殊的用意。曹节这个人名，意味着什么呢？他是曹操的曾祖父，见《三国志·魏书·武帝纪》裴松之注引司马彪《续汉书》。当然，作为曹操曾祖父的曹节，字元伟，沛国谯（今安徽省亳县）人，而作为桓帝时的中常侍的曹节，字汉丰，南阳新野（今属河南省）人。他们是不同时代的两个。凑巧得很，他们都姓曹，都名节。罗贯中借着这样一点由头，把曹节纳入祸国殃民的十常侍的名单，用以影射曹操的曾祖父，这样做，隐含着他对曹操的憎恶的感情。罗贯中名单中的另一人，蹇硕，也和曹操有瓜葛，据《三国志·魏书·张杨传》说："灵帝末，天下乱，帝以所宠小黄门蹇硕为西园上军校尉，军京都，欲以御四方，征天下豪杰以为偏裨。太祖（曹操）及袁绍等皆为校尉，属之。"可知蹇硕曾当过曹操的顶头上司。所以，名单上出现他的名字，和曹节一样，也不是偶然的。此其二也。

罗贯中删七增五，使十二人变成了十人。原因在于，他认为，既然叫"十常侍"，就应该是十个人，而不应该多出两个人来。此其三也。

在这一点上，罗贯中的理解是错误的。他恰恰忘记了，古人使用"十"这个词，有时只是为了取其整数，而不是刻板地非十不可，不能有所增减。使用"二十"、"三十"等词，也都常常属于同样的情况。

试举两个关于"四十""五十"的例子，这或许有助于对"十常侍"这个专门名词中的"十"字的理解。

清人叶名沣《桥西杂记》说:"坊间所刊小说《儒林外史》五十卷,穷极文士情态,全椒吴敬梓所著也。"他把《儒林外史》的卷数说成"五十",而现存的各种《儒林外史》刊本,只有五十六回本和增补的六十回本两类。有人根据叶氏的说法,一直期待着五十回本《儒林外史》的发现。依我看,这种盼望极可能要落空。因为叶氏所说的"五十卷",是就整数而言,实指五十六卷或五十六回本。

清人敦诚《挽曹雪芹》诗初稿,有"四十萧然太瘦生,晓风昨日拂铭旌"之句,改稿作"四十年华付杳冥,哀旌一片阿谁铭?"有人根据"四十"二字,断定曹雪芹在世只活了整整四十个年头。我认为,这种算法也未免胶柱鼓瑟,过于拘泥了。"四十"恐怕还是举成数而言。四十一岁或四十五岁等,都可以包容在"四十年华"的范围之内。曹雪芹的另一位好友张宜泉在七律《伤芹溪居士》的小注中说:"其人素性放达,好饮,又善诗画,年未五旬而卒。"这对"四十年华"一词来说,正是很好的注脚。在古人的说法之中,诗句"四十年华"和文句"年未五旬"之间,并不存在着抵牾。

十二个太监,而称之为"十常侍"——亦当作如是观。

第六十六节　董承的身份与国舅

在古代的说唱文学或小说、戏曲作品中，常有横行霸道、作恶多端的皇亲国戚，作为反面人物出现。或是后妃之兄、弟，称为"国舅"；或是后妃之父，称为"国丈"。

《三国志演义》中也出现了一个著名的国舅，姓董名承，却不是反面人物。他之所以著名，是因为他在"衣带诏"这个重大关目中扮演了主要的角色。

毛评本第二十回回目的下联是"董国舅内阁受诏"。其中写道：因曹操专国弄权，擅作威福，献帝和伏皇后在宫中相对而泣，哀叹无人能救国难。这时，皇后之父伏完自外而入，说："帝、后休忧，吾举一人，可除国害。"他推荐的是谁呢？请看他的原话：

> 许田射鹿之事，谁不见之？但满朝之中，非操宗族，则其门下。若非国戚，谁肯尽忠讨贼？老臣无权，难行此事。车骑将军国舅董承可托也。

献帝的回答则是："董国舅多赴国难，朕躬素知。可宣入内，共议大事。"处处不忘记点明，董承具有国舅的身份。

董承是外戚，这不成问题。但，他和哪位后妃沾亲，沾的又是什么亲呢？

皇后和他无关。因为皇后姓伏。皇后之父名完，皇后之兄名德。他们都在书中露过面。

和他沾亲的却是董贵妃。毛评本第二十四回写道："且说曹操既杀了董承等众人，怒气未消，遂带剑入宫，来弑董贵妃。贵妃乃董承之妹，帝幸之，已怀孕五月。"原来他是董贵妃之兄。

身为贵妃之兄，而被称为国舅，这难道还有什么问题吗？

不，问题恰恰出在这里。

以董承为董贵妃之兄，这仅仅出于毛评本的捏合。在罗贯中原本中却不是这样安排的。试引嘉靖壬午本卷五第七节的文字于下：

> 操随即带剑入宫，来杀董贵妃。妃乃董承亲女，帝幸之，有五月身孕。

闽刊本文字与此基本相同[①]。也就是说，在罗贯中笔下，董贵妃乃董承亲生的女儿，而不是董承之妹。

董承乃董贵妃的父亲，这在历史上是有根据的。《后汉书·伏皇后纪》说董承女"为贵人，操诛承，而求贵人杀之，帝以贵人有妊，累为请，不能得"。这位董贵人，就是《三国志演义》所写的董贵妃。

贵人为妃嫔的一种称号。《后汉书·皇后纪》论述后妃之制说："乃光武中兴，斫雕为朴，六宫称号唯皇后、贵人。贵人金印紫绶，奉不过粟数十斛。又置美人、宫人、采女三等，并无爵秩，岁时赏赐充给而已。"可知贵人始置于东汉光武帝之时，其地位仅次于皇后。

贵妃也是妃嫔的一种称号。它却始置于南朝宋武帝之时。在东汉末年董承那个时代，还没有贵妃之称。《三国志演义》超前地使用了它。

读者会提出疑问：既然董承是贵妃的父亲，那不是应该叫做国丈吗，为什么反而称为国舅？岂不是矮了一辈儿吗？

这在嘉靖壬午本或闽刊本中是有所解释的。嘉靖壬午本卷四第九节之末，是伏完向献帝举荐董承的那一段话；第十节之首，在正文"令内使宣董承入"之下，有小注说：

　　董承乃灵帝母董太后之侄也。此献帝之老丈也。盖上古无老丈之称，只称为国舅。

闽刊本也有这一段文字，基本上相同[2]，但却把小注改成了正文，毛评本因为已经把董承和董贵妃的关系由父女改造为兄妹，干脆就删去了这段注文。

这段注文并没有完全祛除读者的疑问。读者会进一步追问：皇帝的丈人，那不是唤做国丈吗？为什么会变成了国丈之子——国舅呢？

要弄清楚这个问题，需要追查罗贯中这一段注文的来源。其来源是陈寿《三国志》和裴松之注。《三国志·蜀书·先主传》："先主未出时，献帝舅车骑将军董承辞受帝衣带中密诏，当诛曹公。"正文明说董承系献帝之"舅"。这里还有一段裴松之的注文，更做出了具体的解释：

> 臣松之按：董承，汉灵帝母董太后之侄，于献帝为丈人，盖古无丈人之名，故谓之舅也。

罗贯中的注文，无疑是抄袭了裴松之的注文。但他作了两点重要的改动。第一，把"丈人"改成了"老丈"。第二，把"舅"改成了"国舅"。

第一个改动，使有特定意义的岳父（"丈人"）变成了一般意义上的老头儿（"老丈"）。第二个改动，则使有特定意义故"舅"变成了有另一种特定意义的"国舅"了。

关于"舅"字的解释，从亲属关系上说，计有四个义项：一、母之兄或弟，即舅父；二、夫之父，即公公；三、妻之父，即外舅、岳丈；四、妻之兄或弟，即妻舅。《三国志·蜀书·先主传》正文和裴松之注文所说的"舅"，正是列举在这里的第三种用法。而"国舅"之"舅"却属于第四种用法。两者焉可相混！一旦相混，不是儿子变成了爸爸，便是爸爸变成了儿子。罗贯中正犯了后一个错误（他只不过多加了一个"国"字）。

罗贯中的错误在于，他既说董承是"国舅"（这意味着，董承乃贵妃之兄或弟），又说贵妃"乃董承亲女"。不言而喻，这两者显然是水火不能相容的，毛宗岗父子有鉴于此，便保留了前者（"国舅"），改动了后者（改"亲女"二字为"之妹"），以求矛盾的消弭。

表面上看来，毛评本在这一点上消弭了矛盾，应该说是一桩进步；实际上，它却制造了新的矛盾。

"董承乃灵帝母董太后之侄"。换言之，董承和汉灵帝是同辈人。而献帝乃灵帝之子。如果董承是董贵妃之父，则他比献帝高一辈。如果董承变成董贵妃之兄，则他又变成献帝的同辈人了。在那个时代，董承不可能同时和父子两代皇帝维持平辈的身份。这是毛宗岗父子始料所不及的。

罗贯中虽然在董承身上误用"国舅"一词，但他使用此词还是比较谨慎的。他将此词的使用严格地限制在他所理解的"国舅＝舅＝丈人"的范围内。举例来说，伏后之兄伏德，他不称之为"国舅"，而称之为"皇后兄伏德"，见于嘉靖壬午本或闽刊本卷三第六节。毛宗岗父子显然没有注意到罗贯中使用"国舅"一词时的细致入微的用心，而大笔一挥，在第十三回中，把"皇后兄伏德"改为"国舅伏德"。这使得伏德和董承处于平辈的地位，从而犯了上文所指出的辈分上的错误。

注释

① 闽刊本仅在"来杀董贵妃"句后增入"静轩有诗叹曰"一段。
② 闽刊本仅无第一个"也"字。

第六十七节　邓艾的"妙龄"

　　夏侯霸降蜀后，姜维问他："今司马懿父子掌握重权，复有征战之志乎？"夏侯霸回答说："老贼父子始立家业，岂肯征战耶？虽他父子无有征伐之心，但朝中新出二人，正在妙龄之际，若领兵马，实吴、蜀之大患耳。"姜维问是谁，夏侯霸告诉他，一为钟会，一为邓艾，并说："此二人久后进兵，深可畏也。"姜维听后，却笑了一笑，说道："量此孺子，何足道哉！"事见《三国志演义》嘉靖壬午本卷二十二第四节、毛评本第一百零七回。

　　既说是"妙龄"，又称为"孺子"，给人的印象，钟会、邓艾二人正当少壮年之时。

　　事实是不是这样呢？

　　据《三国志·魏书·钟会传》，钟会死时"年四十"。他死于咸熙元年（264），由此逆推，可知他生于黄初六年（225）。而夏侯霸的降蜀，事在嘉平元年或延熙十二年（249）。其时，钟会二十五岁。这个岁数，和夏侯霸所说的"妙龄"、姜维所说的"孺子"还算是差不离儿。

　　但邓艾的情况却不同。

《三国志·魏书·邓艾传》没有记录下邓艾的生卒年。虽然说邓艾在十二岁之时，曾随母亲前往颍川，却又没有说明这件事发生在哪一年。但在传末叙述泰始三年（267）议郎段灼上疏为邓艾雪冤，疏中有云："艾功名以成，当书之竹帛，传祚万世。七十老公，反欲何求？"[①]可知邓艾死时年约七十。他的年龄要比钟会大三十岁左右。夏侯霸降蜀时，他已五十五岁左右。

五十五岁左右，怎么能说是"正在妙龄之际"呢？姜维称呼一个五十多岁的老头儿为"孺子"，是多么的不相称！要知道，当时的姜维也不过才四十八岁。

据《三国志演义》的描写，这个错误的造成，要归咎于夏侯霸的答语。

但在历史记载中，夏侯霸的答语仅仅提到了钟会，而没有涉及邓艾。

《三国志·魏书·钟会传》裴松之注引郭颁《世语》说：

> 夏侯霸奔蜀，蜀朝问："司马公如何德？"霸曰："自当作家门。""京师俊士？"曰："有钟士季（钟会），其人管朝政，吴、蜀之忧也。"

又引习凿齿《汉晋春秋》说：

> 初，夏侯霸降蜀，姜维问之曰："司马懿既得彼政，当复有征伐之志不？"霸曰："彼方营立家门，未遑外

事。有钟士季者，其人虽少，终为吴、蜀之忧，然非非常之人亦不能用也。"后十五年，而会果灭蜀。

不难看出，这两段记载就是《三国志演义》第一百零七回描写姜维、夏侯霸一问一答的依据。可是，在这两段原始记载中，寻觅不见邓艾的踪影。

因此，我们还可以说，把邓艾其人其事添加到夏侯霸答语中去的是《三国志演义》的作者罗贯中。

这显然是他有心设下的伏笔，为了给第一百十回至第一百十九回的情节作铺垫。那十回故事的中心人物，正是邓艾、钟会和姜维三人。

然而，他这样做的时候，偏生忘记了或者忽略了邓艾和钟会二人在年龄上的悬殊差异。这真是所谓"智者千虑，终有一失"啊！

注释

①《晋书·段灼传》收有段灼此疏的全文，这几句作："艾功名已成，亦当书之竹帛，传祚万世，七十老公，复何所求哉！"与《三国志·魏书·邓艾传》所载基本相同。

第六十八节　钟会——伪造书信的能手

《三国志演义》描写了众多的政治斗争和军事斗争。在斗争中，双方使出了浑身的解数，形形色色的本领和手段，无所不用其极。而伪造书信就是其中一种克敌制胜的巧妙法宝。

最有名的，莫过于嘉靖壬午本卷八第一节、毛评本第三十六回程昱伪造徐母的家书，赚取徐庶奔回曹营了。此计的成功，使刘备一方损失了一位出谋划策、屡战屡胜的军师。

《三国志演义》还写到了另一位伪造书信的能手，那就是钟会。

嘉靖壬午本卷二十四第六节，或毛评本第一百十八回，"入西川二士争功"，钟会乘司马昭疑忌邓艾之际，一方面上表揭露和诬告"邓艾专权，恣意行事，结好蜀人，早晚必反"，另一方面，"又令人于中途截了邓艾表文，按艾笔法，改写傲慢之意，十分悖逆之辞"，来坐实自己的举报。其结果不言可知："司马昭见了邓艾表章，大怒……次日，先遣人到会军前，令会收艾"（嘉靖壬午本有司马昭当晚回家，其妻王氏劝谏之事，毛评本已删）。钟会达到了陷害邓艾的目的。

《三国志·魏书·钟会传》只说，钟会"因邓艾承制专事，密白艾有反状，于是诏书槛车征艾"，而没有提到钟会伪造书信、陷害邓艾一事，但，裴松之注引郭颁《世语》却说：

> （钟）会善效人书，于剑阁要（邓）艾章表白事，皆易其言，令辞指悖傲，多自矜伐。又毁文王（司马昭）报书，手作以疑之也。

罗贯中只采纳了前半段，而拒绝了后半段。其实，后半段也很重要，有助于人物性格的刻画和故事情节戏剧性的加强。电视连续剧《三国演义》剧本补上了这一段，它的编剧同志，在艺术上，还算是有眼光的。

钟会伪造书信的勾当，非自此次始。在这方面，他是老手，而不是新手。不妨再举两个例子。

一个例子见于《三国志·魏书·钟会传》。钟会参加了司马昭镇压诸葛诞的战役。东吴大将全怿率子全静、堂兄弟全端、全翩、全缉等，领兵来寿春（今安徽寿县）援救诸葛诞。其时，全怿之侄全辉、全仪留在建业（今江苏南京），却因家庭内部的争讼，而渡江北逃，投顺了司马昭。钟会就乘机伪造全辉、全仪的书信，派遣全辉、全仪的亲信人送入寿春城内，告诉全怿等人：东吴方面因全怿等久战无功，欲尽诛全家老小。全怿等大为恐惧，遂开城出降。

此事已被罗贯中采入《三国志演义》，但书信却被安排为全端之子全祎的亲笔，与钟会无干。可惜得很，失去了一个传神地刻画钟会形象的好机会。这次战役对钟会日后的提升十分重要。正像《三国志》本传所说的，"寿春之破，会谋居多，亲待日隆，时人谓之子房"。

另一个例子见于刘义庆《世说新语·巧艺第二十一》，钟会的一位亲戚，也是他的好朋友，有一把价值百万的宝剑，藏放在钟母处。钟会就模仿他的笔迹，伪造了他写给钟母的书信，把宝剑骗取到手，再也不肯归还本主。

这个例子没有进入罗贯中的眼帘。

钟会伪造书信，为什么会屡屡得逞呢？

《三国志演义》嘉靖壬午本卷二十四第六节有一条已被毛评本删去的小注说："原来钟会善写诸家字样……"道出了个中的原因。

那么，他为什么会"善写诸家字样"呢？

他的父亲钟繇是著名的书法家。正、隶、行、草、八分，无不精通。在书法史上，与王羲之合称"钟王"。

原来是家学渊源，这就难怪了。

第六十九节　乔国老·乔玄

　　《三国志演义》里出现了好几位"国"字辈的人物，有"国舅""国太""国老"等等称呼。国舅，如董承；国太，有吴国太；国老，则有乔国老。

　　国舅，指的是皇后或贵妃（例如董贵妃）的兄弟[①]。国太，用以称呼皇帝或君主（例如孙权）的母亲，实际上也就是对皇后的一种俗称。在京剧《打龙袍》里，包拯不是口口声声尊称李后为"龙国太"吗？至于国老，倒有点儿特殊性。

　　"国老"一词本来的意思，是指古时的告老退职的卿大夫。这个意思用在乔国老身上，似乎也无不可。但是，《三国志演义》作者并没有告诉读者，乔国老从前做过什么类似于卿大夫的高官。恐怕用的不是这个意思。"国老"还有另外一个意思，它是甘草的别名。甘草为中药配剂中的常用药，性味甘平，能起调和药性的作用，于是古人以国老称之。乔国老不也是在孙刘结亲事件中起到了调和的作用了吗？是否果真如此，很难说。这只不过是一种猜测罢了。比较合理的解释，倒在于：乔国老是孙策、周瑜的岳父。尤其孙策，他是东吴开国的旧主，他的岳父理应享受"国丈"一级的待遇。

但他虽然创立了东吴的基业，却毕竟在生前没有当上一天真正的君主。这也就连累到他的岳父无法拥有"国丈"的称号了。不能叫"国丈"，就叫"国老"吧，反正也算是一种尊称——不知是谁想出来这么一个折中的办法？乔国老之称，大约来源于此。

乔国老出场于嘉靖壬午本卷十一第八节，毛评本第五十四回。嘉靖壬午本原作"桥"国老，毛评本改作"乔"国老。相应的，大乔和小乔，也是如此，作为姓氏，这两个字在古时是相通的②。

书中交代说，乔国老"乃二桥（乔）之父"。这和历史记载是一致的。《三国志·吴书·周瑜传》说：

> 顷之，（孙）策欲取荆州，以（周）瑜为中护军，领江夏太守，从攻皖，拔之。时得桥公两女，皆国色也。策自纳大桥，瑜纳小桥。

裴松之注引虞溥《江表传》也提到此事："策从容戏瑜曰：'桥公二女虽流离，得吾二人作婿，亦足为欢。'"但这两处都不称"桥国老"，而称为"桥公"。

叫"乔国老"也好，叫"桥公"也好，都是只有尊称，而没有名字。

到了京剧《乔府求计》（《鲁肃求计》）、《甘露寺》，这位乔国老却被编剧者赐予了名字和官职：乔玄，太尉。

为什么要叫他乔玄？又为什么要让他当上太尉呢？

原来这和真正的桥玄有关。

真正的桥玄也曾在《三国志演义》中露过脸。那是在嘉靖壬午本卷一第二节、毛评本第一回，他对曹操的才干发表了比较中肯的评价③。但《三国志演义》把乔国老和桥玄区分得一清二楚，桥玄是桥玄，乔国老是乔国老，互不混淆。我甚至怀疑，毛评本之所以改桥国老为乔国老，是不是想割断此人和桥玄的联系？

桥玄于汉灵帝光和元年（178）官至太尉，见于《后汉书·桥玄传》。《三国志·魏书·武帝纪》裴松之注引张璠《汉纪》也说："（桥）玄……光和中为太尉。"而孙刘结亲之事，却发生在建安十四年（209）。在当时，安有太尉的位子一坐就长达三十一年的道理？

更何况，《后汉书·桥玄传》说，桥玄卒于光和六年（183），年七十五。《三国志·魏书·武帝纪》又说，建安七年（202）春正月，"遂至浚仪，治睢阳渠，遣使以太牢祀桥玄。"足见桥玄在孙刘结亲之前早已离开了人间。

曹操为什么要在"治睢阳渠"的时刻来祭奠桥玄呢？据《后汉书·桥玄传》，桥玄乃"梁国睢阳人"。原来那是桥玄的故里。睢阳在今河南省商丘县南。

而大乔、小乔系孙策等攻陷皖城时所得。皖城是当时皖县的治所，也是庐江郡的治所，其地在今安徽省潜山县北，据《太平寰宇记》卷一百二十五说，舒州怀宁县有桥公亭，"在县北，隔皖水一里。汉末桥公有二女，孙策与周郎各纳其一女。今亭溪为双溪寺。"可知乔国老、大乔、小乔的故里在舒州怀宁县。怀宁，在汉代正属于庐江郡的皖县。

乔国老是安徽人，而桥玄是河南人；在孙刘结亲之时，桥玄已死，而乔国老健在。尽管他们都姓桥（乔），他们却是各不相干的两个人。

我们知道，桥玄当年是非常赏识和器重曹操的。如果他确为乔国老，如果大乔、小乔确为他的女儿，他早就会把他们许配给少年英雄曹操了。曹操也用不着等到建铜雀台的时候才害起相思病了。

注释

① 董承被称为"国舅"，他到底是不是董贵妃的兄弟呢？请参阅本书的另一篇《董承的身份与国舅》。

② 例如，袁术部下有一将领，叫做桥蕤，在《三国志·魏书·袁术传》等处写作"桥蕤"，但在《三国志·吴书·孙策传》中却写作"乔蕤"。

③ 请参阅本书的另一篇《"治世之能臣，乱世之奸雄"》。

第七十节　孙权死于哪一年

孙权之死，见于《三国志演义》嘉靖壬午本卷二十二第五节：

> 太和元年秋八月初一日，忽起大风，江海涌涛，平地水深八尺。吴主先陵所种松柏，尽皆拔起，直飞来建业城南门外，倒卓于道上，吴主权因此受惊成疾。次年四月内，权愈加沉重，乃封诸葛恪为太傅、吕岱为大司马，一同召入榻前，嘱以后事。嘱讫而薨。在位二十四年，寿七十一岁，乃蜀汉延熙十五年也。

这里写得明明白白，孙权死于太和元年的"次年"，即太和二年。

但，太和并非吴国的年号。"太和"这个年号，在历史上，共使用过六次：魏明帝（227—233）、后赵石勒（328—329）、成汉李势（344—345）、东晋海西公（366—371）、后魏孝文帝（477—499）、唐文宗（827—835）。其中，只有魏明帝的太和年号在三国时限之内。而魏明帝太和二年，即公元228

年，即吴大帝黄武七年。其时，孙权还健在，年方四十八岁。可知嘉靖壬午本所说的"太和"年号是错误的。

查毛评本第一百零八回，这一段文字和嘉靖壬午本基本上相同；唯"太和元年"作"太元元年"。这个更改是正确的。因为太元正是孙权所立的年号。据此，孙权死于太元元年的"次年"，即太元二年（252）。

有一些明刊本，例如乔山堂刊本、刘荣吾刊本等，沿袭了嘉靖壬午本"太和"的错误。

而改"太和"为"太元"，也并非始于毛评本。在一些明刊本中，例如郑少垣刊本、郑世容刊本，就已改刻成"太元"，而不是原先的"太和"了。

嘉靖壬午本又说，孙权死于"蜀汉延熙十五年"。延熙十五年即公元 252 年。而这一年，却是吴国的建兴元年．

这又是怎么一回事呢？

原来在公元 252 年，吴国先后改过两次年号，以致一年之内存在着三个不同的年号。上一年为太和元年，所以，从正月起，自然称为太和二年。但到了二月，改元为神凤；这一年遂称为神凤元年。四月，孙权薨，太子孙亮即位，改元建兴；这一年遂又称为建兴元年。

因此，更准确地说，孙权死于神凤元年。这一年，在魏国，是嘉平四年；在蜀国，则是延熙十五年。

嘉靖壬午本卷二十二第五节下文还有一段文字说："却说诸葛恪秉政，立孙亮为帝，大赦天下，改元大兴元年……"这里的年号又出现了差错。"大兴"乃是东晋元帝

（318—321）、渤海文王（738—794）的年号。而孙亮的年号却是"建兴"。

罗贯中一再写错年号，这倒是值得我们在阅读过程中加以注意的。幸亏郑少垣刊本、郑世容刊本以及毛评本等已走在前面，它们继"太和"之后，连带地把"大兴"也给予纠正，方便了读者。

第七十一节　孙策与周瑜同年

《三国志演义》一再说，孙策和周瑜同年。

就二人出生的月份而论，谁大谁小呢？

嘉靖壬午本说，孙策比周瑜大。叶逢春刊本则说，孙策比周瑜小。

嘉靖壬午本之说见于第七十六节"孙权跨江破黄祖"。建安七年（202），曹操破袁绍后，命孙权遣子入朝，孙权犹豫未决，引周瑜等人至其母吴夫人前议论此事。张昭主张送质，周瑜持反对的意见。

> 权母曰："公瑾之言是也。公瑾与伯符同年，小一月耳，我视之如子也，汝以兄事之。勿遣子为质。"

叶逢春刊本第七十六节叙及此一情节时说：

> 吴夫人曰："公瑾之意是也。公瑾与伯符同年，大一月耳，我视之如子，汝其兄事之。勿遣子为质。"

二本相校，有"小一月"与"大一月"之异。

应当说，嘉靖壬午本的"小一月耳"是正确的，叶逢春刊本的"大一月耳"是错误的。

"小一月耳"出于罗贯中的原文。"大一月耳"出于后人的篡改，篡改的目的不外是为了标新立异。

罗贯中的"小一月耳"云云有着特殊的出处。试看《三国志·吴书·周瑜传》裴松之注引虞溥《江表传》：

> 权母曰："公瑾议是也。公瑾与伯符同年，小一月耳，我视之如子也，汝其兄事之。"遂不送质。

如果说，罗贯中仅仅依样画葫芦地抄下前面的一句"公瑾与伯符同年"以及后面的一句"我视之如子也"，而偏偏要把夹在中间的一句"小一月耳"修改为"大一月耳"，那是令人很难相信的。

第七十二节　孙策的卒年

嘉靖壬午本第五十八节"孙权领众据江东"写到了孙策之死。

但它只是说孙策"时年二十六岁"，而没有说孙策究竟死于哪一年。

嘉靖壬午本第五十七节"孙策怒斩于神仙"则写到了孙策"自霸江东"，于"建安四年冬""袭取庐江，收复数郡，破黄祖，败刘勋"之事。可知孙策必卒于"建安四年（199）冬"之后不久。

这两节，在叶逢春刊本中，位于卷三。可惜的是，现存的叶逢春刊本正缺卷三，以致无法知道它是如何叙述孙策之死的。

但在嘉靖壬午本第七十六节"孙权跨江破黄祖"和叶逢春刊本第七十六节中却分别明确地告诉读者，孙策死于哪一年。

嘉靖壬午本第七十六节开端云：

却说孙权自建安五年孙策死后，据住江东，曹操表为讨虏将军……

据此，孙策实卒于建安五年（200）。而叶逢春刊本第七十六节开端却有着与此不同的说法：

孙权自建安三年孙策死后，据住江东，曹操表为讨虏将军……

它让孙策之死提前了两年（建安三年，198）。

在历史上，孙策卒于建安五年。这有陈寿的《三国志》为证。

《三国志·吴书·孙破虏讨逆传》说："建安五年，曹公与袁绍相拒于官渡，策阴欲袭许，迎汉帝，密治兵，部署诸将。未发，会为故吴郡太守许贡客所杀。"《三国志·吴书·吴主传、周瑜传》也同样说，"建安……五年，策薨"。

罗贯中撰写《三国志演义》时，是以《三国志》等史籍为依据的。一般来说，在对待孙策这样重要人物的卒年问题上，他不会违反史籍的明文记载的。

因此，嘉靖壬午本的"建安五年"说，当出于罗贯中的原文；叶逢春刊本的"建安三年"说，无疑是后人改动的结果。

叶逢春刊本（或其底本）为什么要改"五年"为"三年"呢？

我想，大概有两个原因。一是看走了眼，视"五"为"三"，造成了形讹。二是有意改大为小，以显示版本文字的殊异。

第七十三节　孙氏兄弟的序齿

吴主孙权之后，继立为君者三人，依次为：孙亮、孙休和孙皓。孙亮和孙休都是孙权之子。孙皓则是孙权之孙（孙和之子）。

《三国志演义》第一百零八回说：

> 吴主孙权，先有太子孙登，乃徐夫人所生，于吴赤乌四年（241）身亡，遂立次子孙和为太子，乃琅邪王夫人所生。和因与全公主不睦，被公主所谮，权废之。和忧恨而死，又立三子孙亮为太子，乃潘夫人所生。

太平二年（257）四月，孙权病死，孙亮即位。第一百十三回又说，孙綝废孙亮为会稽王，立孙休为君——

> 休字子烈，乃孙权第六子也。

两处都说得清清楚楚，孙亮是第三子，孙休是第六子。

第一百十三回还提到了孙亮的年龄："吴主孙亮，时年方十六，见綝杀戮太过，心甚不然。"其时，为太平三年（258）。由此逆推，可知他实生于赤乌六年（243）。至于孙休的年龄，在书中找不到记载。既然他是孙亮的六弟，即位之初，恐怕也不过是个十余岁的少年。

但，据《三国志·吴书·三嗣主传》说，永安七年（264）七月，"癸未，体羸，时年三十"。由此逆推，可知孙休生于嘉禾四年（235）。这样算下来，他竟比孙亮大八岁之多。

世上哪有三哥比六弟小八岁的道理？

问题的症结，不外两点：或是孙亮的年龄，或是孙亮的排行。

查《三嗣主传》，太平三年（258）九月，孙綝"召大臣会宫门，黜亮为会稽王，时年十六"。这和《三国志演义》的说法完全一致。可见问题不在这里。

问题在于兄弟排行的顺序。《三嗣主传》说："孙休字子烈，权第六子。"这也和《三国志演义》完全一致。但《三嗣主传》又说，"孙亮字子明，权少子也。"这表明，孙亮是孙权年龄最小的儿子。传中另一处记载，"权薨，休弟亮承统"，也是旁证。

孙亮既然为孙休的幼弟，比孙休小八岁，也就不足为奇了。

因此，《三国志演义》把孙亮说成孙权的第三子，显然是一种错误的安排。罗贯中在下笔之时，没有细致地考虑到孙权诸子的年龄和排行问题。他只是主观地、粗心地以为：在孙权先后所立的三个太子中，第一个太子孙登是长子，第二个太子孙和必是"次子"，第三个太子必是"三子"。他没有想到，他的这些臆测，除了孙登以外，全都落了空。

《三国志·吴书·吴主五子传》为孙权的五个儿子孙登、孙虑、孙和、孙霸和孙奋立了传。其中明确地指出："孙登，字子高，权长子也"；"孙虑，字子智，登弟也"；"孙和，字子孝，虑弟也"；"孙霸，字子威，和弟也"；"孙奋，字子扬，霸弟也"。兄弟排行次序，有条不紊。

由此可见，孙权的第三子，不是《三国志演义》所说的孙亮，而是孙和。孙权的次子，也不是《三国志演义》所说的孙和，而是孙虑。据《三国志·吴书·吴主传》及《吴主五子传》，长子孙登卒于赤乌四年（241）五月，次年正月立第三子孙和为太子，为什么不按照排行次序立次子孙虑为太子呢？原因很简单：孙虑早在嘉禾元年（232）就已经逝世了。

在第三子废黜后，孙权为什么不立第四子孙霸或第五子孙奋、第六子孙休，而要立幼子孙亮为太子呢？这有五个原因。第一，第四子孙霸素与孙和不睦，曾暗中与全寄、吴安、孙奇、杨笠等人勾结，图谋陷害孙和，争夺太子之位。结果，孙和被废黜后，孙霸也遭到了"赐死"的命运。第二，第五子孙奋之母仲姬，出身微贱。第三，第六子孙休之母南阳王夫人受到孙和之母琅邪王夫人的排斥，出居公安（今属湖北）；而孙休本人则封琅邪王，居于虎林（今浙江杭州）；母子都远离吴国的都城建业（今江苏南京），不在孙权身边。第四，据《三国志·吴书·妃嫔传》，孙亮之母潘夫人有宠。第五，孙权晚年，特别钟爱幼子。《三嗣主传》指出："权春秋高，而亮最少，故尤留意。"

《三国志演义》把孙亮、孙休、孙和兄弟三人的次序误排为：二和、三亮、六休。根据历史记载，需要把这个次序更正为，三和、六休、七亮。

第七十四节　周瑜的儿女

　　《三国志演义》毛评本第五十七回中只提到周瑜有两个儿子、一个女儿；还介绍说，大儿子叫周循、小儿子叫周胤。此外，并没有对他们展开进一步的叙述和描写。到了电视连续剧《三国演义》中，却出现了周瑜儿女的形象，作者着意抒写了周瑜夫妻和他们的儿女之间的感人的亲情。

　　《三国志演义》嘉靖壬午本卷十二第四节的正文，和毛评本相同，也提到了周瑜的两个儿子、一个女儿；它还有一条小注，却已被毛评本删去：

　　　　循尚公主，拜骑都尉，有瑜风，早卒。胤初拜兴业都督，妻以宗室之女，后以瑜之女却配与太子孙登，此是孙权极念瑜之恩也。

这条小注不容忽视。它从一个侧面向读者揭示了周瑜、孙权这两个风云人物的超逾骨肉同胞的感情。试想，一个儿子娶了公主，另一个儿子娶了宗室之女，女儿又嫁给了太子，三重重要的亲事，这岂是一般的儿女亲家！这也反映出周瑜为孙吴立下的赫赫战功，反映出周瑜在孙权心目中的重要地位。有了这条小注，就使《三国志演义》的读者对周瑜、孙权二人，尤其是对孙权的性格有了更具体的、更深刻的认识。

周瑜死后十四年，即黄武四年（225），他的女儿嫁给了太子孙登。孙权对这一婚礼非常重视，不但委派太子太傅程秉前往迎亲，还亲自登上迎亲船，接见程秉一行人，多方慰问，并部署有关事宜。

周瑜长子周循所娶的公主，名鲁班，字大虎，是步夫人所生的长女。而步夫人是一位出名的美人，归孙权之后"宠冠后庭"。孙权称王、称帝后，屡次想立步夫人为后，而群臣却属意于太子孙登之母徐夫人。孙权因此犹豫了十余年之久，一直让皇后之位空缺着。但宫中都称步夫人为皇后。步夫人死后终于获得了皇后的名号。

鲁班是个善于要权术、播弄是非、不甘寂寞的人物。周循早卒。大约在黄龙元年（229）左右，鲁班改嫁东吴大将全琮。正史上称她为"全主"。她先后潜害过孙和母子（孙和原为太子，终于被废）、鲁育（她的胞妹、朱据之妻）、朱熊、朱损（朱据之子）等。后来她参预了孙亮等人诛杀孙綝的密谋，事泄，孙亮被废为会稽王，鲁班则被贬迁于豫章（今江西南昌）。

周瑜次子周胤受孙权重用，领兵千人，屯于公安（今属湖北），封都乡侯。后因罪贬居庐陵（今江西吉水）。诸葛瑾、步骘连名上疏，有"瑜身没未久，而其子胤降为匹夫，益可悼伤"之语，见于《三国志·吴书·周瑜传》。疏语感动了孙权，周胤遂得以"还兵复爵"。不久，病死。

周瑜之兄有个儿子，名叫周峻，由于周瑜的功劳，被任命为偏将军，领兵千人。周峻死后，有人上表求封其子周护为将。孙权不允，回答说：

> 昔走曹操，拓有荆州，皆是公瑾，常不忘之。初闻峻亡，仍欲用护，闻护性行危险，用之适为作祸，故便止之。孤念公瑾，岂有已乎？

亦见于《三国志·吴书·周瑜传》。

由此可见，周瑜的功勋，在孙权是念念不忘的；孙权对周瑜的怀念，也是没有止期的。孙权与周瑜的关系，堪可作为后世的一种楷模。

第七十五节　阚泽的职务

　　《三国志演义》中，有许多人物和故事脍炙人口，被编成了民间流传的歇后语。最有名的一句，莫过于"周瑜打黄盖，一个愿打，一个愿挨"了。

　　黄盖身处江南，而曹营却远在江北。要使苦肉计奏效，就必须找一个伪装者，让他来往于两岸，传递情报，起着穿针引线的作用。这个任务落到了阚泽的身上。

　　阚泽之所以还能在我们的脑海中留下一点印象，就是由于他参预了苦肉计的原故。

　　阚泽，《三国志·吴书》有他的传记。但在传中，却没有一字一句提到他和赤壁之战有关。苦肉计就更无从说起了。查《三国志·吴书·黄盖传》，对黄盖的献计，也只巧妙地写了这样几句：

　　　　建安中，随周瑜拒曹公于赤壁，建策火攻，语在瑜传。

用的是互见法，那就再查《三国志·吴书·周瑜传》吧。它果真写到了黄盖向周瑜所献的计策：

> 瑜部将黄盖曰："今寇众我寡，难与持久。然观操军船舰首尾相接，可烧而走也。"乃取蒙冲斗舰数十艘，实以薪草，膏油灌其中，裹以帷幕，上建牙旗，先书报曹公，欺以欲降。

但这里只有诈降计，而没有苦肉计，当然也没有提到那位送书人是谁。

《三分事略》或《三国志平话》倒描写了黄盖的苦肉计。扮演那位代黄盖向曹营通报消息的角色的，却不是阚泽，而是蒋干、虞翻。蒋干携黄盖诈降书回曹营报告，在书中，是明文描写的。而虞翻回至江南，将曹操写给黄盖的书信交与周瑜，这段情节却写得若明若暗。甚至连虞翻为什么要渡江，他是怎样赴曹营的，他为什么要返回，为什么要携带曹操的书信，又为什么把书信交给周瑜等等，书中完全缺乏明确的、必要的交代，以致让读者读后，如丈二和尚，摸不着头脑。

《三国志演义》改让阚泽担当了这个角色。这才合情合理，细针密线地增强了故事性和戏剧性。可以说，有了阚泽，黄盖的苦肉计才算是活了。

阚泽出场于《三国志演义》嘉靖壬午本卷十第二节、毛评本第四十六回。他的职务，在嘉靖壬午本和毛评本却出现了不同的说法。嘉靖本说是"参军"，毛评本说是"参谋"。尽管只有一字之差，却是两不相同的、不能加以混淆的职务。

而《三国志·吴书·阚泽传》比较完整地叙述了阚泽的宦历。在孙权称帝之前，他先后做过钱唐长、郴令、西曹掾；在孙权称帝之后，他升任尚书、中书令、太子太傅。无论参军，或是参谋，都和他一生无缘。

参军和参谋都是官名，而互有区别。参军始设于东汉末年，为丞相的属官，名义上叫做"参丞相军事"，简称参军。参谋则始设于唐代，为节度使和天下兵马元帅属下的幕僚。

在《三国志演义》中，除阚泽外，还写到了几个"参军"和"参谋"。

最为读者所熟悉的，大约要算马谡了。嘉靖壬午本卷十八第四节、毛评本第八十七回，诸葛亮在南征孟获的途中曾任马谡为参军。

又如嘉靖壬午本卷十四第二节、毛评本第六十六回的傅干。他曾上书谏阻曹操南征，建议"增修文德，按甲寝兵，息军养士，待时而动"。他的职务也是参军。

至于参谋，不妨举一个诸葛瑾的例子。嘉靖壬午本卷九第四节，鲁肃对诸葛亮说，"贤公之兄，为江东参谋官"。毛评本第四十二回把这两句话改成了："先生之兄，现为江东参谋"。依然保留了"参谋"二字。

查《三国志·吴书·诸葛瑾传》，在赤壁之战以前，他做的只是长史、中司马，并没有做过参谋。

既然参谋之职是唐代才设立的，阚泽、诸葛瑾等人就根本不可能是参谋。罗贯中在下笔时，脑子里显然没有考虑过这个问题。否则，他不会重复地犯错误。

现在要问：毛评本为什么要改阚泽的"参军"为"参谋"？

那不是把东汉的官儿改成唐代的官儿了吗？可见这只是个偶然的改动。

毛评本也不是一见"参军"就非改不可。因为马谡和傅干的"参军"他就没有改。

那么，它到底为什么要改呢？

原来嘉靖壬午本自己在阚泽的职务上存在着两歧的说法。它一开始说阚泽是"参军"，但到了卷十第三节，在追叙阚泽履历时，却又说是"孙权慕其名，召为参谋"，一下子由"参军"变成了"参谋"。这是一大漏洞。不知是出于作者的疏忽，还是刊印上的失误？

毛氏父子自然是看到了这个相互矛盾的说法，就信手一改，把前面的"参军"、后面的"参谋"统一为"参谋"了，在这一点上，毛氏父子比罗贯中来得细心些。但在改的时候，毛氏父子也没有想到"参谋"这个官职竟是晚至唐代方有的。这样看来，他们有时也不免是有些粗心的。

附带指出，有的闽刊本，例如郑少垣刊本、郑世容刊本在卷八第八节、第九节，阚泽的职务一律写作"参谋"。

这个现象很值得玩味。它和毛评本究竟是偶然的巧合，还是表明它们之间有必然的联系？

看来，实有三种可能：

第一，毛氏父子在修订时参考过一些闽刊本。改"参军"为"参谋"，当然是受了它们的影响。

第二，毛氏父子的修订是以某个闽刊本为底本的。底本上两处都作"参谋"，毋须再作任何更换。

第三，毛评本的"参谋"和闽刊本的"参谋"毫无关连。二者之相同，完全是异口而同辞的结果。

如果我们有机会进一步对毛评本和闽刊本的关系作全面的、细致的、深入的研究，或许能对这个问题给予比较准确的、令人满意的解答。

第七十六节　脑袋与天灵

　　人们常说，《三国志演义》是用浅近的文言写成的。这话有一定的道理。然而，严格地讲，这话却是不准确的。因为书中有很多近乎口语的白话。

　　脑袋与天灵就是一个例子。

　　《三国志演义》第十四节"孙坚跨江战刘表"，两军交战，孙坚手下的韩当一刀杀死了黄祖的部将张虎。

　　请看嘉靖壬午本和叶逢春刊本怎样描写此事。

　　嘉靖壬午本第十四节：

　　　　孙坚列成阵势，引众将出在门旗之下。孙策也全副披挂，挺枪立马于父之侧。黄祖引二将出马，一个是江夏张虎，一个是襄阳陈生。这两个当初反在江夏，后投刘表，以为上将。黄祖扬鞭大骂："江东鼠贼，安敢侵犯汉室宗亲之境界耶！"言罢，张虎拍马，手拈铜叉而出。坚大怒曰："谁能斩此贼将？"韩当应声而出。两骑相交，战三十余合，胜负未分。陈生见张虎力怯，飞马挺枪出阵，要来双斗。孙策在父后望见，按住手中枪，扯弓搭箭，正射中陈生面门，应弦落马。张虎见侧边陈生坠地，措手不及，被韩当一刀削去半个脑袋。程普纵马，直来阵前捉黄祖。黄祖弃却头盔、战马，杂于步军内逃命。

叶逢春刊本第十四节：

孙坚列成阵势，引众将出门旗之下。孙策也全副披挂，提枪立马于父之侧。黄祖令二降将出马，一个是江夏张虎，一个是襄阳陈生。这两个当初反在江夏，后降刘表，表以为上将。黄祖扬鞭大骂："江东鼠贼，安敢侵犯汉室宗亲之境界耶！"言罢，张虎拍马，手捻钢叉而出。坚大怒，回头曰："谁能斩此贼？"韩当应声而出。两骑相交，战三十余合，胜负未分。陈生见张虎力怯，飞马挺枪出阵，要来双斗。孙策在父后望见，倚住手中枪，扯弓搭箭，正射中陈生面门，应弦落马。张虎见侧边陈生坠地，措手不及，被韩当一刀削去半个天灵。程普纵马，直来阵内捉黄祖。祖弃却头盔、战马，杂于步军内逃生。

"脑袋"，大家都了解，就是口语化的"头"的意思。

"天灵"，大家也许还觉得陌生，其实它是常见于宋元以来的通俗文学作品中的俗语，仍然是"头"的意思。

《水浒传》第七十六回："秦明趁势，手起棍落，把陈翥连盔带顶，正中天灵，陈翯翻身，死于马下。"这个用法，与《三国志演义》相仿佛。

元人杂剧中也常用"天灵"一词。例如：

关汉卿《单刀会》第三折："七稍弓，八楞棒，打碎天灵。"

《襄阳会》第三折："夹铜斧起处魂飘荡，狼牙棒落处揭天灵。"

"天灵"有时也写作"天灵盖"。

"天灵盖"，即头盖骨之谓也，亦用以泛指头颅。例如：

王辟之《渑水燕谈录》"奇节"："（刘温叟）尝令子和药，有天灵盖，温叟见之，亟令致奠埋于郊。"

《厚德录》卷四："尝令其子市药，药有天灵盖，问此从何而产？对以人骨。"

《黄粱梦》杂剧第二折："则恁的东倒西歪，推一交见险颠破天灵盖。"

《西游记》小说第七十五回："挼着你这和尚天灵盖，一削就是两个瓢。"

从嘉靖壬午本的"脑袋"，到叶逢春刊本的"天灵"，是用一个俗语替换另一个俗语的过程。

第七十七节　司马与大司马

嘉靖壬午本第二十七节"迁銮舆曹操秉政":

> 太守张杨将粮食、绢帛，迎天子于轵道。帝封杨大司马。杨辞帝，屯兵野王。

叶逢春刊本第二十七节:

> 太守张扬载粮食、绢帛，迎天子于轵道。帝封张扬为司马。扬辞帝，屯兵野王。

这一段有两处异文。一是人名，一是官职名。

先说人名。此人姓张名杨，《三国志·魏书》有传。叶逢春刊本因二字相似而误"杨"为"扬"。

再说官职名。据《三国志·魏书·张杨传》云:

> 建安元年，杨奉、董承、韩暹挟天子还旧京，粮乏。杨以粮迎道路，遂至洛阳。谓诸将曰:"天子当与天下

共之，幸有公卿大臣，杨当捍外难，何事京都？"遂还野王。即拜为大司马。

可见张杨此时的官职是嘉靖壬午本所说的"大司马"，而非叶逢春刊本所说的"司马"。

司马难道不是大司马吗？

"司马"与"大司马"，虽仅一字之差，却有职位之异。就像将军与大将军一样。将军不等于大将军。同样的道理，司马也不等于大司马。

大司马是大官。

古时有"三公"之称。在西汉，以大司马（太尉）、大司徒（丞相）、大司空（御史大夫）为三公。在东汉，则以太尉、司徒、司空为三公。汉武帝元狩四年（139）废太尉，置大司马。其后不久，又改大司马为太尉。

司马只是小官。

据《周礼》，夏官大司马的下属官员有军司马、舆司马、行司马等。在东汉，司马是大将军、将军、校尉的下属官员之一。

在皇帝落难之时，张杨迎驾有功，皇帝施恩封官，不可能仅仅给予他一个小小的官职。

叶逢春刊本的整理者，由于文化水平的限制，不了解司马与大司马的区别，因而作了随意的变动，先在人名上添了一个"张"字，然后又在官职名上削去一个"大"字，后改的痕迹十分明显。

第七十八节　丘毅与毌丘俭

嘉靖壬午本第四节"何进谋杀十常侍"：

> 虞大喜，令玄德为都尉，丘毅为先锋，直抵贼巢，与贼大战数日，挫动锐气。

"丘毅"，叶逢春刊本第四节作"毌丘俭"。

而毛评本第二回"张翼德怒鞭督邮，何国舅谋诛宦竖"却作：

> 虞大喜，令玄德为都尉，引兵直抵贼巢，与贼大战数日，挫动锐气。

其中并无"丘毅"或"毌丘俭"为先锋之事。

这究竟是什么原因呢？

查《三国志》无丘毅，而有毌丘俭、毌丘毅。

毌丘俭乃魏文帝、明帝时人，见于《三国志·魏书·本传》：其父"黄初（220—226）中为武威太守"，毌丘俭明帝即位（227）时为尚书郎，迁羽林监。迁荆州刺史。徙为幽州刺史，加度辽将军。以功进封安邑侯。征高句骊，迁左将军，领豫州刺史，转为镇南将军。后与诸葛诞对换为镇东将军，都督扬州。正元二年（255）举兵反。兵败被杀。

此毌丘俭虽与叶逢春刊本此节的毌丘俭同名，显非其人。

毌丘毅之名见于《三国志·蜀书·先主传》：

> 顷之，大将军何进遣都尉毌丘毅诣丹杨募兵，先主与俱行，至下邳遇贼，力战有功，除为下密丞。

此毌丘毅实即嘉靖壬午本此节的丘毅。

嘉靖壬午本丢了一个"毌"字，使复姓变成了单姓。叶逢春刊本保留了复姓"毌丘"，但又改了名，用鼎鼎大名的毌丘俭顶替了没有什么名气而同姓的毌丘毅。毛评本则干脆删去此人，以免引起不必要的麻烦。

后记一

　　这本书的内容，可分为前后两个部分。前一部分是对罗贯中和《三国志演义》的一些基本情况的介绍。后一部分则是几篇读书札记。

　　《三国志演义》是我从小就喜爱的一部小说，不知读了多少遍。以往，也曾撰写和发表过几篇有关的论文。这些札记却是近年间写下的。

　　之所以会写下这些札记，是和电视连续剧《三国演义》的筹划和拍摄分不开的。

　　这部电视连续剧，从起初的筹划到最后的拍摄，始终牵连着我的心。

　　最早是要拍电影，负责此事的上海的一位著名的表演艺术家找到了我们研究所，也找到了我。谈了几次。后来，又说是要拍电视片。还由中央电视台的一位导演出面，约请我们两三个人在北京的贵阳饭店座谈过一次。再往后，这件事情就无声无息，失却了下文。

　　一两年后，仿佛记得是在 1987 年冬天，应中国电视剧制作中心、中国电视艺术委员会和中央电视台负责人的邀请，在北京的航空饭店参加了一个小会。与会者不过七八位。就是在这次会议上，拍摄电视连续剧《三国演义》的计划获得了一致的认可。会上，有人拿出了某两位作者所写的剧本的一部分初稿，但由于其他的原因，立即被大家否决了。会后，开始了辗转寻觅编剧、导演的过程。

谁知此后的发展并不顺利，事情竟起了一波三折的变化。

先是突然发现有几家争着要拍摄这部同名的电视连续剧。于是，在次年举行的电视剧规划会议上，经过协商，拍摄的单位遂转移为福建电视台。

福建电视台花了很大的力气，特意聘请了顾问、编剧和导演。编剧一共五位，都是名家。在催促之下，作者们快马加鞭地赶写出了剧本。接着，好不容易通过私人的联系在四川找到一家印刷厂，赶在 1989 年 5 月之前，陆续印出厚厚的五册，送到了有关人员的手中。当时，决定 7 月上旬在福州召开研讨剧本的准备会。

由于人所共知的原因，这次会并没有开成。随后，福建电视台的领导班子则不知是什么原因有了变动。他们拍摄电视连续剧《三国演义》的计划因而也就不了了之了。

等了差不多一年，中国电视剧制作中心、中央电视台终于另起炉灶，重新开张。再经历了勤勤恳恳、辛辛苦苦的四年，八十四集的全部的拍摄工作才算大功告成。

我忘不了这四年，尤其忘不了这四年之中的头一年。那是在一个被我们戏称为"白宫"的地方，我们多则十几个人，少则五六个人，逐字逐句地讨论和修改剧本的初稿。讨论得很热烈，很细致，也很深入。在讨论之前，要做周密的准备。单靠以往的积累，已不能胜任。阅读原著的习惯也需要作一定的更改。某个故事，或某个场景，到底发生在什么时间、什么地点；某个人物的某个行动，究竟有什么心理依据，这些，我过去在阅读原著和撰写研究论文的过程中很少考虑过，也很少注意到。于是，我得以在集中的时间内反复细读《三国志演义》《三国志》和《后汉书》。

边读，边写下了一些札记。经过挑选，稍加整理，略作润色，就变成了这本小书的后半部分的内容。

行文有缺点，有错误，都在所难免。期待着读者朋友们的批评和指教。

刘世德

写于 1994 年 10 月 23 日

电视连续剧《三国演义》首播之日

后记二

此书系于二十余年前，我应书目文献出版社（今国家图书馆出版社）王蔺女士之约撰写、出版。现在这本"再版增订本"则是应国家图书馆出版社之约，在原书的基础上，再增加二十篇文字，扩充而成此书。

二十余年前，我尝试着写一些千字左右的、以《三国》《水浒》《红楼》为内容的学术札记性的短文，曾先后以"《水浒》识小录"为标题，写了几篇读《水浒》的札记，发表于《文史知识》杂志①，以"读红脞录"为题，发表于《红楼梦学刊》《红楼》等报刊②。其后，因参加摄制电视连续剧《三国演义》的前期编审工作，趁着在"白宫"审读、讨论剧本之余，细读剧本、《三国志演义》和《三国志》，随手写下了几十篇读《三国》札记。

那时，恰好王蔺女士前来约稿，于是就有了"夜话三国"之书。书名，即出于王蔺女士的主意。本来，还拟定了再接着写一本《夜话水浒》，我终因文学所内事务缠身，无暇他顾而婉辞，并介绍杜景华兄接手此事。

现在承国家图书馆出版社不弃，有意将此书再版重印。

于是我欣然再增加了二十篇札记，成为《夜话三国》的增订本。

增订本改分上、下两卷。卷上没有变动，卷下则除增加篇数外，还对新旧各篇的排列组合做了适当的调整。

插入第十一节"刘备有几个妻子"一文时，不禁使我想起了一件有趣的往事。

2005年2月27日我在"现代文学馆"（北京）做了一次题为"话说刘备"的讲演。讲演的第三题是"妻子如衣服"，其中讲到了"刘备有几个妻子"的问题。次月3日，《北京青年报》便整版以"刘世德说刘玄德"为标题，重点地报道了有关"刘备有几个妻子"的内容。

2007年6月22日晚上，在四川成都武侯祠举行的"武侯祠夜话"的第一讲，由我开讲《三国志演义》。在讲演之前，在当天的晚宴上，有几位当地的记者向我询问了几个问题，其中一位特别提到了《北京青年报》上的那篇文章，我礼貌地随口应答了几句，也没有把此事放在心上。

谁知第二天，这位记者先生竟在报纸上发表了一篇"武侯祠夜话"的现场报道。报道的内容居然说，有听众当场向我提问，问刘备到底有几个妻子，我针对此人的问题，当场做了详细的回答，云云。

我见到这份报纸后，不禁哑然失笑。因为在当晚现场根本没有任何听众提问刘备妻子之事，而我在演讲中也根本没有只言片语提及刘备妻子之事。岂非滑天下之大稽！

此书之得以出现在读者的眼前，是和出版社领导的美意，责任编辑程鲁洁博士的细心、辛勤的工作密不可分的。在这里，谨向他们致以衷心的谢意。

2018 年元旦，《古代小说论集》出版之日，于华城

时年八十有六

注释：

①后收入拙著《水浒论集》(社会科学文献出版社，2014 年)。
②后收入拙著《红楼梦版本探微》(华东师范大学出版社，2013 年)。